万花为春

清词二十讲 下

马大勇 著

中国社会科学出版社

━━ 目　录 ━━

（下　卷）

第十三讲
阳羡词派的流风余响

就一个词派存在的必要元素而言，阳羡词派早在康熙前中期就已经走完了自己的历史行程，但它"存经存史""精深自命"的精神毕竟指出了"向上一路"，从而赢得了不少词坛后进的歆慕与追摹。从江苏兴化的陆震、郑板桥师徒到江西铅山的蒋士铨，从武进的黄景仁、洪亮吉、赵怀玉，到娄县的姚椿，其流风余韵不仅未曾断绝，而且这些都是纵横捭阖、独步一时的名家，足以在清中叶词坛构成一道熠熠生辉、精光逼人的风景线。

板桥之师陆震

先说郑板桥的启蒙师陆震（1671—约1723）。陆震是一位沉沦底层的寒士，也是一位别有怀抱的奇人。他父亲陆廷抡是著名遗民，号称"昭阳三隐"之一，与遗民诗界巨擘吴嘉纪来往最多，称莫逆之交。陆震颇受父辈影响，虽然中了个秀才，但"恒厌薄如赘疣"，并没有什么功名之念。除了致力古文诗词，就是"终朝酣醉"。吴弘谟《陆仲子遗稿序》说他"一日，折绯桃枝贯辫发，落英缤纷被肩背，行歌过市，市儿哄笑随之，仲子神色自若，歌愈高。曾再就富室授徒，修脯颇丰腆，一语不合，即拂袖行，致终无所遇，贫困而死，未尝悔也"。他的《答胡修来》诗云："故人短札问狂夫，拟买蓑衣作钓徒。肯到清秋来看我，大都船在鲫鱼湖"①，都可见那种狂怪清高的态度。

严先生对陆震词给予很高的评价，说他"流畅明快、白描自然，情真切而意真实，绝无描头画足的姿态，更无浓醯厚酱的涂饰"，"某些词虽俗而不'雅'，但自有一种俗美，特别是他的小令，堪称疏松爽豁之作"，看他几首《望江南》就能体会到严先生的论断：

> 清明节，天意晓来和。正喜乍晴晴不久，愁他欲雨雨偏多。佳节惜虚过。

> 清明节，记得在西园。都是桃花都是柳，半含朝雨半含烟。人在画图边。

> 生虽贱，人号女儿红。桃靥初酣春昼睡，杏腮刚晕酒时容。还恐不如侬。

三首词的确都是快人快语，最后一首咏小红萝卜，本是没有诗意的"俗物"，偏偏写得爱惜之情发自肺腑，更有意趣。

陆震的慢词明显是迦陵一路。他的词集中《满江红》有 19 首，《沁园春》50 首，《贺新郎》30 首，这三个词调也是陈维崧用得最多的，而且还有 6 首《贺新郎》明标"用迦陵韵"，由此不难看出他的心仪宗法所在。我们可以读一首"用迦陵韵"的《贺新郎·梅花岭拜明史阁部葬衣冠处》：

> 孤冢狐穿罅。倚西风、招魂何处，浇羹莫鲊。野老能言当日事，夜火城边相射。看肉薄、乘城都下。十万横磨刀似雪，尽孤臣、一死他何怕。气堪作，长虹挂。　至今恨泪如铅泻。道此中、衣冠犹在，音容难画。欹侧路傍松与柏，日日行人系马。况又被、樵苏尽打。只有残碑留汉字，细摩挲、不识谁题者。一半是，青苔藉。

---

① 转引自黄建林《郑板桥〈李约社诗集序〉笺释》，《兴化日报》2020 年 5 月 15 日。

"史阁部"即史可法。凭吊史可法衣冠冢本身就是气盛胆张之事，何况词里又毫不回避地写到"扬州十日"大屠杀中"十万横磨刀似雪"的惨状？"看肉薄、乘城都下"这一句刻入《板桥词钞》附录的时候改成了"夜未半、层城欲下"，而很多版本把词题中的"明史阁部"改成了"昔人"，这都说明词篇本身的锋芒是带来了相当高的风险的。单就这一点来说，陆震就与阳羡词派诸君达成了精神上的共鸣，也得到了他们的真传。至于气势、字句之相似，反而成为末节了。严先生说陆震是"阳羡的派外传人，从而成为清代始终处于存亡绝续状态的独抒真情一派词人中很重要的一家"[1]，这是不刊之论。

郑板桥的"恨"词

作为一介孤高寒微、潦倒终局的底层文士，陆震至少有一点还是幸运的，那就是收了郑燮（郑板桥）这个学生。在他身后，郑板桥不仅参与整理了老师的遗稿，还在自己的《板桥词钞》后面附录了陆震的两首词，声明自己"幼从之学词"，这才引起世人的稍稍关注。

所谓"幼从之学词"，学到的恐怕不只是词，还有诸多属于精神内核的元素。陆震已经够狂怪不合时宜了，郑板桥更是发挥到了"2.0版"的地步，不仅在扬州称为"八怪"之一，实际上也把"怪"名传播向了天下后世。

他在"扬州八怪"中最负盛名，也的确集"诸怪"于一身，他作画只画竹兰，从无奇苑艳卉，是为一怪；作书杂用篆、隶、行、楷，称"六分半书"，又名"乱石铺街"，又是一怪；公然卖书画，自题广告云："大幅六两，中幅四两，小幅二两，书条、对联一两，扇子、斗方五钱。凡送礼物、食物，总不如白银为妙，公之所送、未必弟之所好也。送现银则心中喜乐，书画皆佳，礼物既属纠缠，赊欠尤为赖账。年老神倦，不能陪诸君子作无益语言也"，这是第三怪；前面我们说过，他自订诗集，发誓如果别人再搜集这部诗集以外的"无聊应酬之作改窜阑入，吾

必为厉鬼，以击其脑"。这样俗眼看来不可理喻的"怒"更是"怪"不可及了。

一般我们很少注意他的词其实也是"怪"之一端，最能状写这种"怪"面貌的无疑是他的名作《沁园春·恨》：

> 花亦无知，月亦无聊，酒亦无灵。把夭桃斫断，煞他风景；鹦哥煮熟，佐我杯羹。焚砚烧书，椎琴裂画，毁尽文章抹尽名。荥阳郑，有慕歌家世，乞食风情。　单寒骨相难更，笑席帽、青衫太瘦生。看蓬门秋草，年年破巷；疏窗细雨，夜夜孤灯。难道天公，还箝恨口，不许长吁一两声？癫狂甚，取乌丝百幅，细写凄清。

自古以来，人人有"恨"，但除了《恨赋》之外，很少有明目张胆以"恨"为题、通篇写"恨"的，更不可能有郑板桥这样把"恨"写得如此激烈放纵的。在他的"恨"面前，花、月、酒、鸟、砚、书、琴、画、文章、声名，一切文人必须的配饰都不能带来任何慰藉，全都在颠覆毁弃之列。到了下片后半，更直接把矛头指向了"天公"，这诚然是够"癫狂"的，比之《倚天屠龙记》里大骂"贼老天"的金毛狮王几乎都差不太多了。

问题是，郑板桥这种异乎寻常的"恨"并不是矫情，而是有着明确的"生活基础"的。在《板桥自叙》中，他说自己"幼时殊无异人处，少长……貌寝陋，人咸易之。又好大言，自负太过，漫骂无择。诸先辈皆侧目，戒勿与往来"，在《刘柳村册子》里他又说："板桥貌寝，既不见重于时，又为忌者所阻，不得入试。愈愤怒，愈迫窘，愈敛厉，愈微细……"看来他最"恨"的是自己"貌寝"，也就是长得太丑。因为颜值太低，又好说大话，过于自负，所以不讨人喜欢，导致自己"康熙秀才，雍正举人，乾隆进士"，好不容易当了几年知县，又因为自作主张、开仓赈贫得罪了上司，最终丢了这个"七品芝麻官"，只好隐遁扬州，卖字画为生。凡此种种，都有助于我们解读这首旷古绝今的"恨"词的底蕴。

还要注意"荥阳郑，有慕歌家世，乞食风情"这一句。这里用的是白行简《李娃传》的典故：荥阳郑生本是宦家之子，与妓女李娃恋爱，金钱被老鸨设计掏空，靠帮人唱丧歌糊口，后来又沦为乞丐。李娃不忘旧情，予以搭救调养，最终帮助他考取功名，落得一个大团圆结局。郑板桥用这个典故显然不是冲着大团圆结局去的，郑生所遭遇的都是"风流罪过"，一度惨不忍睹，但在"恨"意填胸的郑板桥看来，他的"乞食"倒是别有"风情"。这与前文一样，都是通过对人生常态的反动与解构来凸显自己"恨"的主题。有几分幽默，更多的则是冷峭与愤激。

袁宏道的"乞食风情"

由郑板桥的这句词，我们不由得想起公安派主将袁宏道的尺牍《龚惟长先生》。在这封信里，袁宏道说："人生真乐有五，不可不知。"

> 目极世间之色，耳极世间之声，身极世间之鲜，口极世间之谭，一快活也；
>
> 堂前列鼎，堂后度曲，宾客满席，男女交舄，烛气熏天，珠翠委地，金钱不足，继以田土，二快活也；
>
> 匣中藏万卷书，书皆珍异。宅畔置一馆，馆中约真正同心人十余人，人中立一识见极高如司马迁、罗贯中、关汉卿者为主，分曹部署，各成一书，远文唐宋酸儒之陋，近完一代未竟之篇，三快活也；
>
> 千金买一舟，舟中置鼓吹一部，妓妾数人，游闲数人，泛家浮宅，不知老之将至，四快活也；
>
> 然人生受用至此，不及十年，家资田地荡尽矣，然后一身狼狈，朝不谋夕，托钵歌妓之院，分餐孤老之盘，往来乡亲，恬不知耻，五快活也。
>
> 士有此一者，生可无愧，死可不朽矣。

袁宏道开宗明义提出一个观点：人世间有五种至高的乐趣应该知

道。第一种是耳朵听过世间最美好的声响，眼睛看过世间最美好的风景，嘴巴尝过世间最鲜美的味道，还说过别人不敢说、不能说的言语。

第二大乐趣叫作"堂前列鼎，堂后度曲"。门口支着一口大锅，一天二十四小时做饭；屋后搭建一座戏台，一天二十四小时唱戏。我就可以随时接待四面八方看望我的朋友，不管什么时候来，都保证他们有饭吃，有戏看。我们打破男女界限，杂坐一处，灯影摇漾，芗泽微闻，完全是现代的大型 party 的感觉。

第三大快乐，袁宏道说：四面八方投奔我的朋友形形色色，我当然也不是一视同仁、一概而论的，我要从其中找出若干特有才华见地的人，在我房子的周围建一个别墅群，每个人发给他们一栋别墅，以他们作为领头羊，成立若干个写作班子。谁有资格成为领头羊呢？他说：司马迁、罗贯中、关汉卿可以。他在名单里面列进司马迁，我们好理解，但是列进关汉卿、罗贯中这种小说戏曲作家，这在当时的文坛其实是很不被接受的，但是袁宏道很欣赏。他说，要召集这样的大文人聚集到一起，"分曹部署，各成一书"，最终达到"远文唐宋酸儒之陋，近完一代未竟之篇"的目的。

第四大乐趣，变卖所有的田产，买一艘豪华游艇，放上自己必需的生活资料，喜欢书就放上一万卷书，喜欢茶叶放上几吨茶叶，喜欢美女就请一些名妓上船，喜欢和尚再带上几个和尚，他也不管和尚和妓女放在一起合不合适，然后就可以"浮家泛宅，不知老之将至"，以游艇为家，五湖四海地漂流一辈子。

到这儿，"人间真乐有五"已经说了前四个了，看起来已经很惊世骇俗了，但是更加惊人的是最后一种乐趣。前四个"真乐"某种程度上是第五个的铺垫，这有点儿像我们平时听相声，相声有"三翻四抖"的说法。前面的都是"翻"都是铺垫，到最后才把包袱"抖"出来，这是喜剧表演的规律。袁宏道这封信也是这个规律，真正出彩的"包袱"在最后出现。他说"人生受用至此"，家里有一座金山也会花光，晚年会落到这种地步："一身狼狈，朝不谋夕"，早晨想不了晚上的事，这顿饭吃完了不知道下一顿饭在哪，那么只好到过去我相好的妓女或者老朋友那里去要饭，"往来乡亲，恬不知耻，五快活也"。这里最核心的两个词，一个是"朝不谋夕"，一个是"恬不知耻"。什么叫"恬不知耻"？心安理得，不以为耻，反以为荣。这是人生第五大快乐！

这就是袁宏道的"乞食风情"，郑板桥与他是不是有一脉相承的地方呢？站在文化史的角度上说，袁宏道是晚明个性解放思潮的代表人物之一，而这一波灵光一闪的个性解放思潮在清代逐步走向了弱势和边缘，只有金圣叹、李渔、袁枚、郑板桥等寥寥几人能够接续爝火之光。从此意义上说，这首"恨"词就超越了一般的文学史层面，上升到思想史、文化史的空间里去了。

写给王一姐的"情书"

郑板桥《刘柳村册子》有一段话说得很有意思："庄生谓鹏'怒而飞，其翼若垂天之云'，古人又云'草木怒生'，然则万事万物何可无怒耶？板桥书法以汉八分杂入楷行草，以颜鲁公《座位稿》为行款，亦是怒不同人之意。"这里的"怒"就是性灵勃发的意思，"怒不同人"，更是强调自家面目的呈现。不依傍古人，也不追随时尚，才能让大写的"我"在纸上站立起来。《板桥自叙》又说："板桥诗文，自出己意……或有自云高古而几唐宋者，板桥辄呵恶之，曰：'吾闻若传，便是清诗清文；若不传，将并不能为清诗清文也，何必侈言前古哉？'"《沁园春·恨》就是上述这些可贵观念的典型反映。

其实郑板桥的"怒"和"怪"常常是不可遏制的深情的另一种表现，他的笔下从来都是不缺少暖阳一般的温馨的。他的家书，他的道情，他的"衙斋卧听萧萧竹，疑是民间疾苦声"，哪一处少得了温情呢？就词而言，《贺新郎·赠王一姐》可能是他平生最温情的作品了：

　　竹马相过日。还记汝、云鬟覆颈，胭脂点额。阿母扶携翁负背，幻作儿郎装饰。小则小、寸心怜惜。放学归来犹未晚，向红楼、寻问春消息。问我索，画眉笔。　　廿年湖海常为客。都付与、风吹梦杳，雨荒云隔。今日重逢深院里，一种温存犹昔。添多少、周旋形迹。回首当年娇小态，但片言、微忤容颜赤。只此意，最难得。

王一姐，其人不详，有人说是郑板桥的表妹，但缺少足够的证据。我们看板桥的《踏莎行》："中表姻亲，诗文情愫，十年幼小娇相护。不须燕子引人行，画堂到得重重户。　颠倒思量，朦胧劫数，藕丝不断莲心苦。分明一见怕销魂，却愁不到销魂处"，这种说法大概不全是无稽之谈。不管有"中表姻亲"还是普通的邻家女孩，板桥与之青梅竹马、渐生情愫，后来又好梦成空、湖海相隔，这些情节总是错不了的。

于是，带着满满的怅惘，板桥回忆起那些童真往事。词的上片看似絮絮叨叨，写了不少琐细的片段，其实"小则小、存心怜惜"的深挚真诚就蕴涵在这些片段之中。下片笔锋一转：二十年湖海飘零的日子过去了，今日重逢，你还是当年那样的温存。只是瓜田李下，诸多忌讳，我们也免不了周旋客套。唉！回想起当年娇小的你，因为一句话说得不对就气红了脸。那样的场景难以再得，只能付之于回忆了！

很怅惘，也很温情，但都毫不遮掩，语言很干净，心情也很干净。不卸去那些"雅正"的包袱，抱持一种"自出己意"的观念，是不可能把这封没有寄出的特殊"情书"写得这样诚恳动人的。

板桥这首词我以为是他生平绝唱，也是词史上值得珍惜的杰作之一，可惜一直后继无人。直到当代词人熊东遨（1949—　）笔下，才有了可以相提并论的佳篇：

> 忆儿时、坐分果果，何曾忘却些个。人中你是花仙子，淘气一休为我。才入伙。便怎地、瓜棚争演《花田错》。心扉不锁。任八姐三姨，堂前拍手，笑个钗儿堕。　西厢曲，苦被黄鹂搅和，东风尤与相左。天涯一别无消息，剩有乱愁成垛。伤不裹。伤只在、内心深处君知么？何堪更挫。最苦是昨宵，莺花梦里，与你擦肩过。

——摸鱼儿·童年琐忆

神理趣味，与板桥何其相似！而且加上了"花仙子""一休"之类的当代元素，更为可贵。板桥是清朝人，王一姐自然要"云鬟覆颈，胭脂点额"，我们今天如果还那么写，那就是"假古董"，掉进拟古的陷阱里去了，而且也就失去了打动人心的魅力。

"丽句清词刊落尽"的蒋士铨

乾隆诗坛有三大家之称，袁枚不用说了，赵翼也很有名，相比之下，蒋士铨的"存在感"要弱一些，但他也极有成就特色。要知道，乾隆诗坛高手如林，能杀入"三甲"谈何容易！

蒋士铨（1725—1785），字心余，号藏园，乾隆二十二年（1757）进士，官翰林院编修，没有几年即辞官南下，主讲绍兴蕺山书院、杭州崇文书院、扬州安定书院。这都是当时很有名的大书院，有点像今天的复旦、南大、浙大。乾隆四十三年（1778）再入官场，任国史馆纂修官，但已中风偏瘫，很快就退休还乡，直至去世。蒋士铨著述颇为丰富，《忠雅堂集》有文十二卷，诗二十七卷，另有《藏园九种》，又名《红雪楼九种曲》，在清代中期剧坛上分量很重。词集名《铜弦词》，两卷，这都是袁、赵两家所不具备的。赵翼平生不填词，袁枚"基本上"不填词，只有一次例外。他晚年到某地买妾，已经相中了一个小姑娘，唯独觉得"肤色稍暗"，当时就没买。回头后悔再去买的时候，人家已经名花有主了。袁枚很懊恼，于是写了一首《沁园春》。我印象中他只填过这一首词。

我们现在看"三大家"之"大"其实很有意思。诗文是大家都有的，除此之外，袁枚有《随园诗话》，有名为《子不语》的志怪小说；赵翼有《瓯北诗话》，有史学名著《廿二史札记》；蒋士铨则独擅词曲。也就是说，诗好固然重要，但别的方面也得有几项"绝活儿"，才能成其"大"。在这个意义上说，一度和袁、赵并列的大书法家、探花王文治最终还是比蒋士铨略微逊色的。

"三大家"在诗学倾向上常常被看作一个整体，认为他们都是主"性灵"的。大方向来看，这并不错，但细分的话，袁赵两家可以称为

"性灵左派"，蒋士铨则"偏右"，与他们有些观念并不完全吻合。这一点主要表现在蒋的忠孝、名教一类正统观念比较强，常近乎执拗迂腐，那就必然使"性灵"的解放显得不那么通脱彻底。他一碰到贞女烈妇一类题材就很兴奋，连篇累牍，大写特写。就算在可以更多卸下礼教包袱的"小词"里，他也不少见"三九贞烈，淑女当思省"一类话头，①令人读之不快，有一种"沉重正大有余而洒脱轻灵不足"的感觉。②

不过，就"沉重正大"而言，蒋士铨的确还是有他的鲜明特色的。在《贺新郎·陈其年洗桐图，康熙庚申夏周履坦画》一词中他明确声言"倚高梧、解衣盘薄，髯其堪爱。七十年来无此客，余韵流风犹在……可容我，取而代"，不仅把陈维崧视为偶像，而且以继承人自居。在清中叶词坛上，这似乎是仅见的一例。③因为对陈维崧的景仰，他的词集中《贺新郎》《满江红》《百字令》《沁园春》等"迦陵标签"的词牌最多，有的词放在"湖海楼"中，宛如出于一手。比如《贺新凉·自题一片石传奇》与《贺新凉·鄱阳徐公覆负才名，工为南北曲词，任侠好客，家遂落。年五十，日贫困，偕孺人画秋香图双照自娱，属予题帧首》：

蝶是庄生化。绝冠缨、仰天而笑，闲愁休挂。大抵人生行乐耳，檀板何妨轻打。穷与达、漫漫长夜。呆女痴儿欢笑煞，叹何戡、已老秋娘嫁。须富贵，何时也。　十年骑瘦连钱马。经几多、浮云变态，悲歌嫚骂。南郭东方游戏惯，粉墨谁真谁假。吊华屋、荒丘聊且。不见古人何足恨，只文词、伎俩斯其下。我本是，伤心者。

老屋三间下。看眼中、头颅如许，君其健者。何不弯弓驰猎骑，飞雁翻身仰射。知未了、男婚女嫁。郑婢萧奴齐侍侧，奉夫

---

① 《青玉案·自题空谷香院本》。

② 袁赵蒋三家的差异，可以参看蒋寅《清代诗学史（第二卷）：学问与性情》，中国社会科学出版社2019年版。

③ 相似的一例是苏州词人张埙，他有"小迦陵"之号，但并非自称。我在范培松先生主编的《苏州文学通史》（第三册）中对张埙有所论列。

人、小摘香盈把。饶此乐，自当画。　史公奔走真牛马。且旁观、烂羊牵犬，人奴答骂。我欲岑牟披单校，揎袖鼍皮亲打。否则种、梅花绕舍。酌酒唱君新乐府，赚细君、割肉明年也。英雄泪，如铅泻。

"不见古人何足恨，只文词、伎俩斯其下。我本是，伤心者"，"史公奔走真牛马。且旁观、烂羊牵犬，人奴答骂"，这样的句子确实纵横奔涌，登湖海之楼入迦陵之室绝无愧色。陈维崧说"仆本恨人"，蒋士铨说"我本是，伤心者"；陈维崧说"叹侯赢、老泪苦无多，如铅泻"，蒋士铨说"英雄泪，如铅泻"。不管是片段还是整体，二者的相似性实在是太明显了。

在另一首《贺新郎》中，蒋士铨说自己"丽句清词刊落尽"，这是实情。他的词集中几乎没有什么脂香粉艳的篇章，即便写给妻子的真挚含情的词，也丝毫不涉绮丽风华：

> 偶为共命鸟，都是可怜虫。泪与秋河相似，点点注天东。十载楼中新妇，九载天涯夫婿，首已似飞蓬。年光愁病里，心绪别离中。　咏春蚕，疑夏雁，泣秋蛩。几见珠围翠绕，含笑坐东风。闻道十分消瘦，为我两番磨折，辛苦念梁鸿。谁知千里夜，各对一灯红。
>
> ——水调歌头·舟次感成

词一开篇，就用"共命鸟""可怜虫"两个词奠定了这封"苦情情书"的基调。所谓"贫贱夫妻百事哀"，结婚十年，自己倒有九年漂泊在外，别离愁病，首如飞蓬，这是何等辛酸！虽然时序迁变，却一直没有过上富贵日子，只有为我不断的"消瘦""磨折"，如今也还是对灯遥念而已！这首词确实没有什么像样的情话，连杜甫"香雾云鬟湿，清辉玉臂寒"那样的想象也没有，但好就好在写出了一个艰辛落魄的读书人对妻子的歉疚、感激和挂念，有点像元稹《遣悲怀》的"在世版"。这是蒋士铨笔下最动人的佳作之一，可见他不是不写情，也不是不会写情，只是不属于"香软"，"硬度"比较大而已。

在我看来，蒋士铨笔下最"温软"的词大概是《蝶恋花·言愁》：

> 雨雨风风愁不止，月下灯前，愁又从新起。天许有情人不死，不应更遣愁如此。　暂时撇去仍来矣，才绕天涯，又到人心里。我爱人愁愁爱你，一人一个愁相倚。

十句词用了六个"愁"字，回旋往复，纠葛不清，在蒋士铨集中可称难得缠绵的"别调"了。

早逝文学天才排行榜

蒋士铨之后最具阳羡风格的应该说到黄景仁（1749—1783）。

黄景仁在清代诗坛是一个如雷贯耳的名字。时人评价他"乾隆六十年间，论诗者推为第一"①。乾隆朝是中国古典诗歌史上诗人数量最多、诗作数量最多的时期之一，可谓大家名家济济一堂，诸如袁枚、赵翼、蒋士铨、沈德潜、厉鹗、翁方纲、郑板桥，都是重量级选手。在这些林立的高手中被"推为第一"，那真是谈何容易！也就是说，清代两万名左右的诗人，如果评"十大家"或"八大家"，黄景仁肯定是高踞一席的。

还有一重身份：黄景仁是中国历史上早逝的文学天才之一。我曾经开玩笑说，应该弄一个中国文学史早逝天才排行榜，尽管谁都不愿意进入这个榜单，但事实是存在的，而且进入这个榜单的门槛是很高的，并不是"早逝"了就可以。比如说，有一位"逝"得最"早"的诗人夏完淳，因抗清英勇就义时年仅十六岁，但夏完淳尽管有一定水平的创作，距离天才的标准毕竟还有距离，他是进不了这个榜单的。各种因素综合考量，"早逝天才排行榜"冠军得主是李贺，他以二十六岁的绝对

---

① 包世臣《齐民四术》。

优势获得这一"殊荣"①；王勃以一年之差紧随其后，"勇夺"亚军②；拿铜牌的应该是纳兰性德，三十一岁；第四就要数到黄景仁，三十四岁。③

黄景仁是个早慧的神童，九岁就能写出"江头一夜雨，楼上五更寒"的诗句。十六岁考中秀才，此后考举人就很不顺利，"屡试辄蹶"。到了乾隆四十一年（1776）他二十七岁的时候赶上了一个好机会，乾隆皇帝平定金川奏功，东巡回京，黄景仁随各省士子去天津献诗。大才子写抒情诗是好手，写歌功颂德的"拍马诗"就不行了，所以只考了二等，被授予武英殿校录的小官。

武英殿是皇家修书机构，相当于"大清出版社"。校录也叫书签官，隶属于校对处，负责校书、抄书，地位比较低，大概相当于今天的普通科员，工资肯定也不高，一年十两八两银子而已，但是黄景仁不这么想。校录虽然官卑职小，但那是皇家机构武英殿啊！进了这个门槛，飞黄腾达还不是指日可待吗？以这样的浪漫想象，黄景仁忙三火四给家里人写信：咱们老家那几间破房子都卖了吧！那几亩薄田都处理了吧！全家都搬到北京来享福吧！

就这样，全家都搬到北京城了，没几天，生活就陷入困顿。北京城的生活成本不是从今天才开始高的！任何一个地方成了都城，八方辐辏，人口聚集，生活成本必然升高。所谓"薪桂米珠"，那几两银子管什么用啊？日子很快就过不下去了。

到了这一年的深秋九月，全家人连棉衣服都没有钱买，在寒风里瑟瑟发抖。黄景仁看到这一幕也很心酸，于是写了一组诗，《都门秋思》。这是他的平生杰作之一，其中有两句以白描出之，格外动人——"全家都在风声里，九月衣裳未剪裁"。这一组诗，连同最出色的这两句不胫而走，迅速传遍诗坛，传到了陕西巡抚毕沅的耳朵里。

---

① 李贺生于 791 年，卒于 817 年，可参周尚义《李贺生卒年新考》。
② 王勃生于 649 年，卒于 676 年，可参王天海《王勃生卒年与籍贯考辨》。
③ 这里只排古代诗人，如果加入二十五岁早逝的海子，所有人都要后退一名。

价值千金两句诗

　　毕沅是苏州人，状元出身，也是很不错的诗人，而且能利用自己的地位奖倡风雅，名气很大。当时舒位做《乾嘉诗坛点将录》，沈德潜被点为晁盖，袁枚被点为宋江，毕沅排在第三，被点为玉麒麟卢俊义，也是诗坛巨头之一。

　　毕沅一方诸侯，慧眼识才，看到黄景仁这两句诗以后，拍案叫绝，说："这两句诗可值千金！"我们说"可值千金"都是空话，比喻夸张而已，可是人家毕省长可当了真，真的派人从西安给黄景仁送来了五百两银子。五百两银子是个什么概念呢？物价史是个非常复杂的问题，我们简单化一点，以米价来估算购买力，乾隆朝一个普通的五口之家生活一年大概十两二十两足够了。也就是说，省着点花，五百两过上二三十年都不成问题，很大一笔钱啊！

　　但是黄景仁拿到这么大一笔钱，没过几个月就被他挥霍殆尽。怎么花的呢？当年我特地为这个问题请教过严先生，严先生回答得很干脆："不知道"！"不知道"是因为没有确切文献，但严先生说，可以推测。几个月内能花掉这么大一笔钱，无非是花到高档娱乐场所去了，挥金如土，大笔给小费，就是这么花的。

　　有时候我们会生出这样的感慨：诗人这种生物，你在纸面上看他，如椽大笔，才华横溢，我们崇拜得不得了。要是诗人跟你住对门呢？你可能就看他很不顺眼，头不梳脸不洗牙不刷，天天穿着破牛仔裤，背着把破吉他，神头鬼脸，逡巡来去，你能喜欢吗？要是这个诗人跟你生活在一个屋檐下呢？没准儿用不上十天半个月，日子就过不下去了。

　　诗人当然有可爱的一面，很多诗人也有在现实生活中很弱智的层面。黄景仁一开始鼓动家里人来京城就是典型的"诗人浪漫病"发作，现在干脆利落把这一大笔钱花光了，下一步怎么办？人家黄诗人一点也不着急，为什么呀？因为毕沅上次随着五百两银子还捎来了一封信，信上说："黄先生，你这两句诗可值千金，我先送你一半，五百两，那一半我给你暂存在西安，等你西安来做客的时候，我再把那五百两送给你。"真是有情有义、无微不至啊！毕省长这个举动确实是很令人感动的。

虽说黄景仁心里有底，还有五百两银子存在西安，可是眼看快到年关，债主盈门，眼前可怎么过呢？十冬腊月，黄景仁骑着一头蹇驴，冲风冒雪，向西安出发。结果路上风吹霜打，一病不起，最终去世在山西运城一位朋友的官邸之中，没有能够进入陕西境内。这位早逝文学天才的境遇足使我们一洒同情之泪，虽然这里有他自己的问题，但对于诗人来说，我们又不能苛求，不能要求诗人都是现实生活的强者。对自然也敏感，对心灵也敏感，在现实生活中又能人情练达、八面玲珑，这样的诗人也不是没有，但还是相对少见的。

夜笛横吹的孤独歌手

回头来说作为大诗人的黄景仁。他的诗歌成就极高，风格也多元，雄奇者如李白，缠绵者如李商隐，凄苦悲酸之作则最具特色，最能代表自家面目。比如组诗《绮怀十六首》，第十五、十六首广为传诵：

> 几回花下坐吹箫，银汉红墙入望遥。似此星辰非昨夜，为谁风露立中宵。缠绵思尽抽残茧，宛转心伤剥后蕉。三五年时三五月，可怜杯酒不曾消。

> 露槛星房各悄然，江湖秋枕当游仙。有情皓月怜孤影，无赖闲花照独眠。结束铅华归少作，屏除丝竹入中年。茫茫来日愁如海，寄语羲和快着鞭。

"似此星辰非昨夜，为谁风露立中宵"极缠绵之致，"茫茫来日愁如海，寄语羲和快着鞭"，极凄苦之致，真是荡气回肠。再比如他的两首绝句《癸巳除夕偶成》。

应该先说一说"除夕"。除夕的渊源很早了，《诗经·唐风·蟋蟀》云："蟋蟀在堂，岁聿其莫。今我不乐，岁月其除"，这里的"除"是又去一岁的意思。《吕氏春秋注》提供了另一种解释："前岁一日，击鼓驱疫疠之鬼，谓之逐除"，这个"除"是拔去凶邪的意思。作为旧年的最后一日，除夕既是两个年度的界碑，也是人生里程的重要节点。当万家灯火，欢声盈沸，或笑对亲眷，或独守青灯，或伫立风寒，或孤酌逆旅，不仅过去三百多日的甘苦酸甜会在此夜历历回放，以往镌下的生命印迹也都会奔来眼底，兜上心头，作一个阶段性的绾结。于是，"除夕"就成了一个特殊的时间触媒，以其为主题的诗词作品就育涵着丰厚的生命意蕴。大家看一个诗人别集的时候，凡是遇到"除夕"的字样，应该多注意一点，好作品往往出在这个地方。

黄景仁这两首绝句就是典范。"癸巳"即乾隆三十八年（1773），黄景仁二十五岁，芳华正盛，但科举失意，人生蹉跌，心中无限积郁：

> 千家笑语漏迟迟，忧患潜从物外知。悄立市桥人不识，一星如月看多时。

> 年年此夕废吟呻，儿女灯前窃笑频。汝辈何知吾自悔，枉抛心力作诗人。

题目说"偶成"，其实并不偶然。黄景仁四岁而孤，少年时即负盛名，却一举累踬，为谋生计，四方奔波，穷困潦倒。心中种种积郁在除夕万家灯火笑语的映衬之下，怎能不显得格外孤寂和苍凉，怎能不发出"枉抛心力作诗人"的哀啸？"悄立市桥人不识，一星如月看多时"，当然是"无人识我"的自伤，不过也有"为何无人识我"的自负与愤激。种种情绪激荡，心头自然泛出莫名的"忧患"。此种"忧患"乃是虚灵的，宏观的，既忧生，亦忧世。在鲜花着锦、烈火烹油般的"盛世"中，黄景仁是一个冷眼袖手的旁观者。所以严先生说黄景仁是乾隆盛世中一位"夜笛横吹的孤独歌手"，他就像大观园里的贾宝玉，在繁华园林里嗅出了"悲凉之雾"的味道。

"悄立市桥人不识，一星如月看多时"，这样的逆境我们没有过吗？这样落寞孤独的心情我们没有过吗？我们写不出黄景仁的《癸巳除夕偶成》，但我们看到这些诗词的时候，会不会心里面有一个地方在跟着他们一起颤动，会不会有一根弦被他的手指拨动了呢？

秋蝉咽露，病鹤舞风

与诗相比，黄景仁的词为"余事"，无论数量、水准都不能相提并论，但在清中叶词坛上，他的《竹眠词》也是"嘉禾秀出，新警不凡"的一家。[1]

先看他的《沁园春·壬辰生日自寿》：

> 苍苍者天，生我何为，令人慨慷。叹其年难及，丁时已过；一寒至此，辛味都尝。似水才名，如烟好梦，断尽黄斋苦笋肠。临风叹，只六旬老母，苦节宜偿。　男儿堕地堪伤，怪二十、何来镜里霜。况笑人寂寂，邓曾拜衮；所居赫赫，周已称郎。寿岂人争，才非尔福，天意兼之忌酒狂。当杯想，想五湖三亩，是我行藏。

壬辰是乾隆三十七年（1772），这一年黄景仁二十四岁，已经考了两三次举人，都没有考中，而这一年正值三年一科的进士放榜，金榜等162人榜上有名。作为一个寂寂无名的小秀才，自然满心失落；作为身负绝世才华的大诗人，又免不了愤懑不平。所以他劈头就是凌厉的一问："苍苍者天，生我何为，令人慨慷。"二十四岁的黄景仁已经尝到了太多的人间寒苦，尽管有着"似水才名"，多年来却一直好梦成烟，我拿什么去报答老母亲含辛茹苦的养育恩情呢？黄景仁与母亲感情特深，瞿秋白曾引用过他的名作《别老母》："搴帷拜母河梁去，白发愁看泪眼枯。惨惨柴门风雪夜，此时有子不如无"，读之令人动容不已。

下片以邓禹、周瑜少年得志来映照自己"男儿堕地堪伤，怪二十、何来镜里霜"的失意落寞。建武元年（25），刘秀即帝位，派使者持节拜邓禹为大司徒，封为酂侯，食邑万户。这一年邓禹才二十四岁。周瑜

---

[1] 《清词史》，第 372 页。

我们更熟悉了，民间传说（比如传统相声《八扇屏》）他十三岁做水军都督，执掌六郡八十一州之兵权，这太夸张了。但周瑜少年得志肯定是真的。《三国志》记载，周瑜十七岁就与孙策挥师渡江，攻占江宁，进入曲阿。建安三年（198）任建威中郎将、吴郡人皆称之为周郎时也是二十四岁。黄景仁特地取了这两位二十四岁即名标青史的风云人物与自己的二十四岁对比，一方面是对一己才华的自负，一方面则是惆怅而近乎绝望。所以他只能发出一声嘶哑的叹息——生死由命，富贵在天，何况我这样的"酒狂"不可能被这样的时世所容呢？还不如绝弃功名之念，隐居山野算了！

这是一曲青春岁月的哀歌，更是一段预示未来悲凉结局的谶语。依古人常见的说法："少年人作如此衰飒语，恐非寿征"，仅仅十年，这位绝代才人就骤然凋零了！在他身后，知交洪亮吉总结他的诗风"如咽露秋虫，舞风病鹤"，这首词又何尝不是如此！要读懂黄景仁，缺失了这首词显然是很不完整的。

谁问头颅豹子

上面的《沁园春》是"直言"心事，我们再来看一首"托言"自己情怀的，那就是《金缕曲·观剧，时演〈林冲夜奔〉》：

> 姑妄言之矣。又何论、衣冠优孟，子虚亡是。雪夜窜身荆棘里，谁问头颅豹子？也曾望、封侯万里。不到伤心无泪洒，洒平皋、那肯因妻子？惹我发，冲冠起。　飞扬跋扈何能尔？只年时、逢场心性，几番不似。多少缠绵儿女恨，廿以年前如此。今有恨、英雄而已。话到从头恩怨处，待相持、一恸缘伊死。堪笑否，戏之耳。

《林冲夜奔》是大戏《宝剑记》中最精彩的一折，行话叫"戏核儿"，作者是明代戏曲大家李开先。在明代文学史上，李开先除了以戏曲创作著称，他还是《金瓶梅》"作者候选人"之一。

黄景仁看到了《林冲夜奔》一折戏，眼见豹子头风雪山神庙，火烧草料场，雪夜上梁山，心情激荡不已。他知道这是"姑妄言之姑观之"的戏，但"雪夜窜身荆棘里，谁问头颅豹子"——四海驰名的大英雄豹子头，现在在雪夜里仓皇逃窜，朝不保夕，建功立业、"封侯万里"的志向全然成空。人生至此，何等荒诞凄凉，怎不令人潸然下伤心之泪！在这样"窜身"沦落的身世之感的层面上，黄景仁和剧中的林冲找到了一个共情点，所以他说"惹我发，冲冠起"，把自己完全投入进去了。

因为有了共情点，下片开始就把自己和豹子头打叠一处，笔笔双写：我们何尝不羡慕那些"飞扬跋扈"的豪雄？但现实的磨折哪里会给自己这样的一个空间？恩怨情仇，缠绵儿女，到最后也不过化成一副英雄之恨而已！借着豹子头的子虚乌有之事，黄景仁尽情抒发了自己和他一样的草野沦落的悲怆。"堪笑否，戏之耳"，到了煞拍，作者回到了"观剧"主题，看似"解构"了前文中的种种叹恨悲凄，可那真的是戏吗？真的能解开吗？答案是不难获得的。

大 笑 揖 君 去

读上面两首词大家或许会产生一个错觉，以为黄景仁只会像林黛玉一样可怜巴巴，哭哭啼啼（这是鲁迅先生的话。鲁迅上课时说自己不喜欢林黛玉，学生问为什么，鲁迅答："因为她哭哭啼啼"）。其实不然，如果他只哭哭啼啼，怎么会成为"乾隆诗人第一"，也是清代有数的大诗人呢？事实上，黄景仁大有雄奇飘逸的一面。诗坛领袖袁枚就多次称他为"今李白"[1]。我们来举一首黄景仁豁达高朗的词作，印证一下他的"太白气象"：

一事与君说，君莫苦羁留。百年过隙驹耳，行矣复何求。且耐

---

① 袁枚《仿元遗山论诗》其二十七云："常州星象聚文昌，洪顾孙杨各擅场。中有黄滔今李白，看潮七古冠钱唐。"《哭黄仲则诗序》又云："仲则……七古绝似太白。"《随园诗话》卷七云："黄景仁……诗近太白。"

残羹冷炙，还受晓风残月，博得十年游。若待嫁娶毕，白发待人
不？　　离击筑，骓弹铗，粲登楼。仆虽不及若辈，颇抱古今愁。
此去月明千里，且把离骚一卷，读下洞庭舟。大笑揖君去，帆势破
清秋。

——水调歌头·仇二以湖湘道远，且怜余病，劝勿往，词以谢之

乾隆三十四年（1769），黄景仁又一次乡试落第，百无聊赖之下，
到杭州与友人仇丽亭等相聚了个把月光景。考虑到"母老家贫，居无所
赖"，黄景仁准备远赴湖南，寻求一点"升斗之养"的机会。仇丽亭考
虑到路途遥远，黄景仁又身体不佳，多方劝阻，但黄景仁心意已绝，这
首词就是临行前所作。

这首词不难懂，不必多讲，有两处略作注释：1. "白发待人不"
的"不"字通"否"，此处读平声。2. 过片的"离"指高渐离，就是
易水边伴荆轲击筑高歌的那一位。"骓"指冯骓。孟尝君门客，弹铗作
歌，一会儿说"食无鱼"，一会儿说"出无车"的那一位。"粲"指的
是"建安七子"之一的王粲，有传世名作《登楼赋》。这三个典故都不
艰深，并不影响全篇行云流水般的阅读感受。

所谓"大笑揖君去，帆势破清秋"，暗用的正是"仰天大笑出门
去，我辈岂是蓬蒿人"的诗意，词中豪情胜概也直追太白。对黄景仁的
这一面，我们也是需要了解的，这样才能顾见全人。

顺便一说，黄景仁还有一首向李白致敬之作，《贺新郎·太白墓，
和稚存韵》，我们也看一下：

何事催人老。是几处、残山剩水，闲凭闲吊。此是青莲埋骨
地，宅近谢家之脁。总一样、文人宿草。只为先生名在上，问青
天、有句何能好？打一幅，思君稿。　　梦中昨夜逢君笑。把千年、
蓬莱清浅，旧游相告。更问后来谁似我，我道才如君少。有或是、
寒郊瘦岛。语罢看君长揖去，顿身轻、一叶如飞鸟。残梦醒，鸡
鸣了。

从这些代表作来看，说黄景仁"阳羡后进"是完全没有问题的。后来张惠言编《词选》，仅附录黄景仁一首婉约的《丑奴儿慢·春日》，可见他并非这位"乡先贤"的知音。再后来龙榆生《论常州词派》将黄景仁列入该派阵容中，也同样是错误的。常州词派不是一个地域性概念，审美立场、创作倾向比"常州"要重要得多。换句话说，不是所有常州人都属于"常州词派"，正如很多江西人不属于"江西诗派"，而很多非浙西的人反而属于"浙西词派"一样。

洪亮吉·赵怀玉

作为这一时期"阳羡后进"中的杰出者，黄景仁后面应该附说洪亮吉（1746—1809）与赵怀玉（1747—1823）。

洪亮吉是黄景仁生平第一好友。朱克敬《儒林琐记》云："（黄景仁）狷狭寡谐，与人交虽暂合，终致乖忤，独与洪亮吉善。尝应试同寓，夜作诗，诗成，辄呼亮吉起，夸示之。一夕四五起，亮吉终不厌，故二人最善"，看来和黄先生做朋友不太容易。不仅要听他自夸，还得不睡觉、不厌烦地听他自夸，偏偏洪亮吉就有这份耐心和度量。黄景仁曾与洪亮吉老实不客气地说："予不幸早死，集经君订定，必乖余之旨趣矣。"结果他去世之后，洪亮吉不仅素棺白马，千里迢迢扶柩还乡，而且把他的作品搜集起来，请毕沅省长出资刊刻，一行不删，一字不改，保全了黄景仁的"旨趣"。这是继顾贞观、吴兆骞之后清代又一段堪称"伟大"的友情。

别看洪亮吉对黄景仁百般迁就，其实他的才华只高不低。他不仅是纵横一时的骈文大家，也是精通地理学、人口学的著名学者，只是诗词比黄景仁稍逊而已。而且，洪亮吉的好脾气只是对黄景仁才有，对手握重权的权贵乃至皇帝，他都是直言敢谏，毫不留情。嘉庆三年（1798），洪亮吉在一次例行考试中洋洋洒洒，著文数千言，力陈内外弊政，为时所忌。转年，又因《乞假将归留别成亲王极言时政启》触怒嘉庆皇帝，被定死罪。后来改为流放伊犁，百日之后被释放回籍，风节震动天下。所以他的集子取死而复生之意，叫《更生斋集》。

洪亮吉以诗风奇险、好作惊人之句著称，有人模仿他的写法开玩笑："黄狗随风飞上天，白狗一去三千年"，闻者无不绝倒。他的词也有类似特点，如《唐多令》：

真气本无前，豪情忽欲颠。一百番、沉醉酣眠。乱摘九天星与斗，权当作，酒家钱。　寥廓约顽仙，踏红云种田。待秋成、岁月三千。拟钓六鳌沧海去，虽不饱，且烹鲜。

摘星斗付酒钱，拿六鳌当小菜，比之"黄狗""白狗"，可谓不遑多让焉。

《秋籁吟》的作者赵怀玉也是常州人，与黄、洪齐名而交好。严先生说他的词"奇崛不如洪亮吉，郁勃逊于黄景仁，唯以清俊见胜"[①]。他的《金缕曲·黄仲则蒲团按剑图》写得非常不错，有利于我们对黄景仁出处两难的心态有更深的了解：

炎冷都尝到。耐蒲团、空山风雨，狐狸悲啸。肝胆好凭三尺托，空负闻鸡怀抱。算慧业、多应得道。触起心头千古恨，试摩挲、未许鱼鳞老。人世事，几凭吊。　真空毕竟何时了。误平生、输他柔骨，工于媚灶。放下屠刀原作佛，吾辈行藏难料。便一任、路旁鬼笑。仙释英雄偶然耳，却名心、未尽还留貌。尘障外，把头掉。

"误平生、输他柔骨，工于媚灶"，这话说得够犀利的。为什么不得志于时？根骨太刚太傲，学不来人家那么柔媚地伺候灶王爷！关于灶王爷，鲁迅的《送灶日漫笔》中有一段妙论：

灶君升天的那日，街上还卖着一种糖，有柑子那么大小，在我们那里也有这东西，然而扁的，像一个厚厚的小烙饼。那就是所谓

① 《清词史》，第378页。

"胶牙饧"了。本意是在请灶君吃了，粘住他的牙，使他不能调嘴学舌，对玉帝说坏话。我们中国人意中的神鬼，似乎比活人要老实些，所以对鬼神要用这样的强硬手段，而于活人却只好请吃饭。

所以深思起来，"媚灶"二字也是一笔双写。"媚"者固然是没有一点骨头，而"灶"也是冥顽不灵、糊里糊涂而已！

"称词不尽同于两先生" 的姚椿

清中叶词坛最后一位心仪迦陵词风、接续阳羡声响的是姚椿（1777—1853）。

姚椿，字春木，号蓑道人。道光元年（1821）被荐"孝廉方正"，固辞不就，主讲河南夷山、湖北荆南、松江景贤等书院，造就人材颇多，其学问为时人竞相推重。诗文集之外，他所选的《国朝文录》八十二卷继乃师姚鼐《古文辞类纂》而编选，颇有影响。词集三卷，名为"洒雪"，三百首左右。

要了解姚椿的词，乃至了解清代中晚期相交之际的词坛底蕴，不可不读他的《洒雪词自序》。这是一篇很有意思的文章，我们只谈其中两点。第一，他说："惜翁少亦常涉此，后以王凤喈光禄言，乃辍弗为。""惜翁"指他的老师姚鼐，惜抱先生。"王凤喈光禄"指大学者、"吴中七子"之一的王鸣盛。在乾嘉朴学盛行的风气中，王鸣盛和姚鼐都是代表性人物。姚鼐年轻时一度致力于填词，后来听见王鸣盛跟别人讲，说我原来很惧怕姚鼐的学问超过我，但现在我不惧怕他了。因为"专利则精，杂学则粗"，姚鼐把心分在"小词"上面，他的学问以后肯定超不过我。姚鼐听了这话，悚然而惊，从此放弃了填词。现在他的《惜抱轩集》中存词仅八首，都是三十七岁听到王鸣盛这段话之前所作。

从这段话里，我们可以发掘到清中叶词坛衰落的又一个因素。姚鼐、王鸣盛都是精英中的精英，他们认为词是"小道"，稍投入一点精力就觉得妨害了"大道"的实现。这种想法在当时文人群体中是有一定普遍性，至少产生很大影响的。那就势必造成很多富于才华者不填词，填词者也不肯庄重其事，拿它当成"正行"来干，词怎么可能兴盛呢？

第二，对自己老师这种选择，姚椿当然不能反驳，他用自嘲的方式说："吾乃取翁所弃置者为之不已，岂为能改过者哉？"——我老师丢掉的东西，我还捡起来玩得津津有味，真是执迷不悟、死不悔改呀！看似自责，其实很坚决地站在了老师的对立面。

在后文他进一步明确地说：我喜欢四位词人，宋代辛弃疾、张炎两位；近人则是陈维崧、吴锡麒两位。虽然王昶先生"究心词学，每以姜张为极轨"，大肆张扬浙西词风，我老师惜抱先生也持差不多的看法，可是我"称词不尽同于两先生"。哪里不同？正是在辛弃疾、陈维崧上面。

姚椿的《满江红·题稼轩词后》称赞辛弃疾"算词场跋扈、几人雄，推青兕"，"东坡老，前身是；刘过辈，何堪齿"，可谓推崇有加。最有意思的是开头说："莫道词人，犹解识、晦庵老子"——辛弃疾是词人不假，可是朱圣人跟他还是好朋友呢！言外之意就是，你们比得上朱子吗？那有什么资格瞧不起词人呢？在另一首《满江红·陈其年填词图》里，姚椿把"青兕"（辛弃疾）称为陈维崧的"前身"，对他的"悲歌慷慨""铁拨铜弦""长头大鼻"深致赞赏景仰之情，当然也就明确了自己要走的路数。

姚椿走的路子无疑是很正的，但可能是被学问妨害了情致抒发的缘故，他的词真能打动人心者并不多见。《金缕曲·题国初诸公寄吴汉槎塞外尺牍》算是最为沉慨的了：

> 一士冰天走。叹诸公，真珠密字，岁寒相守。眼见乌头生马脚，不枉玉关人瘦，只太息，娄东祭酒。绝塞生还吴季子，算千秋、高义而今有。丁酉过，又辛酉。　　怜才一例还身后。听秋笳，声声掩抑，胜他秦缶。凄绝倩娘题壁句，消得几多笺奏？都问道、故人安否？休读史公游侠传，怕古来、迁客重回首。留此意，凤朋友。

显而易见，这首词是写"吴兆骞事件"的，但我之所以说它"沉慨"，并不只是因为选题"蹭了热点"的原因，更因为在这种"怀古"里蕴涵着词人对自己所处时世的一种观察和反映。严先生特地提出"都问道、故人安否"一句，认为这句词"透出了多少江南文人群情凄哀的真相"[1]。清初如此，姚椿所在的乾、嘉、道几朝又何尝不是如此？"丁酉过，又辛酉"，历史真的在进步吗？有时候真是未必然。

还值得关心的是姚椿所见的"国初诸公寄吴汉槎塞外尺牍"，不知当时是以什么方式流传的。以我有限的见闻，应该是没有刊刻过，否则会很轰动的。这是天壤间第一等珍贵文献，估计早已失传了，可惜可惜！

平庸少味的戈载

清中叶词坛我们还可以再补说一点，先说"后吴中七子"里的戈载。

戈载（1786—1856 后）字宝士，号顺卿，江苏吴县人。其父戈宙襄是音韵学名家，著有《韵表互考》《字母会韵纪要》等多种著作。戈载继承家学，对宋词声律之学钻研甚深，他的三卷《词林正韵》至今仍被诸多创作者奉为宝典，很多诗词大赛都明确要求押韵以《词林正韵》为准。《宋七家词选》选入周邦彦、史达祖、姜夔、吴文英、周密、王沂孙、张炎的词，路数很清晰，影响也不小。从学术层面来讲，戈载是有功于词的，这一点不能抹杀，但问题在于，一个优秀的词学家，他自己的创作却上不了台盘，这就值得说一说了。

戈载词集叫作《翠薇花馆词》，一般认为有三十九卷之多，他的词友吴嘉洤则说有六十多卷，这个数量有很大可能超过了陈维崧，成了古代词人创作数量的冠军。但正如古今诗歌创作数量之冠被乾隆皇帝夺得一样，多，不一定好，狐狸再多也比不上一只狮子。戈载的词和乾隆的诗一样，想找一首好的讲一讲读一读，太难了。

---

① 《清词史》，第 385 页。

为什么呢？谢章铤在《赌棋山庄词话》中有很长的一条《戈载词平庸少味》已经说得够清楚了：

> 戈宝士翠薇花馆词……平庸少味，阅至十篇，便令人昏昏欲睡。因其室有余资，喜结纳，才名易起。谓之好事则可，谓之名家则不能也。
>
> 而其所自负者，以为吾词能辨四声，能分宫调。然而……音律固当参究，词章先宜精思……吾亦未见其词之出，果能使四方传唱也，则律之叶否，终不可知。而人转因其守律之严，反恕其临文之劣，则"律"者，真藏拙分谤之具也。
>
> ……宝士之可议者，尚不止是。卷首序与题词数十篇，借光之多，已属可笑。开卷即有龙涎香、白莲、莼、蝉等题，此近来学南宋者几成例作，习气愈觉可厌。且宝士一贡生耳，而自十三卷以后，交游渐广，攀援渐高。中丞方伯、观察太守、司马明府，历碌满纸，所作无非应酬。虚声愈大，心灵愈短……抑何其不惮烦也。至为麟见亭河帅题《鸿雪因缘图》，前后合一百六十阕，多至四卷……以花间兰畹之手笔，加以引商刻羽之工夫，乃为钜公谱荣华之录，摹德政之碑也。言之不足，又长言之，若以为有厚幸焉，此真极词场之变态矣。

这段话我裁剪之后分成了三个自然段，也就是说，谢章铤主要讲了三层意思：第一，戈载词平庸少味，乍看还凑合，读到十篇以上就要睡着了。他名气比较大主要是因为有钱，好交游而已。第二，戈载自负其词讲究音律，殊不知音律只是词的末节。词不能打动人，音律严谨有什么意义？再说也没听见有人唱他的词，这样的音律之学其实也不无可疑，多半是唬人的罢了。第三，戈载有一大堆不好的习气。求人作序吹捧，连篇累牍，一也；开篇就是《乐府补题》的陈词滥调，二也；交接贵官，借官位自重，三也。

在最后这一点谢章铤举出了特别有力的一个例子：戈载为某河道总督题一幅图，前后居然写了四卷，一百六十首词！词是做什么用的？难道是为了达官贵人做"荣华录""德政碑"的吗？所以谢章铤非常鄙夷厌恶地说，像戈载这种做法，"真极词场之变态矣"！

这里还值得大家思考的是：谢章铤这段话是针对戈载、针对清中叶词坛的那种"词场变态"而言的，但它的意义却不止于此。在诗词史的行程中，这样的"变态"并不从戈载才开始，也没有到戈载就结束。可以看看当代诗词界，谢章铤所批评的类似"变态"现象还少吗？这是对词的生命力的又一次严重戕伤，那就不是哪个人的词"平庸少味"的问题了。

刘嗣绾·乐钧

乾嘉词坛还可以补述刘嗣绾和乐钧，严先生称他们是"在浙派与常州词派消长继替阶段""不为牢笼、独立自行"的词人。

刘嗣绾（1762—1821），字芙初，江苏阳湖（今属常州）人，嘉庆十三年（1808）会试第一，殿试二甲进士，授翰林院编修。著有《尚絅堂集》，有《筝船词》二卷。他的词不无"浙西"特征，集中咏物词不少，但风格清快疏朗，少有堆砌窒闷的笔调。《南乡子》可以为代表作：

> 春事已阑珊，一緉青鞋倦往还。记得故园风景好，凭栏，荠菜花儿单布衫。　兀自掩柴关，芳草无多忍再删。却借一鞭楼上指，君看，绿遍江南岸岸山。

论字句，是"荠菜花儿单布衫"最好，可谓天然凑泊；论心迹，则"倦往还""芳草无多"多少透现出那种"饱学无所用，空耗一生于旅食与宦途的苍凉情怀"①。

乐钧（1766—1814），字元淑，号莲裳，江西临川人。嘉庆六年（1801）举人，后屡试不第，漫游江湖之间，无所遇合。他学诗于翁方

---

① 《清词史》，第435页。

纲，骈文也称雄一时，但平生最出名的可能是小说《耳食录》。我们在小说史谈到《聊斋》以后文言短篇小说创作极一时之盛，分为"聊斋系"和"阅微系"两大支流。"聊斋系"中，袁枚的《子不语》、沈起凤的《谐铎》以下就应该数到《耳食录》，可见这也是一位多面手。

乐钧的词集叫作《断水词》，早期之作较轻艳，随着中年失意，逐渐变为郁勃冷峭，但意到笔随，还是有很多轻俊之作。如《南乡子·题水南村舍图》：

> 何处水南村，绿是溪光白是云。飞过一双闲翡翠，柴门，十里桃花不见人。　双桨荡吟魂，来看扬州月二分。冷雨寒风兼小雪，黄昏，一树梅花不算春。

题图之作，瞻前顾后，很容易写得滞重。像乐钧这样写得富于飞扬流动感的，并不多见。《浪淘沙·昨夜》也是滥熟题目了，在他笔下仍然活色生香：

> 昨夜立空廊，月地流霜。影儿一半是衣裳。如此天寒如此瘦，怎不凄凉。　昨夜枕空床，雾阁吹香。梦儿一半是钗光。如此相逢如此别，怎不思量。

我觉得在郭麐的十二《词品》和杨夔生的续十二《词品》之外，还应该再加一品——流动。乐钧的这两首词就是"流动"的上品。

第十四讲
张惠言、周济
与常州词派的登台亮相

常州词派崛起的内外因

我们在上面两讲中花了不少篇幅梳理清中叶词坛的"盛而复衰",其实这一时期高手还是不少的,厉鹗、史承谦、郭麟、郑燮、黄景仁……但没有出现陈维崧、朱彝尊、纳兰性德那样的重量级词人,跟清初相比确实显得"衰"了一些。

花篇幅讲戈载是一个特别的安排,在某种程度上,他代表了当时词坛相当具有普遍性的一种不良风气。谢章铤的严峻批评并不是孤立的,张惠言的弟子金应珪在《词选后序》对此也有概括性的总结:

> 近世为词,厥有三蔽……揣摩床笫,污秽中冓,是谓淫词;其蔽一也……诙嘲则俳优之末流,叫啸则市侩之盛气……是谓鄙词;其蔽二也……哀乐不衷其性,虑叹无与乎情。连章累篇,义不出乎花鸟;感物指事,理不外乎酬应……是谓游词;其蔽三也。

"淫词"和"鄙词"的指责放在今天来看未免都能成立,"三蔽"之中,最切中要害的还是"游词"。王国维就据此发挥说:"词人之忠实,不独对人事宜然。即对一草一木,亦须有忠实之意,否则所谓'游词'也"①，甚是。这种摇笔即来、不由情性的"游词"铺天盖地，可见词坛又到了竖起新的大旗的时候了。

这是从词史发展的内在需求而言。如果再一次使用广角镜头，把视野推向恢宏的历史文化空间，那么我们还应该看到爱新觉罗王朝逐步走向下坡路的大趋势，以及它对文学产生的相应影响。

前面我们多次使用过《红楼梦》里的妙语"鲜花着锦，烈火烹油"，乾隆王朝作为封建行程空前绝后的极盛期，事实上也埋下了诸多未来将要酿变出的祸患根源。还是《红楼梦》的话："外面的架子虽未甚倒，内囊却也尽上来了。"乾隆朝结束还没到半个世纪，第一次鸦片战争的枪炮声就已经打响；圆明园的大火还没有完全冷尽，太平天国的飓风又笼罩了半个中国；"同治中兴"的椅子还没坐热，北洋水师就在黄海遭遇了毁灭性打击；《马关条约》的赔款还没有筹措明白，清廷就又在义和团的"怪力乱神"声中出了大昏招，几乎向世界所有强国宣了战……多则十几二十年，少则三年五载，巨大变乱和灾难一个接一个地降临中国大地。文人，作为目击身历者中心灵最敏感的群体，他们必然要成为这些大小历史现场的记者、歌手、摄影家和雕塑师。那么，以往的经验和理论就不可能完全适应和指导新的创作实践。为什么周济提出"诗有史，词亦有史"？因为这个时代的"盛衰"需要有人发出"感慨"②。为什么谢章铤提出"拈大题目，出大意义"？因为微弱的呻吟必然会被淹没在洪流之中。

常州词派基本理论的提出在嘉庆初年，为世所知、宗风大倡是在道光十年（1830）前后，笼罩词坛、完胜"浙西"则还要等到光绪年间谭献、陈廷焯理论的出现。不难看出，常州词派的"得势"与清王朝下滑的曲线是基本重合的。我们谈晚近词坛，常州词派无疑是最亮眼的标签。

---

① 《人间词话》。
② 周济说"感慨所寄，不过盛衰"，详见后文。

张惠言的理论标的

嘉庆二年（1797），三十七岁的张惠言第二次来到安徽歙县的金榜家里做西席先生。金榜是乾隆三十七年（1772）的状元，又是著名的经学家，尤其精研《礼》《易》。张惠言在金家一边从金榜治学，一边教授金家子弟。为教学的需要，他与弟弟张琦合作，编了一本《词选》。编词选相当常见，但一般都在名字上有所标示，玩一点花样。比如朱彝尊的《词综》、先著的《词洁》、陈廷焯的《词则》《云韶集》。如果老老实实只叫"词选"，那也标上斋号之类，表示这是某某某"荣誉出品"，避免跟别人的词选弄混了。比如《亦园词选》《清绮轩词选》《见山亭古今词选》等。张惠言这本书的名字有点"秃"，可见他最初并没有开宗立派、改变风气的意思，编这本书只是为了教自己的几个学生而已。按今天的话说，这是一本"内部教材"[①]。

尽管如此，因为听课的学生（金家子弟）水平修养较高，加上张惠言作为学者对自己的"高标准严要求"，这本有点"秃"的《词选》在不自觉之间还是清晰表达了他的理论主张的。

首先看选目。这本《词选》规模不大，一共只选了唐宋词人四十四家，词一百一十六首，人均不到三首，可谓去取甚严。那么选谁不选谁，选多少，本身就体现了张惠言的理论倾向。书中入选词最多的词人是温庭筠，十八首；第二名秦观，十首；第三名李煜，七首；第四名辛弃疾六首。选入五首的两位：冯延巳、朱敦儒；选入四首的六位：李璟、韦庄、苏轼、周邦彦、王沂孙、李清照。浙西词派的最大偶像姜夔选入三首，仅稍高于平均数；第二偶像张炎仅仅选了一首，颇有点礼貌性选入的嫌疑。那么，通过这个选目我们就可以看到，张惠言的理论眼光与当时风靡天下的浙西派是判然异途的。他更推崇南唐北宋的"雅正"词风，大师级的柳永、与"秦七"齐名的"黄九"黄庭坚，后来被"晚清四大家"奉为天人的吴文英，都是一首也没有入选。他虽然

---

① 这本词选又名《宛邻词选》。"宛邻"是张琦的号，因为张琦喜欢顾祖禹（号宛溪先生）的《读史方舆纪要》，愿与之为邻，故号而明志。从书名看，有可能是张琦选初稿，张惠言定稿。

不废南宋，但兴奋点完全不在姜张身上，而是选入了辛弃疾、王沂孙两家。后来周济编《宋四家词选》，把辛、王视为"宋词四大天王"，就是延续了张惠言《词选》的意思。

再来看《词选序》。这篇序文篇幅较长，我们简单归纳一下张惠言的观点：1. 他借许慎转引的孟喜《周易章句》之说，提出"意内而言外谓之词"。其实我们都知道，《周易章句》所说的"词"与张惠言所说的"词"根本不是一回事。张惠言也未必不知道二者的区别，但他将错就错，目的是重申"意"是最重要的、第一义的，只去雕琢好看的字面就落了下乘。

2. "意"不能直通通地表达，应该"兴于微言，以相感动"，所以应该用比兴手法，寄托"贤人君子幽约怨悱、不能自言之情"。

3. 温庭筠的词"深美闳约"，是古今词人之"最高"者。

4. 词的本义和手法既然源自《易经》和《诗经》，出身如此高贵，风雅之士们就不要顾忌那些瞧不起词的"鄙俗之音"，应该勇敢地拿它"与诗赋之流同类"，并且大胆地"讽诵之"。

以上四个观点中，最具有积极意义的是第四点。陈维崧当年提出词可以"存经存史"，要求作者"精深自命"，此后清代词坛再没有发出过如此推尊词体的声音。张惠言尽管强行把词牵扯到《易经》上面，但客观上抬高了词的地位，驳斥了"小道""艳科"一类偏见。这在乾嘉朴学大倡、一般学者鄙薄不为的情况下是难能可贵的。我们在前面姚椿部分讲到王鸣盛和姚鼐的例子就能够看到这一点。

比较"双刃剑"的是第二点和第三点。提倡词用比兴寄托是对的，问题是强调"贤人君子"的"幽约怨悱、不能自言之情"本身就落入了温柔敦厚、怨而不怒的诗教窠臼，再把它寄托在隐隐约约、闪烁其词的意象之中，那就难免在创作中强行"作意"，在解读层面过度阐释。

所以，张惠言喜欢温庭筠、把他推为"最高"没有问题，但非要说"小山重叠金明灭"，是"感士不遇焉，篇法仿佛《长门赋》"，说"照花前后镜，花面交相映"是《离骚》初服之意"，这就过分了。所以谢章铤批评得很有力量："《尊前》《花间》岂无即境之篇？必欲深求，殆将穿凿……是温柔敦厚之教，而以刻薄讥讽行之。彼乌台诗案，又何怪其锻炼周纳哉！"也就是说，照张惠言倡导的这种读解方法，比之舒亶他们诬陷苏东坡也就差不许多了。王国维批评得更直白："固哉！皋文之为词也。飞卿《菩萨蛮》、永叔《蝶恋花》、子瞻《卜算子》，皆兴到之作，有何命意？皆被皋文深文罗织。"

我曾提出以"五个交通"解读诗词，第一个"内外交通"里特别告诫大家的一点是"不要牵强附会"，一定程度上就是针对张惠言这种思路而言的。① 谢章铤总结得好："皋文之说不可弃，亦不可泥也。"

与东坡各有千秋的杨花词

我们讲清词史主要是针对创作的，词学理论不能不讲，但也不能多讲，还是要回到创作本位上来。

关于张惠言的词，严先生有一段极为精彩的意见，大意是说：常州词派理论越精细发达，创作佳品反而越来越少。张惠言的词论虽有浓重的"厚古薄今"倾向，过于严正甚至迂阔，但他仅四十六首的《茗柯词》却疏朗中不乏丰赡的情韵，并没有什么板着脸的头巾气。比如他的名作《木兰花慢·杨花》：

> 尽飘零尽了，何人解当花看？正风避重帘，雨回深幕，云护轻幡。寻他一春伴侣，只断红、相识夕阳间。未忍无声委地，将低重又飞还。 疏狂情性，算凄凉、耐得到春阑。便月地和梅，花天伴雪，合称清寒。收将十分春恨，做一天、愁影绕云山。看取青青池畔，泪痕点点凝斑。

古往今来杨花词也被写了不知多少次了，而且还有苏轼的《水龙吟》珠玉在前。尽管如此，这首词中的"未忍无声委地，将低重又飞还""月地和梅，花天伴雪，合称清寒"等句子还是非常动人。更重要的是，张惠言年十四为童子师，二十六岁中举人后考进士七次不中，好

---

① 参见拙著《诗词课》，辽宁人民出版社 2020 年版。

容易到嘉庆四年（1799）中了进士，仅仅三年就去世了。可以看出，张惠言一生的绝大部分时间是处于"清寒""飘零""凄凉""疏狂"的寒士状态的。就算飘零到底，谁把我当作花来对待？——这样的"杨花"何尝不是张惠言的自画像呢？从这一点来看，这首词的确做到了他自己标举的"兴于微言，以相感动"，寄托了"贤人君子幽约怨悱、不能自言之情"。也是就这一点身世之感而言，即便跟东坡那首千古名篇相比，也可以称得上是各有千秋的。

张惠言的《玉楼春》（一春长放秋千静）也是名作，但不免拟古痕迹较重，不如《相见欢》"信手拈来"①，耐人寻味：

> 年年负却花期，过春时。只合安排愁绪送春归。　梅花雪，梨花月，总相思。自是春来不觉去偏知。

另一首《浣溪沙》既明快爽朗，又生新雕刻，有读王渔洋绝句的感觉，也比《玉楼春》好些：

> 山气清人远梦苏，海天摇白转空虚。马蹄不碍岭云孤。　杨柳官桥通碧水，桃花小市卖黄鱼。东风未起早阴初。

开倚声家未有之境

张惠言名气最大、水准最高的无疑是《水调歌头·春日，赋示杨生子掞》五首组词。我们来看一、二、五这三首：

> 东风无一事，妆出万重花。闲来阅遍花影，唯有月钩斜。我有江南铁笛，要倚一枝香雪，吹彻玉城霞。清影渺难即，飞絮满天涯。　飘然去，吾与汝，泛云槎。东皇一笑相语，芳意在谁家。难

---

① 谭献《箧中词》评语。

道春花开落，更是春风来去，便了却韶华？花外春来路，芳草不曾遮。

百年复几许，慷慨一何多。子当为我击筑，我为子高歌。招手海边鸥鸟，看我胸中云梦，蒂芥近如何？楚越等闲耳，肝胆有风波。　生平事，天付与，且婆娑。几人尘外相视，一笑醉颜酡。看到浮云过了，又恐堂堂岁月，一掷去如梭。劝子且秉烛，为驻好春过。

长鑱白木柄，劚破一庭寒。三枝两枝生绿，位置小窗前。要使花颜四面，和着草心千朵，向我十分妍。何必兰与菊，生意总欣然。　晓来风，夜来雨，晚来烟。是他酿就春色，又断送流年。便欲诛茅江上，只恐空林衰草，憔悴不堪怜。歌罢且更酌，与子绕花间。

杨生子揿①，行迹不详，根据《赠杨子揿序》中的一句话"先生数言子揿可与适道"②，可以看出他是张惠言比较看重的门生。这一组词就是他春日有感、出示杨生之作，也包含共同"适道"（寻道、求道）的意思。以这三首而论，第一首的"词眼"在"便了却韶华"一句，第二首在"劝子且秉烛，为驻好春过"二句，第五首在"歌罢且更酌，与子绕花间"二句。意思不难解会：春日如此美好，万物生意欣然，我等正该趁此大好春光修炼心性，自勉自奋，拂去悲伤萧飒之情，达到"不以物喜，不以己悲"的超然妙悟境界。

我们不能忘了，张惠言的第一身份是学者，以自己领悟到的人生道理与治学境界教诲学生是他的"家常衣饭"。朱熹当年写过名篇《春日》，一直被误解是写春天光景、"表达了对祖国大好河山的热爱"的，其实并非如此。朱熹《春日》中的"泗水"代表的乃是孔孟圣贤，这

---

① 揿，读作"善"或"燕"均可。读"善"是舒展、铺张之意；读"燕"是光照之意。如果知道他的字，还可以再进一步确定。
② 文收于《茗柯文·外编》，系张惠言代他人所作赠杨生者。

首诗明明是讲他的治学体会的。现在张惠言也以"春日"为题谈学问谈人生，可谓是跟上了朱圣人的故辙了。

也正如朱熹的《春日》一样，张惠言的这五首词没有高头讲章、道貌岸然地讲大道理，而是把那些感悟以绝美的诗化意象呈现出来。东风、春花、明月、草心……大到高天厚地，小到一叶一沙，无不有至道存焉。"等闲识得东风面，万紫千红总是春"，面对这样的境界，那些"空林衰草"一般的忧愁憔悴又算得了什么？不是很轻易就被融化在煦暖的春风和烂漫的花朵中了吗？

这样看来，把人生感悟与治学境界用比兴手法寄托在自然意象上面，这是完全符合他自己的审美理想的典范之作。也正因为这样，谭献才给出了"胸襟学问，酝酿而出，赋手文心，开倚声家未有之境"的极致好评。陈廷焯也不甘落后，称道这组词"既沉郁，又疏快，最是高境……全自《风》《骚》变出"，并反问"陈、朱虽工词，究曾到此地步否"。这都是以"清词第一人"视之了。

严先生以为如此评价有点"言过其甚"，"常州派理论家用张惠言笺唐宋词的方法来读张氏词，过于指发'幽隐'，难免大言欺人"①，对此我是同意的。但张惠言这组词的确写得绝好，即便与苏辛高处相比，也能分庭抗礼，旗鼓相敌。说它们是清词之代表作，置之千年词史也是第一流作品，这样的评价还是不过分的。

还有个小小的技术问题值得说一说。龙榆生在《近三百年名家词选》选进了这一组词，在第一首"便了却韶华"处加了句按语："依律应上二下三，此句作上一下四，殊为不合"，在第五首"又断送流年"处按语云："此句句律误同前"。龙先生是一代宗师，他的意见我们当然尊重了，但恐怕也不能死守。或许严格地从词律出发指出这一点是对的，但在词不能应歌、成为一种案头文学以后，对四声、平仄乃至语句的节奏感是不是还要不走样地去坚持，稍有"不合"就如临大敌、嗤之以鼻呢？我以为大可不必。还是那句重复了许多次的话，陈维崧、郭麐、张惠言等都从不同角度表达过的——对一首词来说，"意"永远是

---

① 《清词史》，第454页。

第一位的，是帅，"律"则是"帅"指挥排遣的"兵"。所谓"千军易得，一将难求""运用之妙，存乎一心"，如果重"兵"而不重"帅"，岂不是本末倒置了吗？

文 武 双 全 的 周 济

需要再次强调，张惠言当年做《词选》的时候只是僻处皖南的一介"西席""寒士"身份，他本身既没有开宗立派、扭转风会的雄心，这部词选，包括他的词创作在当时也并没有产生比较大的影响。现在我们说"常州词派"，张惠言的"祖师爷"地位是"追认"的，就当时情况而言，"常州词派"要等到周济的出现才真正"壁垒成"。如果说张惠言是"祖"，周济就是"宗"。

周济（1781—1839）字保绪，号介存居士，晚号止庵。有的文献说他"一字介存"，不对，他的集子叫《介存斋集》，古人是不会自己把字拿来做别集冠名的。江苏荆溪（今宜兴）人，嘉庆十年（1805）中进士时年仅二十五岁，因廷对时纵谈天下事，超过了规定字数，被降三甲，铨选为知县，改官淮安府学教授，不久因与知府不合，辞官归乡。尽管进士出身，又是教育官员，但他"通兵家言，习击刺骑射"，多次被长官委任承担侦缉匪盗的工作，"屡败擒之"，一时声名鹊起。后来隐居南京春水园，潜心著述。著有《晋略》八十卷，编有《宋四家词选》，又有《介存斋论词杂著》，词集名《味隽斋词》，又名《存审轩词》①。特地说一说周济"文武双全"的经历，目的是"知人"。周济不是一个只懂得考据词章的书生，而是大有用世抱负、富于豪侠之气的学者。《清史稿》说，当时江淮之士言经世之学者，必然首先数到周济和《齐民四术》的作者包世臣。这对我们了解他的词论与词创作是很有帮助的。

周济的词学路径直接来自张惠言的外甥、女婿、也是嫡传弟子董士锡（1782—1831），两人相识于嘉庆九年（1804），那时张惠言已经去

---

① 二者仅相差一首词，另有一些字句不同，可视为一书。见段晓华《周济词集辑校》，华东师范大学出版社 2016 年版。

世两年。尽管周济说："予遂受法晋卿（董士锡）"（《词辨自序》），但董士锡比周济小一岁，两人是朋友切磋的关系，他把张惠言的思想传给周济颇有"代师收徒"（相声行又叫"代拉师弟"）的意味。

因为是朋友切磋，求同存异，两个人的意见也常有相左的地方。在《词辨自序》中周济记述得很生动：

> 晋卿初好玉田，余曰："玉田意尽于言，不足好。"余不喜清真，而晋卿推其沉著拗怒，比之少陵。抵牾者一年，晋卿益厌玉田，而余遂笃好清真。既予以少游多庸格，为浅钝者所易托。白石疏放，酝酿不深，而晋卿深诋竹山粗鄙。抵牾又一年，予始薄竹山，然终不能好少游也。

董士锡喜欢张炎，周济反对；周济不喜欢周邦彦，董士锡喜欢。两人对峙一年后，分别转变了原来的立场：董士锡不喜欢张炎了，而周济开始喜欢周邦彦了。周济不喜欢秦观和姜夔，董士锡不喜欢蒋捷，两人又对峙了一年。这次周济也不喜欢蒋捷了，但始终没能喜欢上秦观。这个小细节很重要，它说明周济在接受董士锡所传的张氏词学思想的过程中，自己一直是有思辨、有想法的。正是因为这种"主动出击"式的"抵牾"，周济才能逐渐发展出自己独立的认识体系，从而不仅仅是继承和传播，更有发扬和光大，进而打造成饮誉一时、泽被后世的"常州词学"。

诗有史，词亦有史

周济的词学思想中，最可贵的是他的"词史论"。在《介存斋论词杂著》中，他对词的社会功能问题做了精辟的阐发：

> 感慨所寄，不过盛衰。或绸缪未雨，或太息厝薪，或己溺己饥，或独清独醒，随其人之性情学问境地，莫不有由衷之言。见事多，识理透，可为后人论世之资。诗有史，词亦有史，庶乎自树一

帜矣。若乃离别怀思，感士不遇，陈陈相因，唾渖互拾，便思高揖温、韦，不亦耻乎？

这段话可以分成以下几个层次理解：（1）词之"感慨"不应该局限于一己悲欢，更需要把眼光放开到时世之"盛衰"；（2）所谓"盛衰"至少包含四个方面："绸缪未雨"——对未来事变的预知；"太息厝薪"——这个典故出自贾谊《新书》："臣窃惟事势，可痛惜者一，可为流涕者二，可为长太息者六……夫抱火措（厝）之积薪之下，而寝其上，火未及燃，因谓之安，偷安者也"，也就是说不可苟安现状，佯装太平；"己溺己饥"——对民生疾苦有切肤之痛；"独清独醒"——不随波逐流，而能独善其身。每个人性情学问不同，肯定会偏向于某一方面，那不要紧。只要是"由衷"的见事识理之言，就有助于深刻地认知现实；（3）应该有"词史"意识，凡是"诗史"可以承当的，"词史"也都可以承当，这是词的使命，也是词的前途；（4）反之，还是拘囿在那些不痛不痒的个人得失，小资情调，拟古应酬，而且以词人自命，那不是可耻之甚吗？

应该说，这是词学史上最好的一段"尊体"之说，值得我们三致意焉。周济既把陈维崧的"存经存史"进一步挑明了，穿透了，而且也远比乃师张惠言想得深、想得宽，完全突破了那种古意盎然、同时又不无迂腐的"贤人君子幽约怨悱、不能自言之情"的论调。这样锋利明快、直指现实的创作论与周济文武双全的能力结构、对社会民生感受颇深的人生经历显然是分不开的，后来谢章铤提出"拈大题目，出大意义"的著名观点肯定也受到周济"词史"论的巨大影响。

对于现代词学研究而言，"词亦有史"说也为我们照亮了一条非常重要的理论通道，为我们把握、思考诸多"词篇""词事"提供了重要的理论支撑。特别是就我个人多年来从事的"近百年词史"研究而言，作用更大。比如说我写《近百年词史》，一开篇就是"庚子秋词"。这部分特别要辨析的问题就集中在"词史"概念上。周济所说的"词史"含义到底是什么？"庚子秋词"符不符合"词史"的要求？达没达到"词史"的高度？"庚子秋词"对后人的创作有哪些影响？把这些问题说清楚了，不仅文章写成了，新意也就出来了。

寄托与门径

关于张惠言特别在意的"寄托"问题，周济也有所深化拓展，讲得非常精彩。他说：

> 初学词求空，空则灵气往来；既成格调求实，实则精力弥满。初学词求有寄托，有寄托则表里相宜，斐然成章；既成格调求无寄托，无寄托则指事类情，仁者见仁，智者见智。北宋词下者在南宋下，以其不能空，且不知寄托也；高者在南宋上，以其能实，且能无寄托也。南宋则下不犯北宋拙率之病，高不到北宋浑涵之诣。

这段话既是极好的创作论，又是对两宋词特质的一个极好、极宏观的认识。初学词要空灵，要有寄托，否则就板滞窒息，再也达不到什么像样的水平。"空灵"是好的，但只是初级阶段。只停留在"空灵""有寄托"的层次，而不追求"浑涵"（或称"浑成""浑厚"）的境界，就会显得小家子气，太过刻意。真正的高境界，"寄托"是融化在词的字里行间，不能一眼看透的。所以周济说，北宋词不刻意求寄托，所以差的比南宋词差，但好的比南宋词好；南宋词追求寄托，所以没有差的北宋词那么差，但也没有好的北宋词那样好。总而言之一句话："词非寄托不入，专寄托不出"[①]——填词没有寄托不行，陷在寄托里出不来也不行。这就把虚灵摇曳、难以把握的"寄托"说得很明白可感，可付之运用了，难怪谭献后来大声赞叹："'以有寄托入，以无寄托出'，千古文章之能事尽矣！岂独填词为然?"[②]

推尊了词体的地位，深化了填词的原则，接下来就是指示填词的门径了。跟张惠言一样，也跟之前的朱彝尊、之后的朱祖谋等人一样，这种"门径"也是通过词选来实现的。张惠言在《词选》中列出了他心

---

① 周济：《宋四家词选目录序论》。
② 谭献：《复堂日记》。

目中的"四大天王"：温庭筠、秦观、李煜、辛弃疾。这是合唐宋词而言之，单纯看宋代，还可以加上朱敦儒，再加上苏轼、周邦彦、王沂孙、李清照四位中的一个。

周济的看法与张惠言有相同之处，比如辛弃疾；也有很大的不同处，比如秦观。上文我们讲过，他坚决地说自己"终不能好少游"，所以秦观肯定不在他的师法之列了。他从张惠言并不很称道的词人中选出周邦彦、王沂孙两位（《词选》中均选四首者，名次不高），又从张惠言很"不待见"的词人中特地拔出吴文英，做了一本《宋四家词选》，形成了"周济版"的"宋代四大词人"。

他给"宋四家"写的"颁奖词"很精彩：

> 清真，集大成者也。稼轩敛雄心，抗高调，变温婉，成悲凉。碧山餍心切理，言近指远，声容调度，一一可循。梦窗奇思壮采，腾天潜渊，返南宋之清泚，为北宋之秾挚。是为四家，领袖一代。

从"颁奖词"大体能够看出周济勾勒出的路径：王沂孙"声容调度，一一可循"，可以作为学词的初阶；周邦彦"集大成者也"，是学词的终点；中间加上辛弃疾的"雄心""悲凉"，吴文英的"奇思壮采"，这条道路就完备了。用周济自己的话说，就是"问途碧山，历梦窗、稼轩以还清真之浑化"。

周济指示的这条门径意义重大。首先，他再次肯定了辛弃疾的词史地位，对于晚清民国"稼轩风"的高扬起到了重要的作用；其次，对周邦彦"集大成"地位的推许，包括"清真浑厚，正于钩勒处见。他人一钩勒便刻削，清真愈钩勒愈浑厚"的评语直接影响到了王国维后期的词史判断；再次，也是最重要的一点，他把之前并不引人瞩目的吴文英"提拔"到"四大家"的位置，这对于王鹏运、朱祖谋等大兴"梦窗风"，影响近百年词坛走向具有先导和启迪的意义。上述这些内容我们后文也会详谈，在这里不做过多展开。

理论与创作的"错层"

从上面这些理论建树来看，周济不仅是"常州"得以成派的第一功臣，而且是清代词学史第一位大理论家。按说理论讲得如此明白透彻，创作水平也一定很高才对，但不仅是周济，他之前之后不少以理论擅场者，其创作往往都有着比较大的落差。比如刘熙载、谭献、陈廷焯等，都是如此，以至于出现了一个"善言词者不善填词"的"魔咒"。其实理论创作"两条腿走路"的词家还是不少见的，比如谢章铤、况周颐、王国维，只不过周济不在其列而已。

周济的词在当时也堪称名家，只不过跟理论相比逊色多了。他的《湘春夜月·沧州道中见女子鬻伎》还是不错的，有一点《琵琶行》的意思：

> 恁天涯，几人烟水浮槎。不信雾鬓风鬟，都付与杨花。乱蹴秋千红影，隔渌波青粉，柳外谁家。算吹箫那是，竹帘十里，烟暝香斜。　扁舟倦客，安排清泪，重赋琵琶。值得汍澜，浑未要、回灯唤酒，低诉年华。明宵何处，料相随、只有昏鸦。向淡月、祝眉痕两点，依他纤影，休被云遮。

能够稍具"感慨盛衰"意味的是《蝶恋花·道光十有一年，岁在辛卯，五月三日，燕子矶阻风，读史感赋》组词六首，其中第二、第三两首最佳：

> 宛转黄龙星采异，斗柄西斜，露气连江坠。啸夜鱼长人却避，烟波势欲无天地。　万古消沉当此际，石燕嵯峨，空有凌霄意。独上危亭还独倚，北风吹冷承眶泪。

> 老泪无端东北洒，谁遣银河，直向西南泻。万斛愁珠相激射，此生漫共渔樵话。　买得青山休说价，叠嶂重峦，一幅屏中画。添

个山翁骑瞎马，柴门归去昏灯灺。

严先生评"宛转黄龙"一首说得很简要："天地昏浊，人妖颠倒，词人对未来的忧思和对现状的慨然，在'星采异''斗柄斜'的起句中就可见出。这一类词都表现了当时清醒的知识分子的忧生悼世情，'可为后人论世之资'的。"① 我觉得，更值得琢磨的是下一首里"添个山翁骑瞎马"一句。为什么用这个很不"诗意"的"瞎马"意象呢？这里应该是用了《世说新语》中的著名典故。《世说新语·排调》记载：桓玄、殷仲堪、顾恺之在一起"作危语"。桓玄说："矛头淅米剑为炊"，殷仲堪说："百岁老翁攀枯枝"，顾恺之说："井上辘轳卧婴儿"，一个比一个说得危险。这时，殷仲堪手下的一个参军忽然说："盲人骑瞎马，夜半临深池"！殷仲堪一只眼睛失明，闻言不寒而栗，脱口而出："咄咄逼人！"周济的词题为"读史感赋"，其实眼光照射的乃在于现实，"瞎马"意象的突兀出现正是词人心底那种"危"的感受的外化，从而与"洒泪""愁""激射""昏灯"等一同构成他对于所生存时空的总体印象。时世人心，总是在不知不觉之间流露出来的。

宋翔凤的"沉沦疏狂"心音

张惠言的弟子及私淑弟子（如周济）大都创作水准不高，最出色的一个应该数到晚年从学时间较短的宋翔凤。② 他不但自身造诣较高，更因为与龚自珍交好而可以从中审视晚近一代才士群体的复杂心态。

宋翔凤（1777—1860）③，字于庭，苏州人，嘉庆五年（1800）举人，历官湖南新宁知县、宝庆府同知等，以知州致仕。直到去世前一年的咸丰九年（1859）"重宴鹿鸣"，才加了一个知府虚衔。著有《浮溪

---

① 《清词史》，第471页。
② 宋翔凤：《香草词自序》云："予弱冠后始游京师，从故编修张先生受古今文法"，时间应在1801年左右，翌年张惠言即去世。
③ 宋翔凤生年异说颇多，《清史列传》称其生于乾隆四十四年己亥（1779），陆心源《三续疑年录》称其生于乾隆四十一年丙申（1776），《民国吴县志》所载《宋翔凤事略》则称其生于乾隆三十九年甲午（1774），樊克政《宋翔凤生年考》（《文献》2005年第1期）考订为乾隆四十二年丁酉（1777），可从。

精舍词》，又有《乐府余论》一卷。宋翔凤是常州学派中坚人物，与龚自珍的老师刘逢禄同为常州今文经学鼎盛期之代表。道光十五年（1835）林则徐任江苏巡抚，宋翔凤与之交往甚多，后来又加入邓廷桢幕府，对于动荡时世有较多的阅历和感慨。然而高才无命，科举不顺，长期郁郁，居于下位，一片经世致用的情怀无所施展，所以他的词慷慨凄婉兼而有之，凸显出的"沉沦疏狂"的才士心声很有代表性。

他在道光元年（1821）所作的《香草词自序》是一篇值得注意的文献，其中有一大段凄凉的怪话：

> 数年以来，困于小官，事多不偶，既不能猷骹以合流俗，又不能枯槁以就山林。不平之鸣，托之笑傲；一往之致，消以沉缅……于是行事之间，动遭蹇难；议论所及，屡从谗讥。故人旧游，或相告绝。幸为太平之人，不撄罗网之累，然身心若桎梏，名字若黥劓……非假涂于填词，莫遂陈其变究……春无关于飞鸟，秋无关于候虫，有感于气而不自知，有动于中而不自觉也。

这段话里至少包含了三层消息。第一，自己厕身官场底层，徘徊于流俗山林之夹缝，所以只能把"不平之鸣，托之笑傲；一往之致，消以沉缅"，借猖狂姿态以自我安慰；第二，正因为"沉缅""笑傲"，不随流俗，那就必然动辄得咎，以至"故人旧游，或相告绝"、"身心若桎梏，名字若黥劓"；第三，若非填词，何以宣泄此不平之鸣？词也者，自然而生，有感于气，有动于中之物也。

从这段话可以看出，尽管宋翔凤明确表达过对姜夔的崇拜①，也称赞老师张惠言"圣于词"，但他内心深处对于"醇雅清空""比兴寄托"等说法并没有达到高度认同，反而是与郭麟、周济、谢章铤等冷静清醒者有着强烈共鸣和相似口吻的。他的词冲口而出，称心而发，实为"性灵"阵营的一员骁将。

可先看他中年所作的一首《高阳台·自题笠屐写真》：

---

① 《乐府余论》云："词家之有姜石帚，犹诗家之有杜少陵，继往开来，文中关键。"

何事蹉跎，轻过壮老，虚生四十余年。鬓影丝丝，几人识向愁边。章门昔日经游地，遇寻常、貌我寒肩。到而今，依旧飘零，独立花前。　昂藏七尺空如寄，负芳春明月，遥夜清弦。触事悲凉，旧尘往梦都捐。从兹笠属江湖里，去安排、水宿云眠。且收来，眼底群峰，脚底苍烟。

我们在前面多次说过，"自题小像/写真"一类题材非常重要，很能听见作者的真实心声。这首词毫不扭捏，开篇就是"蹉跎""虚生"的愤激，再往下则是"飘零""悲凉"情绪的直接吐露。虽然在结尾部分以"水宿云眠""群峰苍烟"等脱略清狂的意象调和了一下，那种扑面而来的失落怅惘还是浓郁可感，不容回避。曲传这种"凉凉之踪"与"郁郁之意"[1] 的佳作还有《青玉案》：

读书击剑都无谓，问名姓，差能记。更积伤怀前度事。镜里蛾眉，炉边犊鼻，几许添憔悴。　名场可有闲田地，安个愁人定容易。百尺楼高难共倚。月敛寒辉，花含清泪，合遣沉沉醉。

简单看来，这两首词都属于周济批评的"感士不遇"，然而"感"的境界、深度不一样，"士不遇"呈现出的认识价值也不一样。宋翔凤虽然还没明白、也没有进步到从体制角度去反思逼仄的现实，但他至少贡献了一代才士们"身心若桎梏，名字若黥劓"的心绪和剪影。这对我们后来者"知人论世"显然是大有裨益的。

宋翔凤还有一首《洞仙歌·再题定庵词》值得关注。他比龚自珍大十六岁，又拜龚自珍外祖父段玉裁为师，龚自珍对这位父执极其尊敬欣赏，曾写有著名的绝句相赠："游山五岳东道主，拥书百城南面王。万人丛中一握手，使我衣袖三年香"，中间洋溢出的友情之炽烈令人动容不已，宋翔凤则以这首词表示出他的确是龚自珍的知音，也无愧于那首绝唱的赠与。

---

[1]　宋翔凤：《洞箫楼诗纪》目录后题辞。

香销酒冷，是年来情绪，触动凄凉得君语。为春蚕早夜，抛了缫车，如再转，不定安排何许？　元知无倚着，堕向情天，剩有情丝理还吐。莫去问琵琶，搓作哀弦，已负尽、词人辛苦。为镇夕、长吟寄空江，道几尺潮添，未关寒雨。

词里最值得注意的是"情天""情丝"的字样。龚自珍在给自己词集写的《长短言自序》中反复申说强调的正是这个"情"字："尝有意乎锄之矣；锄之不能，而反宥之；宥之不已，而反尊之"，宋翔凤特地拈出"情天""情丝"，与龚自珍的"尊情"说强烈共鸣。我们在前文说宋翔凤是"性灵"词人，这首词也是重要的证据之一。

第十五讲

龚自珍、蒋春霖
与道咸衰世的"词史"

邓廷桢、林则徐的"鸦片词"

按照中国文学史的一般分期，道光二十年（1840）伊始就踏进了"近代文学"的门槛。很多文学史事实都可以说明，它"发展的史程与以社会性质演变为指认的历史行程并非是相互可能取代或借假，两者有时很不同步"①。也就是说，"近代文学"是以"近代史"为界限强行切割开的，它并不意味着来到了道光二十年，第一次鸦片战争一打响，文学的各部门就迅速"近代化"了。文学的反应常常要比这种斩钉截铁的划分要来得滞后一些，渐变一些。

但是话说回来，历史有时候真的吊诡到令人瞠目结舌的程度。最早对封建体制进行"近代化"反思批判的龚自珍恰恰在道光十九年（1839）写下他的《己亥杂诗》315 首，而又很快凋零在一年多以后（1841），这位被称为"近代文学开山"的文学大师几乎正是卡着近代史的门槛离开舞台的，而他生前最为担心关注的"衰世"也在内忧外患夹击下如飓风一样席卷而来。

无巧不巧，对"衰世"的歌吟正是从先后任两广总督、与鸦片战

---

① 严迪昌师：《近代词钞》，江苏古籍出版社 1996 年版，第 2 页。

争关系最密的"邓林"两大臣开始的。先看邓廷桢（1776—1846）的《高阳台》：

> 鸦度冥冥，花飞片片，春城何处轻烟。膏腻铜盘，枉猜绣榻闲眠。九微夜爇星星火，误瑶窗、多少华年。更那堪、一道银潢，长贷天钱。　星槎恰到牵牛渚，叹十三楼上，冥色凄然。望断红墙，青鸾消息谁边。珊瑚网结千丝密，乍收来、万斛珠圆。指沧波、细雨归帆，明月空舷。

开头"鸦度冥冥"嵌入一个"鸦"字，"花飞片片"嵌入一个"片"字，看起来有些小巧，但后面的"春城何处轻烟""误瑶窗、多少华年""一道银潢，长贷天钱"等精美字面指斥的则是鸦片对国计民生的严重摧残，感慨既大也深。严先生说他"词虽幽婉，意甚劲切"[1]，对于鸦片的危害以及未来时局的忧危，这位负有守土之责、且力挫英舰使之不得入虎门的总督肯定是最早警觉的一个。

作为"虎门销烟"的主持人，林则徐（1785—1850）的和作要更直接、也更高昂一些。风貌有不同，但一样是"感慨盛衰"的"词史"之作，值得珍惜：

> 玉粟收余，金丝种后，蕃航别有蛮烟。双管横陈，何人对拥无眠。不知呼吸成滋味，爱挑灯、夜永如年。最堪怜，是一泥丸，捐万缗钱。　春雷欻破零丁穴，笑蜃楼气尽，无复灰然。沙角台高，乱帆收向天边。浮槎漫许陪霓节，看澄波、似镜长圆。更应传、绝岛重洋，取次回舷。

"鸦片战争"落败，两任总督同被遣戍新疆伊犁。虽然是掩（英）人耳目的权宜之计，不久"邓林"就被"起复"为陕甘总督、云贵总督，但狂澜既倒，大势已去，他们也难掩心底的衰飒之感。林则徐《金

---

① 《清词史》，第476页。

缕曲·春暮和嶰筠绥定城看花》就是一首强颜欢笑之作,其中说"谪居权作看花使",又说"怨绿愁红成底事,任花开、花谢皆天意",声声叹息为这个衰世涂上了一抹苦涩的滋味。

飞仙剑客古无俦

当历史蹒跚地步入近代社会之际,中国文化的天幕上曾划过不少璀璨星辰,照亮了浩茫黯淡的夜空。龚自珍即是其中最夺目的一颗。早在19—20世纪之交,龚氏已被高度评价为"智足以知微"的一团污泥浊水中之清醒者,[1] 并受到后来者的誉赞和推崇。是的,龚自珍的确是个目光犀利、思想锋锐、洞见封建大厦即将坍塌之先机的启蒙家和预知人。他凭借前辈的启迪和锐敏的感触嗅见了"悲凉之雾,遍被华林"的现实,大声疾呼现在的世界是"声音笑貌类治世",其实"左无才相,右无才史。阃无才将,庠序无才士",所以"乱亦竟不远矣"[2]!如今回望他的这一些大音说论,我们会不自禁地为其超常的预见而倾倒,甚至惊诧、悚然。

龚自珍出身于官宦而兼学者的"清华"门第,外祖父段玉裁乃是以《说文解字注》而驰誉学界的朴学大师,他对这位外孙寄寓了很高的期望,期望他"为名儒,为名臣,勿愿为名士"[3]。我们觉得做个"名士"已经不错了,想不到在段玉裁这样的大学者眼中,"名士"其实是个贬义词!

二十八岁时,龚自珍从常州学者刘逢禄受《公羊春秋》,深受今文经学经世致用、托古改制精神的影响。带着这样深湛的学术底蕴,他本也想成"名儒"或"名臣"的。可是"如此高材胜高第",以龚自珍的绝世才华,考举人用了九年,考中三甲十九名进士竟花了十二年时光。此时龚自珍已是三十八岁!他也曾满怀迷茫地从人学佛,信奉天台宗;也曾满怀愤激地遁入醇酒妇人的"黑甜乡"与"温柔乡",可龚自珍毕

---

① 谭献:《复堂类稿·文集·明诗》。
② 《乙丙之际著议第九》。
③ 段玉裁:《与外孙龚自珍札》。

竟是龚自珍，他从根底上冷静地审辨出了"忽忽中原暮霭生""弹丸累到十枚时"的垂危时局。忧患、绝望、奔腾、放逸……他把各种丝裹藤缠的心绪一一发于文字之间，以诗之哀弦弹拨出了那个时代的振聋发聩之音。因为他的激切言论"上关朝廷，下及冠盖，口不择言，动与世忤"①，终于在京师无法立足，于道光十九年（1839）被迫辞官南下，两年后即暴卒于丹阳书院。②

上文我们讲过，龚自珍论诗词强调"尊情"，又强调一个"完"字。所谓"面目也完"，"心迹尽在是"③。那就是说，诗词最珍贵的，是要写出属于"我"的独特的真性情。这样的观念并不是龚自珍的新创，但他以如椽大笔写出了自己特立独行之"真"则是为后人称道的事实。他的诗富于浪漫瑰玮的气质，擅用怪怪奇奇的想象、异彩披纷的比喻、磅礴沉郁的语言，熔铸成哀艳雄奇、奥衍博丽的风格特征。在他之前的三千年诗史还很少见、甚至没有出现过这样的气派与工力。所以，柳亚子说他"三百年来第一流，飞仙剑客古无俦"，钱仲联说他"诗笔乃横扫一世之彗星，光芒辐射，拔奇于古人之外，境界独辟。其瑰伟之形象，如……天魔献舞，花雨弥空"④，这都是很精彩的评价。

与诗文相比，龚自珍的词历来不大受人关注。据我所见，比龚自珍稍晚的古人似乎只有李慈铭说他"词胜于诗"⑤，夸奖得比较真诚；谭献说他是"填词家长爪、梵志"，"奇作"，就不免寓贬于褒、皮里阳秋。其实，把龚自珍看作诗中的李贺、王梵志也不能说不对，至少它说明了，龚自珍词中的那些"剑客飞仙之语"是独立于风靡天下的浙西、常州两派之外的，而他的"述志""尊情"的词创作论恰恰是不那么"温柔敦厚"的侠骨幽情的呈现，换句话说，他诗歌中最核心的"剑气箫心"也仍旧在词中占据着压倒性的优势地位。对于晚近词坛，他是曾以"才也纵横，泪也纵横"的真情，以"蓦地横吹三孔笛"的姿态为

---

① 王芑孙：《复龚瑟人书》。
② 关于龚自珍南下及暴亡有诸多传说，即著名的"丁香花公案"。后文顾太清部分有详述，又可参见拙著《诗词课》（辽宁人民出版社2020年版）有关章节。
③ 龚自珍：《书汤海秋诗集后》。
④ 柳亚子：《论诗三截句》，钱仲联：《论近代诗四十家》。
⑤ 《越缦堂读书记》。

之注入了一泓活水的。① 1992 年，钱仲联、陈铭两位先生辑《清八大名家词集》，其中给了龚自珍一个席位，这正是对他卓绝造诣的高度评价、恰切评价。

算谁更、惊心似我

先看龚自珍的一首早期作品《鹊桥仙·同袁兰村、汪宜伯小憩僧寺，宜伯制〈金缕曲〉见示，有"望南天、倚门人老，敢云披薙"之句，余惊其心之多感，而又喜其词之正也，倚此慰之》，小序里的"袁兰村"乃是袁枚的嗣子袁通，"汪宜伯"乃是汪琨。三个人在寺庙里暂歇一会儿，汪琨就写了一首《金缕曲》，其中说："人世愁苦，按说应该剪除六根，剃发出家，可想到倚门相望的老母亲，哪儿能下的了这样的决心呢？"龚自珍既有感于他的多愁，又觉得他的孝心可贵，于是填了这首词：

> 飘零也定，清狂也定，莫是前生计左。才人老去例逃禅，问割
> 到、慈恩真个？　吟诗也要，从军也要，何处宗风香火？少年三五
> 等闲看，算谁更、惊心似我。

这首词大约作于嘉庆十六年（1811）龚自珍二十岁时。他早年就参证佛学，佛家的出世思想与儒家的经世思想以及"仁""孝"等观念间存在着深重的扞格，也造成了他人生哲学体系中的明显矛盾。所以，当友人汪琨赋得《金缕曲》时，他的心弦被拨动了。在"飘零""清狂"与"披薙""逃禅"之间，在"吟诗""从军"与"宗风""香火"之间该如何选择？这几乎是一个哈姆雷特式的问题，而迷失其中的又岂止龚自珍一人呢？

全词的重心在于"惊心"二字，而"惊心"则又由"飘零也定""清狂也定"的"计左"所引起。可是此时龚自珍只有二十岁，他本不

---

① 皆龚自珍词中句。

该这么早就感知到自己飘零清狂的命运的，所谓"少年不识愁滋味""为赋新词强说愁"，大抵如此。但再深思一层，大概也正是这种峻峭桀骜的性格造就了他日后的"动与世忤"的"怪魁"形象？也预言了他日后"仓皇出京"的归宿？性格决定命运，诚哉斯言。

嘉庆十六年（1811）是龚自珍的弱冠之年，首次应顺天乡试，仅考中副榜（准举人）第二十八名。此前一年，他的塾师宋璠三十三岁英年早逝，更增加了心头的郁闷悲感，所以这一年他不仅写了《鹊桥仙》，在《水调歌头·寄徐二义尊大梁》里，他更是换了一种激扬悲慨的笔调尽情倾吐一腔不平之气：

> 去日一以驶，来日故应难。故人天末不见，使我思华年。结客五陵英少，脱手黄金一笑，霹雳应弓弦。意气渺非昔，行役亦云艰。　湖海事，感尘梦，变朱颜。空留一剑知己，夜夜铁花寒。更说风流小宋，凄绝白杨荒草，谁哭墓门田。游侣半生死，想见涕潺湲。

这首词有两点值得注意：第一，无论气派、境界，包括遣词造语，这首词都逼似陈维崧。虽然不一定是龚自珍有意为之，但也可以看作阳羡"霸悍"词风绵延继替的典范性作品。第二，王国维读诗词的眼光，不用说是超一流的了，但他读到《己亥杂诗》"偶赋凌云偶倦飞，偶然闲慕遂初衣。偶逢锦瑟佳人问，便说寻春为汝归"一首的时候，大笔一挥，怒斥龚自珍"其人之凉薄无行，跃然纸墨间"。其实龚自珍的诗写得绝佳，既潇洒脱略，又包含着很多不便明言的隐痛，是王国维没有读懂而已。但因为王国维的巨大影响力，也颇有一些人跟在后面附和的。我们可以看看，龚自珍在这首词里悼念塾师宋璠，凄绝而哭，涕泪潺湲，一片深情，令人感动不已。这怎么会是一个"凉薄"之人呢？读诗词有时候真的也不那么容易吧！

怨去吹箫，狂来说剑

少年人多愁善感，正是填词的年纪。嘉庆十七年（1812）四月，龚自珍陪同母亲到苏州看望外祖段玉裁，并与表妹段美贞结为伉俪。夏天，龚自珍携新婚夫人返回杭州，泛舟西湖，作了一首《湘月·壬申夏，泛舟西湖，述怀有赋，时予别杭州盖十年矣》。"湘月"就是"念奴娇"的别名：

> 天风吹我，堕湖山一角，果然清丽。曾是东华生小客，回首苍茫无际。屠狗功名，雕龙文卷，岂是平生意？乡亲苏小，定应笑我非计。　才见一抹斜阳，半堤香草，顿惹清愁起。罗袜音尘何处觅，渺渺予怀孤寄。怨去吹箫，狂来说剑，两样销魂味。两般春梦，橹声荡入云水。

在我看来，西湖乃是毫无争议的"天下第一湖"。西湖之美，不只在湖光山色，更在人文，可以说步步是古迹，处处有诗句。我们普通人到西湖都有诗情，何况是龚自珍这样超一流的大诗人？这首词开篇由自己的出身闲闲说起。生于杭州本是件平凡事情，但他偏说自己如著名的"飞来峰"一般，是"天风"将我"吹堕"在此"清丽"的"湖山"之间的。气派之大、构想之奇，令人击节，而一种独往独来、风发踔厉的姿态也栩栩然纸间，为全篇树立了奇气奔涌的基调。接下来回首往事，十年京华，一事无成，即使是鄙贱的"屠狗功名"与空洞的"雕龙文卷"也还未入手，惘然之感正如眼前的西湖烟波一般"苍茫无际"。那么自己的行藏则将不止为英豪所不齿，就是那苏小一流美人不也会嘲笑自己的"非计"么？这几句诚然是自嘲，但感喟深沉，杂以绮艳，仍然给人一种磅礴流丽的感受。

关于"乡亲苏小，定应笑我非计"一句，我们可以插说一个掌故。苏小小是杭州人，南齐名妓，李贺为他特地写过一首凄美的诗："幽兰露，如啼眼。无物结同心，烟花不堪剪。草如茵，松如盖。风为裳，水为珮。油壁车，夕相待。冷翠烛，劳光彩。西陵下，风吹雨。"晚唐的韩翃也有一句诗"钱塘苏小是乡亲"，颇为有名。到了乾隆朝，袁枚就拿这句诗刻了一枚闲章。有位一品大员来南京，到随园"打卡"，顺便求袁枚先生给写一幅字。袁枚写完，恰好手边没有名章，顺手就把这个闲章给盖上了。他性情通脱，没当回事儿，没想到这位贵官大发雷霆，好一顿呵斥。袁枚说我"初犹逊谢"，不断地道歉，可这位贵官不依不饶，"呵责不休"。袁枚也火了，干脆直话直说："以今日观之，公居一品，苏小小和您有云泥之别，但诚恐百年之后，世人但知有苏小，不复知有公也！"此言一出，满座哗然。龚自珍在这里也用了"乡亲苏小"，与袁枚可谓相映成趣。

对这位乡先贤，龚自珍似乎不怎么"感冒"，文集中几乎没有齿及。就诗风而言，二者也相去甚远，但是，从"性灵"的意义上来说，或者推而广之，从个性解放的意义上来说，二者又是完全一致的。严先生曾多次提到过，从袁枚到龚自珍是个值得关心的大题目，他自己晚年作《清代文学史案》一定规划了这一"案"，可惜还没写到就去世了，留下了难以弥补的巨大遗憾。

再回来看词的下片。"才见"以下的几句呼应"湖山一角，果然清丽"的开头，掉转抒情之笔来写泛舟西湖所见之景，在写景中，又穿插着词人"清愁""销魂"的主体感受。王兆鹏先生分析道："这种跳跃跌宕的章法又是与主体勃郁不平之气相联系的。词人本不是心平气和地来观赏湖山景色，而是借游湖来排遣胸中的不平与愤懑。明乎此，我们才能体察到开篇'天风吹我'的突兀之句原是主体心灵深处如潮怒气的排戛激荡"，这种体味是细微而准确的。尤其值得关注的是，在这首二十岁创作的词中，第一次出现了"怨去吹箫，狂来说剑"这组对举性质的意象，为龚自珍一生的诗词创作奠定了指向性的基础。从渊源而言，陈维崧在《沁园春·赠别芝麓先生，即用其题〈乌丝词〉韵》中已有"禅榻吹箫，妓堂说剑，也算男儿意气场"之句，可以看作龚自珍所本。龚自珍又加上了"怨""狂"二字，更加丰富了"箫"与"剑"的内涵层次，从而形成了属于他的独特的"销魂味"，贴上了属于自己的标签。由此来看，这首词在龚自珍诗词中地位是很特殊的，值得格外留意。

纸上苍生而已

写《湘月》的第二年（1813），龚自珍再应顺天乡试，仍未考中。

七月，新婚妻子段美贞病殁，年仅二十二岁。短短几个月接连遇上人生两大挫折，在这个衰飒的秋天出都南还，龚自珍忍不住发出苍凉而高亢的吟唱：

> 我又南行矣！笑今年、鸾飘凤泊，情怀何似？纵使文章惊海内，纸上苍生而已。似春水、干卿何事？暮雨忽来鸿雁杳，莽关山、一派秋声里。催客去，去如水。　华年心绪从头理，也何聊、看潮走马，广陵吴市。愿得黄金三百万，交尽美人名士。更结尽、燕邯侠子。来岁长安春事早，劝杏花、断莫相思死。木叶怨，罢论起。店壁上有"一骑南飞"四字，为《满江红》起句，成如干首，名之曰《木叶词》，一时和者甚众，故及之。
>
> ——金缕曲·癸酉秋出都述怀有赋

词开篇就是一声长叹——"我又南行矣"！面对双重的巨大人生失意，龚自珍以一个"笑"字领起自己激荡的心绪。当然，这"笑"是苦笑、悲笑，甚至是惨笑了。"鸾飘凤泊"四个字用得很有讲究，一方面，它比喻英俊之士落魄沉沦，同时又指夫妻的生离死别。这就若隐若现地把妻子早逝的哀伤包涵在其中了。但词的重心是"出都"，所以下文紧接"文章""苍生""关山"等"大意象"，尽情倾吐满腹牢骚不平之气。"纵使文章惊海内，纸上苍生而已"二句乃是这首词的"词眼"，"纸上苍生"的背后是"干卿何事"的愤懑与"莽关山、一派秋声"的萧瑟，加之"去如水"的豪隽幽怨，演绎出一幅哀丝豪竹交相回响的心灵图景。

下片转入对自己命运的理性反思，在理性中仍然不乏激越情绪。"愿得黄金三百万，交尽美人名士。更结尽、燕邯侠子"，这样气势磅礴、推倒一世的自白令人想起李白的引吭高唱。看来，在每个时代都会有那么一种高朗的人格、奇伟的姿态，只不过所处时空不同，造成的面相与细节会有一些差异性而已。

"来岁长安春事早"以下直至末尾的几句孙钦善先生以为是"写出对未来的希望。以长安春事喻京都思想舆论的活跃，以杏花喻渴望进言用世的士人，而自己的木叶怨词引起众多和者，正是消声的议论重新兴起的预兆"①，我以为并非如此。这几句是承前文的牢骚心气而来的，一方面是反语，一方面也是自我劝慰之辞。自己既已南行，就不必为来年的"长安春事"担忧悬念了，还是"一骑南飞"，去结交美人名士、燕邯侠子，不也很妙吗？结末的"罢论"意指罢休之论，即作罢了经国纬世之志，誓愿隐逸草野江湖之论。所以，"罢论起"三字不啻为照应开头"我又南行"的深沉叹息，使人如闻其声，如见其色。其实龚自珍何尝愿意隐逸终老？他一次又一次的"出都"又何尝不是在"一山突起丘陵妒，万籁无言帝坐灵"（《夜坐》）的情形下对困顿、烦忧和庸俗的一种摆脱呢？看似骏迈英发，实则郁闷仓皇，这几乎是大多数中国士人、特别是像龚自珍这样的"怪魁"注定了的悲剧凤命。

废园·落花·红梅

《鹊踏枝·过人家废园作》是龚自珍的名作：

> 漠漠春芜芜不住，藤刺牵衣，碍却行人路。偏是无情偏解舞，濛濛扑面皆飞絮。　绣院深沉谁是主，一朵孤花，墙角明如许。莫怨无人来折取，花开不合阳春暮。

龚自珍的词不名一格，大体以绵丽和飞扬两种为主。这首词属于绵丽一路，而又不同于一般的凄美顽艳，更多是以比兴手法含蕴地传递出内心的沉痛感觉，凸显自己高标独立、淑世不流的伟岸特质。

词题为"过人家废园"，上片即紧扣中心，描写废园中藤蔓勾连、杂草纵横、柳絮濛濛的荒芜形态，只在"碍却""无情"两处隐隐逗出痛切的情思。下片渐入主题，在满院荒芜之中，把目光聚焦到那朵明艳的"孤花"上面，以此作为自己的人格写照。花之绚烂，花之寂寞，花之生机，与四周的沉闷芜杂形成强烈的对映。那不正是龚自珍自己的

———————————

① 《龚自珍诗文选》。

生机、绚烂、寂寞与"阳春暮"时的沉闷芜杂的对映么？所以，煞拍二句既是哀婉语，也是愤激的反语。当年苏东坡跟侍女们开玩笑，问自己肚中有些什么，有回答"文章"的，有回答"识见"的，苏东坡都不满意。直到听朝云说"一肚皮不合时宜"，这才哈哈大笑。"莫怨无人来折取，花开不合阳春暮"，其实正是"一肚皮不合时宜"的"废园版"。

这首词的结构、辞藻明显受到前代词家如冯延巳、晏殊等的影响，然而又绝非唐宋旧例的简单翻版，词人为我们刻画的是一个处于封建社会末世的不合时宜者的形象，这是不可移易、不可替换的"这一个"。对龚自珍的诗词应作如是观，对清代诗、词、文的审辨也都需要此种手眼。

对于花，龚自珍有着极深的情结，在诗词中多次写到这一意象。比如大家较为熟悉的"叱起海红帘底月，四厢花影怒于潮""落红不是无情物，化作春泥更护花"。《鹊踏枝》重点写的是墙角明艳的"孤花"，在下面这首《减兰》里，又把焦点对准了一包花瓣：

> 人天无据，被侬留得香魂住。如梦如烟，枝上花开又十年。
> 十年千里，风痕雨点斓斑里。莫怪怜他，身世依然是落花。

这首词作于嘉庆二十二年（1817），作者二十六岁。十年之前，他在京师悯忠寺拾取一包海棠花瓣，并书写了辛弃疾《摸鱼儿》一阕，将其珍藏起来。如今岁月不居，风华难再，而功名事业又蹭蹬多舛，再看到这包象征着自己青春时光的花瓣，不由得泫然而有盛衰飘零之感，所以有这篇借题发挥的妙作。

开篇以"人天无据"四字渲染出一派迷离而悠远的神秘气氛。不知是在怎样一种力量的作用下，自己偶然留得了落花的"香魂"，而自己青春的"香魂"是怎样飘逝的，又是由谁来收藏的呢？十年来，千里间，枝上繁花开了又落，落了又开，今日回首，一切却都风痕雨点，如梦如烟了，正所谓"花犹如此，人何以堪"，这一种悲凉怎能消受？煞拍揭橥题旨：也不必太过怜惜那些花朵了，我自己的身世不也正与这落花相仿佛么？至此花即是人，人即是花，颇有庄子梦蝶的奇幻之妙了。

通览龚自珍词集，我的感受是早年佳作较多一些。他晚年的词作主要集中在《庚子雅词》中，诸如《丑奴儿令》（游踪廿五年前到）、《台城路》（山陬法物）、《定风波》（燕子矶头）都很有名，也具有一定的认识意义，但我格外喜欢的是他另一首与花有关、通常不大会有人注意的词《清平乐·朱石梅以红梅四盆赠行，报谢，即题其画册后》：

> 芙蓉老去，没个销魂处。今雨不来来旧雨，心与亭台俱古。
> 青溪一曲盘桓，粥鱼茶板荒寒。多谢画师慰我，红妆打桨同还。

朱石梅是作者的朋友朱坚，小传说他是"浙江绍兴人，工鉴赏，多巧思，沙胎泥壶，为其创制。尤精铁笔，偶写墨梅，具苍古之致"。道光二十年（1840）九月，龚自珍离开江宁准备去苏州。朱坚知道他酷爱梅花，于是以红梅四盆赠行。此时正是龚自珍诀别官场、仓皇出京之后，生涯、心境皆荒寒之甚。对挚友的这一番好意，定庵大为感动，因题此篇于朱坚画册后示谢。

"芙蓉老去，没个销魂处"，这是写秋日景象，更是寂寥心绪的自况。"今雨不来来旧雨"，这一句用杜甫《秋述》"寻常车马之客，旧雨来，今雨不来"的语典，"今雨""旧雨"分别指新朋友、老朋友。对于老友朱坚赠送红梅的知心知己的举动，龚自珍不但心存感激，更有清高古雅的审美感受。下片的"粥鱼茶板"有点生僻，需要解释一下。"粥鱼茶板"亦作"粥鱼茶鼓"，僧院啜粥饮茶，以击木板鱼鼓为号。这是写自己在江宁的冷淡生涯，迹清心静。幸好还有这位画师老友能给我带来慰藉，让我与这几盆梅花（红妆）一路同行。

拿这首词与前面选讲的诸多早期名篇作一点比较，我们可以发现，龚自珍的晚年心绪已不同于早年的慷慨激怨，而更多了一分悟道后的平淡和老辣。如果说他的早年词如春花，炫丽绮艳；此际篇章则如寒松，简古苍劲，二者风味已有了很大差别。这首词更在"绵丽""飞扬"两大主导风格之外别立一宗——看似平淡，实则清奇高古、难以家数框架之。可惜在写完这首词之后不久，龚自珍就暴病去世，否则说不定还能开出一种特殊的格调呢！文学史和它背后的人生一样，从来都是充满着无数遗憾的！

周闲的《范湖草堂词》

说到底，发生于广东、蔓延到东南沿海的第一次鸦片战争对大清帝国来说，只不过是一场小规模的局部战争。当时的文人群体既不可能有多少"智足以知微"的预见性，更受制于见闻、信息的不畅通，在诗词中的总体反映是不太多的。书写鸦片战争的诗人最杰出的有两位：一位是广东人张维屏，一位是苏州人、当时亲临浙东抗英前线的贝青乔。词人中幸好有一位周闲，他也在浙东前线"磨盾草檄"，以词体留下了可贵的一份历史记录与思考。

周闲（1820—1875），字存伯，号范湖居士，浙江秀水（今嘉兴）人。出身武将之家，弱冠之年游幕至浙东，参与抗英斗争，后来以剿太平天国军功得六品衔，官知县，不久即去官隐居以终。周闲自序《范湖草堂词》说："词虽不工，要于古今各家之外别具一种面目"，他的这一点自负并无"卖瓜吹牛"之嫌。对于词体，他绝无"艳科"一类陈腐观感，而是振笔直书，应心应手，贡献出了清代词史罕见的"军旅词"。

单看这些题目就已经可以感受到他写抗英军旅的广度和深度：《月华清·军中对月》《水龙吟·渡海》《征部乐·领健儿戍郭津》《塞翁吟·金鸡山，是谢将军朝恩战场》《大酺·陪葛云飞、王锡朋、郑国鸿三帅夜饯定海城楼》《尉迟杯·军中与孙县丞丈应昭话旧，时同监钩金塘工》……或许纯从艺术角度着眼，这些词还称不上一流，但就大变乱时代的"词史"而言，它们是比很多精美的词篇更有意义和价值的。我们读一首《沁园春·大宝山朱将军桂祠堂》。慈溪之战中，时任副将的朱桂率部与强敌血战于大宝山，右臂被击断，于是以左臂举红旗指挥号令，直至咽喉中弹阵亡。两个儿子在此战中一死一重伤，这样的忠烈之气在周闲的词中也是贯穿始终的：

百战沙场，马革裹尸，壮哉鬼雄。记衔杯虎帐，横腰剑绿；谈兵马稍，拂面旗红。生不侯封，死当庙食，看我平生肯让公。来凭吊，正高祠落日，大树多风。　　昔时樽俎曾同，誓共扫、东南海上烽。自将星坠地，军摧沉劲；妖虫射影，掾罢田丰。[1] 漂泊频年，凋零双鬓，回首黄垆酒已空。徘徊望，怅河山真逊，旗鼓难逢。

词中提到的沈劲是东晋将领，与北燕作战时负责守卫洛阳前线。因为主帅桓温不予救援，城破被俘，壮烈殉国。田丰我们相对熟悉，是汉末袁绍手下的首席谋士。因为反对与曹操在官渡决战，被袁绍下狱，又被冤杀。从沈劲的典故来看，朱桂壮烈殉国无疑有上司指挥不当的原因，而田丰的典故则是暗示自己遭人中伤，意见不被重视。末尾几句中，他的徘徊惆怅显然与这些见闻遭遇不无关系，这里的信息量是很大的。

严先生在《清词史》中全文征引了周闲词八首，还引用片段两三首，对他评价甚高，现在的后续研究还远远没有跟上。这一点值得大家注意。

通人汤贻汾与"怪虫"蒋敦复

1850 年末至 1851 年初，由洪秀全、杨秀清等人组成的领导集团在广西金田村发动反抗清朝的武装起义。后建立"太平天国"，并于 1853 年 3 月攻下江宁（今南京），定都于此，改称天京。1864 年 8 月，天京被湘军曾国荃部攻陷，洪秀全之子洪天贵福被俘。

这场为时十几年的超大规模反抗运动，就其打击的宽度和冲击的力度而言，用"波澜壮阔"来形容也许并不过分，然而"这个天国不太

---

[1] "掾"字，《清词史》及其他版本作"椽"，疑误。田丰时为别驾，是袁绍的佐官，也即掾属官，袁绍将其罢官下狱，故曰"掾罢"，"椽"字不通。

平"①，姑且不说其怪力乱神的宗旨只能导向迷狂的道路，也姑且不论《天朝田亩制度》等看似美好的设想只是空中楼阁，单就它给社会生产力和平民生命生活造成的创伤而言，那也同样是触目惊心的。正如余秋雨在名篇《抱愧山西》中所言："我相信许多历史家还会继续热烈地歌颂这次规模巨大的农民起义，但似乎也应该允许我们好好谈一谈它无法淹盖的消极面吧，至少在经济问题上？事实是，这次历时十数年的暴力行动，只要是所到的城镇，几乎所有的商业活动都遭到严重破坏，店铺关门，商人逃亡，金融死滞，城镇人民的生活无法正常进行……"

太平天国对文人群体造成的直接影响也远比此前此后的对外战争要大得多。一方面，它持续的时间长；另一方面，它引发的战火燃遍了大半个南中国，两广、两湖，尤其江浙地区又是文人荟萃之地，那种亲历、见闻、感受所形成的"创面"显然不是作战范围不大的对外战争所能相比的。

单就词坛而言，至少就有两位词人的命运转折与太平天国直接相关。

一个是汤贻汾（1778—1853），字若仪，号雨生，江苏武进人。十六岁因父亲殉难袭云骑尉世职，历任苏、粤、赣、浙等省军职，后升温州镇副总兵，属高级将领之列。未赴任而寓居南京，在鸡笼山下筑琴隐园颐养天年。咸丰三年（1853）太平军攻克南京，赋绝命四十言，投池自尽，谥"忠愍"。汤贻汾虽身在行伍，但工诗词，精音律书画，抚琴、围棋、吹箫、击剑诸艺皆能，且通天文、地理及百家之学，著述颇丰，是个少见的文艺通才，交游也很广泛。他的死在词坛激起了极大震动，哀悼诗词数以百计。

另一位是与汤贻汾交好的蒋敦复（1808—1867），字剑人，宝山（今属上海）人。蒋敦复早慧，有"神童"之称，可是很多年连秀才也没考中，于是出游南北，性情傲慢，好臧否人事，江淮一带人士给他起了个好玩的绰号——"怪虫"。道光二十二年（1842）上书两江总督牛鉴，因触犯有关官员，险被逮捕，于是避祸为僧，法名妙尘，还写了一

---

① 借用陶短房书名。

篇惊世骇俗的《祭发文》。到后来太平天国起事，蒋敦复与王韬共谋响应，还曾"策干"杨秀清，没有得到赏识。这个举动真是非常之"怪"：太平天国是打倒孔教，破除传统文化为理论基础的，它撼动了所有知识分子赖以生存的文化根基，所以曾国藩发布檄文，一直强调"卫道"，分量甚至还在"卫国"之上。这种情况下，蒋敦复和王韬"策干"杨秀清，看来一方面是自己失意太久，有点不择手段；另一方面，如果被揭发出来，一定是毁家灭门之祸。太平军退，蒋敦复再次避祸为僧，法号昙隐，最后潦倒而卒。

蒋敦复号称"江南才子"，先与王韬、李善兰并称"海天三友"，后又与王韬、马建忠称为"海上三奇士"。他的才华的确相当突出，诗学龚自珍，奇气纵横，词不主一格，哀艳悲慨，两擅其胜。从他的《自题词稿》诗大体上能把握其格调："稽首楞严十种仙，无情眷属有情禅。可怜芍药将离节，尚说桃花未嫁年。春梦半床鹦鹉地，秋娘一曲鹧鸪天。当时人面羞崔护，不为重来也惘然。"①

蒋敦复与汤贻汾也有交情。汤贻汾曾写有《剑人缘》传奇，听说蒋敦复字"剑人"，大惊："世间果有剑人缘！"所以"屡寄声，愿定交"②。咸丰二年（1852）秋八月，汤贻汾曾招饮蒋敦复于琴隐园。当年汤贻汾与周济为莫逆之交，周济画了一幅《双笠图》赠给汤贻汾。周济去世后，汤贻汾画了一幅《孤笠图》以志哀痛。当年蒋敦复曾为《孤笠图》题词，现在汤贻汾又出示《双笠图》"属题"，蒋敦复挥毫写下一首《百字令》，记录了一段珍贵的词坛故实，也是大历史背景下的吉光片羽。半年之后，汤贻汾即投水自尽，这首词也变成了道咸衰世中的悲凉一笔：

> 将军老去，只萧萧孤笠、西风吹早。碧水丹山盟白发，双影夕阳红小。飘语青天，屐声黄叶，驴背添诗料。周郎江左，当时同调应少。　曾记破笠飞来，相逢海上，桐帽蕉衫好。我访石城秋色

---

① 此诗严先生《清词史》与其他文献以为是绝句二首，我以为从韵部、意境诸因素衡量，应作一首七律为是。

② 蒋敦复：《芬陀利室词话》。

冷，尚识东南一老。画里烟霞，酒边宾客，旧梦伤怀抱。苍茫摇首，浮云衣狗如扫。

从词来看，这位才子的心性是很正常的，那么他的"怪"大概不能全怪在他的头上。一个时代已经"怪"了，欲待不"怪"，岂可得乎？

顺便一说，蒋敦复有《芬陀利室词话》，记述词人掌故之外，还有不少内容辨正朱彝尊《词综》、万树《词律》缺失的，其中一条"戈词有失律处"很有意思：

> 顺翁持律虽严，集中亦不能自遵约束。夹锺羽之《玉京秋》，宜用入声叶韵，不可叶上去，见所著《词林正韵·凡例》中。及自作"杨柳岸"一首，用"院"字上去韵。《忆旧游》调结七字，当作"平平去入平去平"，第四字必宜用入，历引各家词证之。及自作"问东风"一首结云："山花已尽红杜鹃"，"尽"字非入，何恕于责己耶？若作"山花泪湿红杜鹃"则协矣。他首失律处亦多。

"顺翁"是对戈载的尊称，他的《词林正韵》说得头头是道，自己填词却不能尽付之实践，破绽很多，可见大讲词律四声确实有欺人的一面。

蒋春霖的凄苦结局

因太平天国而命运陡转的词人当然远不止汤、蒋两位。严先生说，终咸丰一朝十年之间，仅以词人计，就有数以百计或"殉难"，或破家四处逃亡。丧生的除了汤贻汾之外，至少还有赵对澂、王寿庭、王复、宋志沂、潘遵琭、潘莘等若干家。[①] 想从这些词人的笔下找到一些真切的"离乱哀唱"，恐怕非蒋春霖莫属。

①《清词史》，第498页。

蒋春霖（1818—1868），字鹿潭，江苏江阴人。这又是一个早慧而寒畯的词人，他小时候随做官的父亲寄居湖北，曾赋诗黄鹤楼，得到"乳虎"之美称。后来家道中落，又连续多年科场失意。到咸丰二年（1852）三十多岁，才混上了一个"权知富安场盐大使"，大概相当于盐厂的代理厂长。没有几年就辞了职，寓居在荒凉的苏北沿海产盐区东台县。同治七年（1868），猝死于吴江垂虹桥舟中，年仅五十一岁，他的侍妾黄婉君也殉情自杀。如此凄苦的落幕引发后代词人的不少嗟叹，比如晚清大诗人樊增祥的《忆旧游》，词的小序说："鹿潭以绝代词人，屈身醨吏，晚得黄婉君，差以自娱。而积久相猜，勃谿间作，鹿潭竟郁郁以死，婉君亦以身殉，滋可悲已。"看来他与黄婉君总是吵闹猜疑，日子过得并不幸福，这成了他去世的主因，黄婉君是因为悔恨或别的原因殉情，那也不得而知了。

蒋春霖的《水云楼词》在当时即有盛名，后来，谭献更说他是"倚声家老杜"，认为他是清词之冠。民国时候，王煜在《清十一家词钞·自序》中也说"清词有斯，可谓至极矣"，与谭献异口同声。这当然是过誉了，但蒋春霖的确是清词一大家，对后人影响也大。仅就我作《近百年词史》时候的粗略统计，诸如张尔田、文廷式、吴梅、黄侃、唐圭璋、刘景堂、周梦庄、曹长河、刘梦芙乃至网络词人莼客、军持、青衫客醉、陈梦渠等都对他赞赏有加，在创作上也颇受其影响。"鹿潭影响史"也是一个值得关心的好题目。

如有鬼声在纸上

先看蒋春霖的《台城路·金丽生自金陵围城出，为述沙洲避雨光景，感成此解。时画角咽秋，灯焰惨绿，如有鬼声在纸上也》，词题就写得很精炼而富有力度。他是听朋友说当时的光景，但是感同身受，"时画角咽秋，灯焰惨绿，如有鬼声在纸上也"。这两句让我们想起金圣叹批《水浒》"景阳冈打虎"一节。批到"一步步上那冈子来；回头看这日色时，渐渐地坠下去了"，金圣叹说："骇人之景。我当此时，便没虎来，也要大哭"。再批到"那大虫又饥，又渴，把两只爪在地上略按一按，和身望上一扑，从半空里撺将下来。武松被那一惊，酒都作冷汗出了"，金圣叹说："神妙之笔，灯下读之，火光如豆，变成绿色"。蒋春霖的词题也大有这样的意思：

> 惊飞燕子魂无定，荒洲坠如残叶。树影疑人，鸦声幻鬼，欹侧春冰途滑。颓云万叠。又雨击寒沙，乱鸣金铁。似引宵程，隔溪磷火乍明灭。　　江间奔浪怒涌，断笳时隐隐，相和呜咽。野渡舟危，空村草湿，一饭芦中凄绝。孤城雾结。剩胃网离鸿，怨啼昏月。险梦愁题，杜鹃枝上血。

从属性来看，这首词是"叙事"的。从提心吊胆经"荒洲"出城，到一路上春冰欹滑，再到江上波浪翻卷，草草在船上一饭，以至终于脱困后难言悲喜、惊魂未定的心情，整个过程都叙述得相当清晰，但蒋春霖的特点是不做"记里碑"，而是从视觉（树影疑人、颓云万叠、隔溪磷火）、听觉（鸦声幻鬼、乱鸣金铁、断笳时隐隐）、触觉（春冰途滑、空村草湿）、味觉（一饭芦中）等各种感觉全方面地刻画危城亡命的整体氛围。结尾处的"险梦愁题"字法峻峭，"杜鹃枝上血"既是实写，又是比兴，把那种心灵撕裂颤抖之状写得非常真切可感。

《木兰花慢·甲寅四月，客有自金陵来者，感赋此阕》也是听别人讲见闻，甲寅是咸丰四年（1854），太平天国在南京建都已经一年：

> 破惊涛一叶，看千里、阵图开。正铁锁横江，长旗树垒，半壁尘埃。秦淮几星燐火，错惊疑、灯影旧楼台。落日征帆黯黯，沉江戍鼓哀哀。　　安排多少清才，弓挂树，字磨崖。甚绕雀寒枝，闻鸡晓色，岁月无涯。云埋蒋山自碧，打空城、只有夜潮来。谁倚莫愁艇子，一川烟雨徘徊。

与《台城路》相比，这一首是从大处着眼，格局宏阔得多，气骨也雄健得多，但关于"半壁尘埃""几星燐火"的叹息是一样沉重的。

词中几处化用杜甫（看千里、阵图开）、刘禹锡（铁锁横江、打空城只有夜潮来）的诗句，谭献评价他是"倚声家老杜"恐怕主要是针对这样的词而言的。另外还需要注意，《木兰花慢》这个词牌有几处"句中韵"，比如"秦淮""安排""云埋"，蒋春霖处理得也很精心妥帖。

觉道一枝一叶怕秋风

蒋春霖生活在一个愁苦的时代，写愁言苦，本来就是他最为擅长，由于特定时空里的特定生态，他笔下的愁苦又多了一分"浓重的世纪末情调"①。说得直白一点，就是写得特别"丧气"。这"丧气"当然不仅是他个人的心境，也是一种时代心绪的折射。

看他的名篇《虞美人》和《卜算子》：

水晶帘卷澄浓雾，夜静凉生树。病来身似瘦梧桐，觉道一枝一叶怕秋风。　　银潢何日销兵气，剑指寒星碎。遥凭南斗望京华，忘却满身清露在天涯。

燕子不曾来，小院阴阴雨。一角阑干聚落花，此是春归处。
弹泪别东风，把酒浇飞絮。化了浮萍也是愁，莫向天涯去。

《虞美人》中"病来身似瘦梧桐，觉道一枝一叶怕秋风"显然是名句，但这个"病"恐怕不完全指物理层面的病，更多的还是心病。《卜算子》"化了浮萍也是愁，莫向天涯去"也是名句。愁是文人的宿命，但这一次埋愁无地，无可逃避，无可摆脱不仅与唐诗宋词元曲中的愁不一样，跟清初的史惟圆、清中叶的厉鹗郑板桥，乃至比他早一些的郭麐，跟他们的"愁"也不一样。一个时代有一个时代的达摩克利斯之剑，这一次，悬在头上的剑刃是格外锋利的。

蒋春霖还有一些好词，比如陈廷焯称为"清绝，警绝，读之觉满纸

---

① 《清词史》，第500页。

有寒色"的《凄凉犯·十二月十七日夜……》，严先生称为"不局促在一片清泪中"的《台城路·易州寄高寄泉》等，我们不必细讲了。总而言之，我们虽然不同意"倚声家老杜""清词之冠"一类评价，但蒋春霖在清词史上可以介于大家、名家之间，如果选清代"十大词人"或"八大词人"，他是应该有一席之地的。钱仲联、陈铭二位先生选《清八大名家词集》，有项廷纪而无蒋春霖，这恐怕与当时论定蒋春霖"敌视农民起义、地主阶级反动文人"的残余影响有关。就艺术水准来说，我以为蒋春霖的成就要高一些，相信很多人也是持类似意见的。

不为无益之事，何以遣有涯之生

自蒋春霖我们恰好可以谈谈比他年长一辈的项廷纪。谭献有一个很著名的说法，他认为纳兰性德、蒋春霖、项廷纪三家才称得上"词人之词"，"二百年中，分鼎三足"。又说："以成容若之贵，项莲生之富，而填词皆幽艳哀断，异曲同工，所谓别有怀抱者也"，严先生对他的定位则是"道光年间感伤词人的代表"[①]。这个"感伤词人"的定位很重要。如果说清代词史要评出三位感伤词人的话，这三位确实能"分鼎三足"。如果把它扩大到清词史上全部词人，那我们就不敢苟同了。

项廷纪（1798—1835），原名鸿祚，字莲生，浙江钱塘（今杭州）人，道光十二年（1832）举人，考了两次进士，没有考上就去世了，年仅三十八岁。项廷纪自序词稿说："生幼有愁癖，故其情艳而苦"，可见他的词风近乎纳兰一派。为什么要填词呢？他讲了两句很无奈、很凄凉的名言，经常被后人引用："不为无益之事，何以遣有涯之生？"我在二十年前博士毕业作别严先生的时候曾呈上《鹧鸪天》一首："花月应排一万场，人世何必九曲肠。得道仙人自微醉，飘零国士且半狂。

风劲峭，骨坚苍，无聊事须火急忙。万物波澜云过眼，此心安处是吾乡。"其中"无聊事须火急忙"这一句就是把苏东坡的诗"火急著书千古事"和项廷纪的这句名言捏合而成的。

---

① 《清词史》，第517页。

从这句话就可以看出，这是一个沉郁无聊之极，只好"托之绮罗香泽以泄其思""词婉而情伤"的怀才不遇而郁结不化的词人。尽管家世豪富，但襟怀无可展布，只能借填词消遣而已。他的《清平乐》就写得令人惨然不欢：

> 蓦然如醉，叠枕和衣睡。却忆去年今日事，画烛替人垂泪。
> 月明依旧房栊，麌帷寒减香筒①。剩得一枝梧叶，能禁几日秋风。

"剩得一枝梧叶，能禁几日秋风"，这两句和蒋春霖的"病来身似瘦梧桐，觉道一枝一叶怕秋风"正是相映成趣。它们所传递的都不只是某个个人的感受，更多的是让人领会到"衰世"的消息。《太常引·客中闻歌》是写春光，但大好春光，在他眼中看出来无非是凄凉漂泊之意：

> 杏花开了燕飞忙，正是好春光。偏是好春光，者几日、风凄雨凉。　杨枝飘泊，桃根娇小，独自个思量。刚待不思量，吹一片、箫声过墙。

如果不计较他的过于凄苦，项廷纪的词的确是有一些灵心慧质的，但这两首差不多也就是他最好的词了。凭这些与纳兰、蒋春霖"分鼎三足"，显然分量还远远不够。谭献的评语只能是一种偏嗜而已，不足引为定评。

健笔挈云的薛时雨

实事求是地说，在这场令半壁江山失色的"红羊劫"中，词人们总体来说是"缺席"的。正如谢章铤所说："粤乱以来，作诗者多而词颇少见。"② 这时期反映变乱的词篇虽然细数起来还有一些，但严先生

---

① 麌（yǔ），雄獐。香筒，香具名，又称"香笼"，多以黄杨木雕成，置于书房中。
② 《赌棋山庄词话续编》卷三。

已经指出："这类词大都或内容有缺陷，或粗率不能卒读"，比如赵起、许宗衡、江顺诒等。① 从他们那些虽也哀惋凄凉但多少有些言不及义的吟唱中可以看到，这"衰世"的词风也确实够"衰"的了。

严先生还说："像蒋春霖《水云楼词》那样既有大背景、又切近实际感受的作品不容易多得，差强人意的则还有薛时雨的《藤香馆词》"②，这句话我有点不同意见，我觉得，"差强人意"的评价有点过低了。薛时雨的总体成就还不能说就盖过了蒋春霖，但他健笔挈云、浩荡悲歌，折射这段历史的深度和广度都比蒋春霖凌驾而上之。

薛时雨（1818—1885），字慰农，晚号桑根老农，安徽全椒人。咸丰三年（1853）进士，授嘉兴知县。太平军起，参李鸿章军幕，官至杭州知府，兼督粮道，代行布政、按察两司事。不久罢官，主讲杭州崇文、江宁尊经、江宁惜阴书院。

与蒋春霖不同的是，从咸丰四年（1854）到同治三年（1864）这十年间，薛时雨几乎一直处身苏、浙、赣几省的战区或半战区，他对战乱的描摹都来自"目击"而不是"耳闻"，所以感受要深切得多。比如说他的《台城路·题随园图，次陈实庵太史元鼎韵》和《十六夜无月，泊荒港中，凄凉特甚，遥指金陵不远，扣舷歌此》：

> 钟山云冷骚坛寂，亭台废兴谁主。地拓清凉，天开画稿，点缀夕阳蔬圃。啼猿学语。说往昔莺花，了无寻处。粉本重摹，个中幽径孰来去。　秋风回首旧梦，雅游裙屐集，丝竹曾谱。茂苑花阑，秦淮水咽，太息芜城同赋。经年战鼓。间甚日陂塘，再盟鸥鹭。写入吟笺，望江南调苦。

> 廿年不到江南岸，荒溪者般寥落。月黑鸦鸣，云阴鬼哭，古寺钟声遥阁。客怀恁恶。又恻恻风酸，暗生林薄。纵不工愁，箇时也自成离索。　依稀一星幽火，石头城下路，寻梦如昨。白社狂名，红楼绮习，画舫秦淮宵泊。惊天鼓角。叹六代莺花，幻成风鹤。诉

① 《清词史》，第503—505页。
② 《清词史》，第505页。

尽凄凉，一声声巷柝。

随园不只是南京城的"打卡圣地"，更是乾隆全盛期具有代表性意义的符号，但"经年战鼓"之后，已经"往昔莺花，了无寻处"，萧条冷落之甚了，而"六代莺花"的金陵城，现在是一片"月黑鸦鸣，云阴鬼哭"的惨像！这一切是怎么造成的？在《满江红·感事用鄂王韵》中薛时雨激烈地探问："虎踞龙蟠，争一霎、繁华消歇。问谁启、东南门户，火炎冈烈"，他是并没有简单归因于"乱自下作"（金圣叹评《水浒》语）的，这就已经非常可贵。

薛时雨的妓船曲

他的《浣溪纱·后江山船曲》八首应该作于战乱初定之后，"江山船"，亦称"江山九姓船"，是明清时期一种特殊的妓船。传说朱元璋把陈友谅的九位部属全家贬逐到浙江严州、建德一带，永为贱民，不得上岸居住，也不得与普通百姓通婚姻。这九姓子孙往来于杭州、严州、金华、衢州一带，捕鱼货运。迫于生活，多以自家女儿为船妓。到了光绪年间，宗室诗人宝廷还曾经纳江山船女为妾，上书自劾，请求罢官。这是因为宝廷属于"清流"一派，锋芒太露，遭人嫉恨，所以以"自污"的方式明哲保身，但此事当年引起很大轰动，李慈铭就写诗讽刺他说："宗室八旗名士草，江山九姓美人麻"，这两句刻薄话风靡一时，"闻者绝倒"。

薛时雨的组词小序是这样写的："十年前谱《江山船曲》八阕，钱塘、富春间十七八女郎争引箜篌传唱。今秋重至江干，雾鬓风鬟，都非畴昔，亦无能翻旧曲者。酒酣耳热，情思黯然，偶诵旧曲夸客。客曰：'对新人诵旧曲，江郎才尽耶'？遂即席重倚八阕，命曰'后江山船曲'。"这里所谓"十年前"，显然就是变乱之前。经由这么严重的摧残，这些"同年嫂"怎能不"雾鬓风鬟，都非畴昔"①？词虽然从侧锋

---

① "同年嫂"，对船妓的戏称，由"桐（庐）严（州）嫂"音变而成。"同年"是旧时科举中人对同榜考中者的称谓。

着笔，但乾坤翻覆、疮痍满目已经透现得很清楚了！看组词的前三首：

> 鼙鼓声阑又管弦，江干无浪复无烟。佳人锦瑟诉华年。 小妇苗条中妇艳，新愁掩抑旧愁牵。袭人风露冷娟娟。

> 刘阮重来往迹荒，桃花流水两茫茫。双飞不是旧鸳鸯。 黯黯青衫题曲客，萧萧白发驾船娘。夕阳影里话沧桑。

> 青雀黄龙战舰分，而今花月也翻新。金戈铁甲倚红裙。 潇洒更无陶学士，豪华重见党将军。浅斟低唱大江滨。

虽然"鼙鼓声阑"，看似太平，但"新愁掩抑旧愁牵"，驾船娘已经白发萧萧，而船上的文雅学士大都换成"金戈铁甲"的赳赳武夫了！"浅斟低唱"四个字用在这里显然就不是"幸甚至哉"的歌咏，而是极辛辣的讽刺了。

绝代才人天亦喜

在《临江仙·自姚江回杭，内子辈先已抵杭数日，喜赋》里，薛时雨又换了一种温馨的笔墨，战乱烽烟，家人能得到一点暂时的安宁，看见一点太平的希望，虽然惊魂未定，那已经足够"漫卷诗书喜欲狂"了：

> 倦客归来秋飒飒，乡音入耳分明。相逢何暇叙离情。隔江风鹤警，戚里最心萦。 且喜双双儿女小，膝前团坐憨生。为耶屈指说行程。烽连瓜步赤，山到虎林青。

一对小儿女，憨憨地团坐身边，给爹爹讲着一路的所见所闻。这样暖心的场景对风声鹤唳的战乱心绪来说，当然是莫大的安慰了，可是也终究难以掩盖连天烽火的摧伤吧！这样的复杂心境在现代诗词史上一再呈现，我们可以看看丰子恺的《贺新郎》：

> 七载飘零久。喜中秋、巴山客里，全家聚首。去日孩童皆长大，添得娇儿一口。都会得、奉觞进酒。今夜月明人尽望，但团圞、骨肉几家有？天于我，相当厚。 故园焦土蹂躏后，幸联军、痛饮黄龙，快到时候。来日盟机千万架，扫荡中原暴寇。便还我、河山依旧。漫卷诗书归去也，问群儿、恋此山城否？言未毕，齐摇手。

二者一是小令，一是长调，笔法当然有很多不同，可是其中的心情何其相似！薛时雨并非很有名的词人，丰子恺也未必看过他的词，受过他的影响，但时世人心，不期然而然。这是历史的定律吧！薛时雨的"词史"品格也就从中可以论定。

我说薛时雨"健笔拏云"，上面这些"词史"之作已经可以很好地证明。薛时雨不大受当时流行的浙、常两派词风影响，他在《自序》中说自己的词"律疏而语率，无柔肠冶态以荡其思，无远韵深情以媚其格，病根仍是犯一'直'字"，这话看似自谦自忏，其实傲骨嶙峋，明确表达了自己不受时尚裹挟、不做无益之词匠的观念。从这一点来看，他与阳羡词人是有很多共通之处的。比如说他的《南乡子·故乡小住，日与村农闲话，殊有古风》就是不做"柔肠冶态"、也不追"远韵深情"的"直"抒"直"言，但朴质厚重，烟火气浓，远胜那些扭捏作态的所谓"名家名篇"：

> 絮语半桑麻，小立畦边日又斜。问我朝衫何事脱，无他，爱住乡园学种瓜。 今岁好春花，雨足郊原卧水车。可惜荒田耕不了，堪嗟，牛价昂于白鼻騧。

他的《临江仙·大风雨过马当山》曾被龙榆生选入《近三百年名家词选》，多年前看到后我就一直喜欢：

雨骤风驰帆似舞，一舟轻度溪湾。人家临水有无间。江豚吹浪立，沙鸟得鱼闲。　绝代才人天亦喜，借他只手回澜。而今无复旧词坛。马当山下路，空见野云还。

"绝代才人天亦喜，借他只手回澜"，面对纷繁的乱世，这位宦途并不得志的词人曾经是很有雄心的，但谁会理会他的雄心呢？在一个逼仄窒闷的时代里，能够遁入书院，隐居山林，全身而退，已经是上上大吉，足够额手称庆了！

周之琦的《心日斋词》

这时期还有几家词人值得一谈，先说位至封疆的周之琦。

周之琦（1782—1862），字稚圭，河南祥符（今开封）人，嘉庆十三年（1808）进士，以翰林院编修累官至广西巡抚，道光二十六年（1846）因病乞休。著有《金梁梦月词》《怀梦词》《鸿雪词》《退庵词》，总名《心日斋词》，共七卷，数量颇为丰富。同时还辑有《十六家词选》十六卷、《晚香室词录》八卷。

祥符周氏我们在前文讲周在浚时候已经提到过，但据我请教研究开封科举家族的中央党校裴元秀教授，周之琦和周亮工、周在浚他们似乎并不是一脉相承的关系，周之琦这一支是从他祖父周文涣那一代自绍兴迁到河南的，时间在乾隆初期或更早一点，所以相比之下，他们可能离鲁迅家族更近一点。比周之琦再晚一些，还有两位祥符周氏词人周星誉和周星诒，这两位是现代著名词人冒广生的外伯祖、外祖父。从裴教授提供的资料来看，他们和周之琦属同一家族，但亲戚关系比较远。我们一直强调清词研究要关注家族及其形成的文化网络，祥符周氏是一个很有意思的个案——词人出了不少，但有的是远亲，有的还不是一家，不能笼统归纳到一起。

周之琦是位长寿词人，生于乾隆末期，去世在同治初期，完整经历了嘉庆、道光、咸丰三朝，也就是说，他是目睹经历了大清王朝由盛转衰的过程的。六十五岁辞官的时候，他就很有感慨地写下一首《渔家傲·末疾艰于步履，疏请开缺，交篆后，书寄汝筠，时在丙午七月》：

> 六十五年嗟老矣，衰残那更朝衫系。人说归来陶令拟，知也未，乡园风景而今异。 浩劫连番瓜蔓水，嗷鸿中泽余生寄。寒故凄凉书一纸，蓬户底，相看可有相怜计。

虽然一开篇就说"嗟老矣"，但这显然不是嗟老叹卑的旧调重弹。"乡园风景而今异"，哪里不同了呢？浩劫连番，嗷鸿中泽，这苦难何时是个尽头！在《采桑子》中他还说："烽火连天照海虞""一霎昆明劫后尘""日夜风传鹤唳声"，都是有感于时事的。要注意，这些话不是某个寒士（如蒋春霖）说的，也不是某个小官（如薛时雨）说的，周之琦官至一省最高行政长官，他的感受显然更具有说服力，也更让我们看清"衰世"的底蕴。

周之琦在清代悼亡词史上也是纳兰之后成就最高的一家，他的《青山湿遍》就用了纳兰的自度曲，但写来大有自家感触，并非遗神取貌之作。拿它与纳兰原作对照着看，自然能体会出这一点：

> 瑶簪堕也，谁知此恨，只在今生。怕说香心易折，又争堪、烬落残灯。忆兼旬、病枕惯懵腾。看宵来、一样恹恹睡，尚猜他、梦去还醒。泪急翻嫌错莫，魂销直恐分明。 回首并禽栖处，书帏镜槛，怜我怜卿。暂别常忧道远，况凄然、泉路深扃。有银笺、愁写瘗花铭。漫商量、身在情长在，纵无身、那便忘情。最苦梅霖夜怨，虚窗递入秋声。

他的四首《沁园春》"题亡室沈淑人遗照""雨夜叠前韵""沈三华龄自常熟买舟来问姊病，人天怅隔，悒怏遂归，赋此为别""重赠沈三弟"也是悼亡之作，诸如"缓缓花开，真真酒暖，环珮归来可有期""绛蜡双心，红霞一口，君问归期未有期""卢橘年华，黄梅节物，但著思量总不禁"等句都写得情真意切，极为深挚。"重赠沈三弟"一首全篇都好，可以一读：

　　弹指秋来，已矣荀香，兰房罢薰。怅官斋寄榻，三春药里；贫家赁庑，廿载飙轮。象服空埋，牛衣宛在，至竟黔娄是恨人。重回首，话凄凉旧事，梦去无痕。　依然华屋生存，恰近隔、山丘只一尘。看流光过眼，何今何古；抟沙放手，谁幻谁真。末路荣华，他乡骨肉，自闭重泉杳不闻。伤心语，但人生到处，天道休论。

　　"看流光过眼，何今何古；抟沙放手，谁幻谁真"，虽然悼亡，却写出了人生的普遍性悲哀。在纳兰接受史以至悼亡词史上，周之琦也是很有地位的。

纯写性灵、用笔疏快的赵庆熺

　　与周之琦的仕宦经历形成鲜明对比的是赵庆熺（1792—1847），这又是一位被偏见左右因而不受重视的词人。赵庆熺字秋舲，浙江仁和（今杭州）人，道光二年（1822）中进士后以县令"待铨"长达二十年。候补长达二十年，这恐怕是官场上比较少见的。大概他不善迎合钻营，没有什么门路，以至于闲居这么久。清代官员的实缺相对比较少，光有"级别"不行，得不到实缺就只能候补。尤其到了晚清，连年战乱，为了筹集战争经费，放开捐纳。出钱就可以买官，买到的都是虚衔，很多人甚至"候补"一辈子也没捞到一个实缺。李慈铭中了进士以后候补户部员外郎，一等很多年也补不上。有一年春节他就写了一副对联，上联是"保安寺街藏书十万卷"，下联是"户部员外补阙一千年"。到道光二十二年（1842），赵庆熺好不容易选上了一个陕西延川知县，又改婺郡（今金华）教授，但身体已经不行了，最后都是"因病不往"，以课徒终其身。著有《蘅香馆诗稿》《香消酒醒词》《香销酒醒曲》等。

　　赵庆熺的词在当时名气本来不小，但自从谭献说他"剽滑"以后，关注者渐少，反而不如他女儿赵我佩知名（赵我佩我们后文会详谈）。什么叫作"剽滑"？无非是因为赵庆熺落魄潦倒，一腔悲慨愤懑几乎不加掩饰地冲口而出，在很多人看来不够雅醇含蓄而已。其实赵庆熺擅长散曲，并把散曲的疏快笔致纳入词中，风格非常爽朗轻俊，在这时的词坛是别走一路的名家。

赵庆熺不大有诗词专论，但从他的词作中能隐约看见他重视性灵、捐弃门户的不凡见地。比如《满江红》：

> 我不工诗，君却以、诗篇示我。因想到、本来面目，庐山真个。猿背将军金镞羽，虬髯仙客丹炉火。叫长空、霹雳一声飞，青天破。　沧海句，凭谁和；春江泪，凭君堕。是毫端活现，才人坎坷。未免有情难遣此，呼之欲出斯其可。怪诸公、摹宋复摹唐，僵蚕裹。

他说那些"摹宋复摹唐"的诗人无非是"僵蚕"而已，很俏皮，也很锋锐，但更重要的是"本来面目"和"未免有情"这两句。只有使自己的性灵呼之欲出，才能"叫长空、霹雳一声飞，青天破"，踏上诗词的坦途。如此立论，堪称是旗帜鲜明了。在题写亡友词集的两首《贺新郎》中他说"奈何他、古今常例，词场纱帽。传与不传原偶耳，传者岂皆绝调。只达士、付之一笑。如此奇才偏抹煞，想天涯、埋没知多少。布衣耳，有谁晓""满纸白描秋水影，落笔山林气慨。在秦柳、苏辛之外。不少旗亭同赌酒，奈词坛、从此无君派"，这些话其实也正是他的自我写照与审美追求，"词场纱帽""传者岂皆绝调"更是提出了文学史研究的大问题。"矮人观场何曾见，都是随人说短长"，真正解会"满纸白描秋水影"之妙处的能有几人？

因为持这样鲜明的性灵观念，他的词比薛时雨还要"直"得多，把自己沉沦下位的际遇与郁郁不平的情怀一气吐出，《念奴娇》与《贺新郎》两首都大有陈维崧气概：

> 仰天不语，怪无端而笑，无端而涕。杯酒未干双剑跳，看尔悲歌斫地。锄下黄金，床前阿堵，短尽英雄气。不妨狂语，诸君浪得名耳。　可怜豪竹哀丝，中年多感，坐作青毡计。斗大鹅笼愁冈

煞，那得伸腰卧起。李贺心肝，刘郎髀肉，无限悲凉意。此中有
恨，人生难得知己。

欲向秋风哭。叹人生、胸填块垒，酒浇不落。棋子从头成错
著，不合苦将书读。把多少、心肠束缚。一树紫藤花馆里，十年
前、同剪西窗烛。思往事，两眉蹙。　当时曾谱离骚曲。有几篇、
红兰碧杜，何堪三复。楚北楚南同作客，一样风尘鱼鹿。况此去、
两人重复。真个竹林传雅号，算黄岗、竹又湘潭竹。新旧句，大
家续。

他的小令也写得极好，《清平乐》流丽清亮，而又很耐品味，几乎
可以与我称为"民国四大词人"之一的顾随比美：

不茶不酒，松了衣双扣。心是梧桐身是柳，到得秋来都瘦。
日间略可眉攒，一灯上过销魂。偏是天公无赖，近来只惯黄昏。

我衷心服膺"性灵说"，曾经自称是袁枚二百年下私淑弟子，对于
郭麐、赵庆熺乃至现当代的顾随、启功、许白凤一干性灵词人，我是极
尽欣赏并极有亲切感的。

黄燮清的《倚晴楼诗余》

同样沉沦下位，同样工曲，同样性灵疏快的还有黄燮清（1805—
1864）。黄燮清，字韵甫，浙江海盐人，道光十五年（1835）举人，以
知县录用，多年未赴任。咸丰十一年（1861）太平军攻占海盐，黄燮
清逃往湖北，就任宜都县令，调任四川松滋，不久去世。著有《倚晴楼
诗集》《倚晴楼七种曲》，词集四卷，也以"倚晴楼"名之。

黄燮清也略有关注时事的篇章，如《齐天乐·题龙喦临清杀贼图，
咸丰甲寅三月初七夜事》，但难免"敌视农民起义"的通病。《满江
红·题施庭午茂才杞忧草》虽也称太平军为"贼"，为"狼狈"，主要

的矛头则指向当局的"议防议战，总无全策"以及官兵的"军糈匮，还侵蚀；兵士悍，争剿劫"，很见胆气。就总体而言，这样的作品比重较小，他真正擅长的还是闲情雅致。《清平乐·当湖秋泛》是他很有名的作品：

> 旧游在否，零落双红袖。水阁疏廊仍种柳，柳是十年前有。
> 一枝枝舻横塘，一声声笛邻墙。一点点蘋秋意，一丝丝蓼斜阳。

常见题目，却写得轻灵无比，新意自在。下片四句全用排比叠字，也是《清平乐》很少见的作法，这是很能看出才情来的。这种叠字非常吃功夫，李清照在《声声慢》中连用十四个叠字，后人不断效仿，但百分之九十九以上被人讥讽为"丑态百出"。比如元代后期散曲作家乔吉，他就专学叠字，但是没有学得好的，而黄燮清肯定比乔吉要好得多，叠字用得很有点神韵的味道。

对这种排比或曰复沓的手法，黄燮清很感兴趣，用得多而且好，显然是得力于曲的原因。比如《采桑子》的上片："玲珑亭子分三面，一面回廊，一面红墙，一面栏干靠夕阳"，再如《浣溪沙·赠素秋》其六的下片："新月三分谁管领，一分凉思一分愁。一分闲在柳梢头"，都是慧心慧笔。

对阳羡词派万树首创的"堆絮体"《苏幕遮》，黄燮清也觉得很合胃口，但不死学，而是赋予它一种灵动的变化：

> 客衣单，人影悄。越是天涯，越是秋来早。雨雨风风增懊恼。越是黄昏，越是虫声闹。　　别情浓，归梦渺。越是思家，越是乡书少。一幅疏帘寒料峭。越是销魂，越是灯残了。

> 碧云高，良夜静。楼在花阴，月在花阴等。燕子梦长吹欲醒。四面青山，对面青山应。　　艳情飘，幽绪警。各处黄昏，各样愁人听。未是秋来先已冷。一树垂杨，一树相思影。

　　第一首在"越是"二字复沓，第二首则重复"在花阴""面青山""各""一树"，更有参差错落、令人目不暇接之感，这就把《苏幕遮》的"堆絮体"作法向前推进了一步，对其词体之美有更多的开掘和发扬，很值得赞赏。单凭这几首词，黄燮清就足以在词史上赢得属于自己的一席之地。

第十六讲
══ 谢章铤、谭献、陈廷焯 ══
三大词论家与清季词坛

　　我一直在强调，我们在本书中讲的是清代"词史"，而不是"词学史"。"词学史"是另外一个专门的研究领域，所以我们除非涉及与创作相关、或者足以改变词坛风会的词学见解会多说几句，一般来说，能省则省。

　　但是，到了晚清，周济正式搭建起了常州词派的壁垒，《介存斋论词杂著》影响巨大，那就激发了大家对于"词学"前所未有的高涨热情，我们也越来越难回避词创作与词学的关联性与同一性了。也就是说，词人与词学家身份的"二合一"越来越多，对很多人来说，只谈词不谈词学几乎不可能。基于上述认识，我们把这一讲指定给三位卓有影响的大词论家"领衔"。先谈谢章铤。

谢 章 铤 与 八 闽 词 坛 的 复 振

　　谢章铤（1820—1903），字枚如，福建长乐人，前半生一直科场失意，以教书卖字为生。1866 年四十七岁才考中举人，又过了十一年才考中进士。因为殿试时有感于"外患将作"，写文章纵论外交方针，阅卷大臣将他降为"下等"。谢章铤本来挂了一个内阁中书的虚衔，现在虚衔也不要了，直接挂冠南归。因为他中进士已经五十八岁，归来后曾刻了一方私印自嘲："二十秀才，三十副贡，五十举人，六十进士。"晚年谢章铤任白鹿洞书院、致用书院主讲，培养了很多人才。晚清名臣陈宝琛、大诗论家陈衍、大翻译家林纾等都出自他的门下。著有《赌棋山庄文集》《赌棋山庄诗集》等，词集名《酒边词》，共八卷，《赌棋山庄词话》正编十二卷，续编五卷，最为有名。

从地域的角度来观察，福建在宋代纵然称不上词坛重镇，但前有大家柳永，中有张元干，后有刘克庄，也相当"打眼"。到了清代，福建词风不盛，清初仅有一位余怀（1616—1696后）堪称名家，而且余怀后半生的一大半时间在南京，写了著名的《板桥杂记》，对闽地词坛没有产生什么影响。嘉庆、道光年间，叶申芗（1780—1842）编了著名的《本事词》与《闽词钞》，自己创作了《小庚词》，这才使福建的治词风气有所上扬，但真正达到"复振"的地步，还要等到谢章铤的出现。

所谓"复振"，标志有三：一是有见地、有影响的理论著述。谢章铤的《赌棋山庄词话》我们不仅在书中已经多次征引他的精辟见解，放在清代词学史上来看，这部词话也堪称上上之作；二是高水平的创作。谢章铤的《酒边词》足以在当世称大家，放在整个清代词史也属一流；三是一个创作群体的形成。谢章铤在咸丰二年（1852）组织聚红榭词社，开始时只有五人，后来扩大到十余人，先后活动了二十年左右，而他的弟子后来也有不少在民国词坛称雄一时的。八闽词坛在民国是一支不能小看的劲旅，它的崛起与谢章铤无疑有莫大关系。这三点我们都分别来说一说。

拈大题目，出大意义

十七卷《赌棋山庄词话》是谢章铤苦心经营的力作，写作时间三十多年。厦门大学刘荣平教授认为它"论词主旨鲜明，评论词家得当，鉴赏词作贴切，讲论词法独到"，并有很高的文献价值，是"清人第一部以严格求实精神撰成的词话……或可以说，从谢章铤开始，清人拥有了不起的大型词话著作了"①。

简单谈《赌棋山庄词话》，我以为值得特别提出的有以下两点。

首先是"拈大题目，出大意义"。《词话》卷八阐说得非常简洁明快：

> 今日词学所误，在局于姜、史，斤斤字句气体之间，不敢拈大题目，出大意义，一若词之分量不得不如是者。其立意盖已卑矣，而奚暇论及声调哉？

这段话，字字有千钧之力。"局于姜、史"指的正是发源于清初、后来愈演愈烈的浙西词风，谢章铤把矛头直接指向这个庞然大物，可谓有胆有识。局于姜、史，耽于无大意义、无所用心的咏物，必然在字句声律上下功夫，对时世人心的大题目大意义视而不见，好像词就是这样轻飘飘的东西，只能干这点流连风月的事情。出发点已经这样卑下，还去研究什么声调，那还有意义吗？

什么题目是大题目？什么意义是大意义呢？《词话续编》卷三这一条似乎恰好是对这个问题的回答：

> 予尝谓词与诗同体。粤乱以来，作诗者多，而填词颇少见。是当以杜之《北征》《诸将》《陈陶斜》、白之《秦中吟》之法运入减偷，则诗史之外，蔚为词史，不亦词场之大观欤！惜填词家只知流连景光，剖析宫调，鸿题巨制，不敢措手。一若词之量止宜于靡靡者，是不独自诬自隘，而于派别亦未深讲矣。夫词之源为乐府，乐府正多纪事之篇。词之流为曲子，曲子亦有传奇之作。谁谓长短句之中，不足以抑扬时局哉？

这就说得更明白了：大题目就是《北征》《诸将》《陈陶斜》《秦中吟》，大意义就是国家、天下、历史、民生！凡是诗所能做的，词也

---

① 刘荣平：《赌棋山庄词话的价值与失误》，《厦门大学学报》2011年第6期。

应该一力承担！谁说长短句就不能关切政事、指点时局呢？继周济"诗有史，词亦有史"之说以后，这是又一次从理论上夯实"词史"概念的最有力的声音。

其次，比周济高明的地方在于，谢章铤不仅秉持"词史"理念，而且找到了更加可行的实践路径——那就是"指出向上一路"的苏辛词风。

阳羡词派冰消瓦解以来，尽管不断有"粉丝"对豪迈悲慨的风格表示心仪并竭力践行，但很少从理论上自觉高扬苏辛大旗的。常州词派尽管把辛弃疾列入宋词四大家，但对他"更能消几番风雨"这一路温婉悲凉之作的兴趣显然要浓厚得多。谢章铤则明确指出，苏辛在词史上的巨大意义在于"藩篱独辟"：

> 晏、秦之妙丽，源于李太白、温飞卿。姜、史之清真，源于张志和、白香山。惟苏、辛在词中则藩篱独辟矣。读苏、辛词，知词中有人，词中有品，不敢自为菲薄，然辛以毕生精力注之，比苏尤为横出。吴子律曰："辛之于苏，犹诗中山谷之视东坡也，东坡之大，殆不可以学而至。"此论或不尽然。苏风格自高，而性情颇歉，辛却缠绵恻悱。且辛之造语俊于苏。若仅以大论也，则室之大不如堂，而以堂为室，可乎？

"读苏、辛词，知词中有人，词中有品，不敢自为菲薄"，把词提到"人品"的高度来认识，这是对苏辛的很崇高的评价。苏辛之间，谢章铤更欣赏辛弃疾，所以对吴衡照《莲子居词话》的说法不以为然。他的理由结论都可以商榷，推尊苏辛，总归是找到了一条最可能的通往"大题目大意义"的有效道路。

《赌棋山庄词话》确实是"了不起的大型词话"，说得感性一点，它是最骄傲的一部词话，最把"词"当回事儿的词话，但多年以来，我们对《赌棋山庄词话》一直注意不够，评价不高，在一些较大型的"词话史""词学史"上都不大提起。我以为不太公平，在我看来，一般所称道的"白雨斋""蕙风""人间"之外，还应该加上"赌棋山庄"，形成"晚清四大词话"，从各个维度来看，它都是足以与那三大词话并列的。

直闯苏辛坚壁

更加可贵的是，谢章铤不仅在理论层面指出这条道路，在实践层面也是知行合一、剑及履及。他的《酒边词》八卷中虽也不少有咏物词、爱情词，但主导风格则是苏辛陈一派的慷慨悲歌。他的四百多首词中，用《贺新郎》多达五十七首，《满江红》五十七首，《念奴娇》四十三首，《沁园春》不下三十首，① 这都是豪放派的标志性词牌。至于回答好友故乡近况用《贺新郎》组词四首，写自己身世用《念奴娇》组词八首，为好友题图话别用《满江红》组词六首，述醉谵言用《沁园春》组词八首，书《吊古战场文》用《念奴娇》组词四首，都是才力感情奔涌不能自已，更是典型的"迦陵范儿""阳羡范儿"。以"含量"和"纯度"而论，谢章铤堪称是阳羡词风在清代的最后一位传人。

对于这一点，在谢章铤的朋友圈里就有比较明确的认识，《酒边词》的题词中是出现了不少"苏辛"字样的。比如符兆纶说："苏辛抗手见君来"；宋谦说："莽苏辛，在门墙，犹弟子"；林天龄说："算古人抗手，苏辛姜史"。陈通祺说得最为详尽明白："此是吾家笔。自填词之髯亡后，几人能执。仓猝汝从何处得，直闯苏辛坚壁"②，这里的"填词之髯"显然是把苏辛陈都"一网打尽"的。

可以先看他早期所作的《贺新郎·夜与黄肖岩宗彝谈东汉人甚欢，时肖岩将游永安，行期已迫》：

> 仆本狂生耳。却无端、长歌当哭，时愁时喜。二十年来谈节义，热血一腔而已。况青眼、又逢吾子。慷慨相期成底事，算英雄、总要轻生死。天下事，担当起。　男儿声价宁朱紫。说甚么、倚马雄词，雕虫小技。元礼林宗如可遇，定作千秋知己。磨折惯、

---

① 以上数字据网络版统计，可能与其词全集数量略有出入。
② 以上见《酒边词题词》，陈庆元主编《谢章铤集》，吉林文史出版社 2008 年版，第 517—520 页。

风波由尔。天地生才原有用，著精神、打点留青史。方不愧，称名士。

这首词的起句来自纳兰性德赠顾贞观的《贺新郎》首句"德也狂生耳"。以下就"狂生"二字大作文章，无端歌哭是狂，谈节义是狂，一腔热血是狂，轻生死是狂，但所有的"狂"都归结到"天下事，担当起"这六个字，这就把乱世之中一对怀抱高远的青年形象呈现在了我们面前。

下片中的"元礼"是指东汉名臣李膺（110—168）。李膺人格坚烈高尚，为士人领袖，被称为"天下楷模"。士子凡受到他的赏识，都喜不自胜，号称"登龙门"。延熹九年（166），他捕杀交通宦官的张成，成为引发党锢之祸的直接导火线。"林宗"指与李膺交好的名士郭泰（128—169），与月旦人物著称的许劭并称为"许郭"。郭泰与李膺等交游，名重洛阳，被太学生推为领袖。《世说新语》说李膺"风格秀整，高自标持，欲以天下名教是非为己任"，又记载郭泰到汝南，造访袁阆，"车不停轨，鸾不辍轭"，见一面就走了。再去拜访诣黄宪，就一住多少天也不走。别人问为什么，郭泰说："叔度（黄宪字）汪汪如万顷之波，澄之不清，扰之不浊，其器深广，难测量也。"这是《世说新语》中很有名的一段话。现在谢章铤与黄宗彝谈东汉人物"甚欢"，那很显然，是对李膺郭泰等人的风骨才华油然而生敬仰之心，并互相勉励：像他们一样以天下为己任，不怕折磨打击，那才是真名士！这样的词的确像他称道苏辛那样，是"词中有人，词中有品"了。

便是补天难

二十几岁的谢章铤一腔热血，一团精神，雄心勃勃，想要留名青史，但是随着时局的崩坏、科场的失意，加之朋友的生离死别，人到中年，心情还是不可避免地变为衰飒荒凉。他有一首《沁园春》是这样写的：

三十余年，销磨几字，也者之乎。任嫫母西施，供人刻画；追风逐电，范我驰驱。行矣诸君，归欤最乐，斜日扬帆出直沽。傥相忆，这未衰肝胆，将老头颅。　梦中似有人呼，劝莫遣、雄心醉后孤。笑说甚才情，几分痴蠢；生于忧患，百样支吾。蜕骨如蛇，换肠似鼠，为问留皮比豹无。君知我，算平生反哺，尚愧鸦雏。

年轻时候的雄心壮志现在都消磨在"之乎者也"之间了，而且飘零四海，任人评头品足，命运难以自主。虽然头颅将老，但是肝胆未衰，只是这样的时世，自己徒有忧患，一事无成，那些才情又有什么用处呢？

所谓"嗟老叹卑"，那是周济批评过的词中最不可取的习气之一，谢章铤也是很不以为然的，但这首词不是简单嗟叹自己命运的坎坷，而是把这些坎坷与"未衰肝胆""生于忧患"紧密相连的，那就为胸怀天下、力图挽大厦于将倾的志士们画出了一张鲜明的剪影。

当年《谢章铤集》出版以后，作为出版单位的吉林文史出版社因为我提出选题，又推荐了主编陈庆元老师，算是小有功劳，作为奖励送了我两本。回来翻看，一下子就看到这首词，开篇"三十余年，销磨几字，也者之乎"，这十二字简直就像是在写我自己一样，当即怦然心动，想要自不量力，和他一首。我们读诗词，判断他好不好，"动心"非常重要，甚至可以说是"金标准"。所以袁枚当年说自己"选诗如选色，未近心已动"，选到不好的诗就说："选诗如选色，终觉动心难"，可见"动心"重要到何等地步。

我那首词最后"和"成了，只是没有"叠韵"。谢章铤的原韵比较险，我的才力不够，只能凑合下来，借他人酒杯浇自己块垒而已。词题是《读谢枚如〈赌棋山庄词〉，见〈沁园春〉有"三十余年，销磨几字，也者之乎"之起句，恰如为我言者，即用其语发端》：

三十余年，消磨几字，也者之乎。笑其质本虚，助得甚事；周旋多少，鸟兽虫鱼。钱神易嗫，穷鬼难送，绿蚁盈樽尚可沽。持螯舞，早拂拂酒意，红上头颅。　兴来短啸狂呼，竟一片、雄心醉后孤。算烂熟羊头，腾达几辈；潦草文字，吾还故吾。偶拈词笔，大都软媚，涂得鸦飞聊胜无。真有趣，正小言喁喁，秋梦蘧蘧。

"其质本虚，助得甚事"这两句用了个典故。当年宋太祖见城门上写着"朱雀之门"四个字，问赵普："为什么不直接说朱雀门，非要加个'之'字呢？"赵普回答说："语助词也。"宋太祖大笑道："之乎者也，助得甚事！"这是由"也者之乎"生发出来的著名掌故，用在这里也还妥帖。下片的"竟一片、雄心醉后孤"这句是抄人家谢章铤的，后来有朋友表扬说："这首词这一句写得最好"，我很钦佩他的眼光。

说回谢章铤。这种"醉后孤"的"雄心"是他的词集中一个非常突出的主题。《南乡子·感石》看似咏物，实则别有身世之慨，其灵感来自大荒山无稽崖青埂峰那块"无材可去补苍天"的怪石也说不定：

尘土忽漫漫，上者危峰下者滩。眼底不平千百转，无端，与汝相逢在此间。　便是补天难，作势犹能助远山。卓立真宜抱笏拜，投闲，忍听风云日夜寒。

"便是补天难"！这是无数忧心时世的文人共同的心声。曹雪芹早就指出，这样的世界势必要"好一似食尽鸟投林，落了片白茫茫大地真干净"了，但不知"忍听风云日夜寒"的谢章铤是不是也有着同样的预感？与"感石"相比，《南乡子·烛泪》笔致要婉约得多，但热诚的心肠并无二致：

七尺闪银荷，照尽销魂照尽歌。千古凄凉都一样，奈何，心太分明泪自多。　良夜易蹉跎。点点知伊怨什么。尚有热肠灰未得，婆娑，恐负流光一刹那。

可见这位步武苏辛陈悲慨一派笔调的词人，婉约缠绵起来，一样说别人不容易企及的。与他著名的词话相比，谢章铤的词名并不显著，所以也还需要更多深入地观察研讨。

刘家谋的《沁园春》

以谢章铤为中心的聚红榭词人群大都是像他一样沉沦下位但心怀天下的寒士，词风也以悲慨为主，其中刘家谋（1814—1853）可以为代表。刘家谋字芑川，侯官（今福州）人。道光十二年（1832）举人，历任宁德、台湾教谕。谢章铤在《赌棋山庄词话》中有比较长的篇幅谈到他的词，我们可以看一首《沁园春》：

> 怒发冲冠，恨血沾襟，郁勃难消。问能飞将军，是谁李广；横行青海，几许天骄。未缺金瓯，空捐玉币，为甚和亲学汉朝。多时累，我胸中磊块，索酒频浇。　谁图无限忧焦，忽眉舞、神飞在此朝。看磨刀水赤，人心未死；弯弓月白，鬼胆先飘。袯襫同袍，犁锄当戟，不待军门尺籍标。腥臊涤，听欢声动处，万顷春潮。

据谢章铤说，这首词作于道光二十五年（1845）。当时英国人进逼福州乌石山，"居民义愤同仇，几如广东之三元里，而徐松龛继畬中丞力持和议，极意与民为难，而俎上之肉，惟其所欲为矣"，所以刘家谋在词中有"为甚和亲学汉朝"的激烈指斥，而谢章铤读后又有"嗟乎！登楼一望，秋风四起，海水滔滔，逝将安止，安得携一斗酒，濡大笔，复填此等词哉"的感慨。

这首词不能说多好，但其中以反面形象出现的"徐松龛继畬中丞"值得说几句。徐继畬（1795—1873），山西代州（今忻州）人，道光六年（1826）进士，道光二十三年（1843）任福建布政使，办理开放厦门、福州两口通商通行事宜。第二年春，徐继畬与美国新教传教士雅裨理在厦门进行了历史性对话，成为第一个深入了解西方现代民主政治思想制度的中国人。道光二十八年（1848），他出版《瀛寰志略》，第一次突破了根深蒂固的天朝意识和华夷观念，将中国定位于世界的一隅。在书中，他纪录了以民主政体为主导的各国各类政体，宣扬西方民主制度和理念，对通过选票取得执政合法性的民主制度推崇备至，在黑暗的东方专制大国点燃了幽微的民主烛光。徐继畬是中国近代开眼看世界的伟大先驱之一，《纽约时报》对他有"东方伽利略"的美称。

如此介绍徐继畬是希望大家看到历史的复杂性。在刘家谋、谢章铤眼中，他是逢迎洋人、不顾民意的昏暴官员，而实际上，徐继畬的"绥靖"也或许有他的苦衷与内情。要知道，徐继畬在之前漳州道员任上也是曾经竭力抗英的，他并不是不分青红皂白的"亲英派"。谢、刘一辈当然是血性爱国的，但爱国并不一定是简单的对抗和斗争。像徐继畬这样引入民主幽光、照亮古老中国又何尝不是一种更高层次的爱国呢？

王允晳与何振岱的"纳兰风"

在清代一直低迷的福建词坛自从谢章铤的横空出世，呈现出一股强劲的崛起态势。虽然与诗史上的同光体"闽派"相比，阵容声势有所逊色，但谢章铤的弟子和再传弟子们还是贡献了不少佳作，在晚清民国词坛堪称一支劲旅。

王允晳（约1858—1930）[①] 字又点，是陈宝琛弟子，也就是谢章铤的再传弟子。他是同光体"闽派"代表诗人之一，风格清逸深折，尤其以绝句见长，所以很看重自己的诗人身份。有人称赞他是"词人"，他就怫然不悦："独不可为诗人乎？"陈声聪后来在《闽词谈屑》中说："吾意诗人比词人究竟能高多少，此等分别，亦甚无谓。惟又点诗确亦甚高，晚年为东野，为后山，更欲俯视一切。"这话很有意思，对王允晳评价也很中肯。

王允晳有《碧栖词》一卷，数量不大，不过四五十首而已，但风格"娟洁密致""音响凄婉"[②]。他的小令学纳兰性德，几乎可以乱真。

---

① 王允晳生卒年异说较多，严迪昌师《近代词钞》、朱德慈《近代词人考录》、刘梦芙《二十世纪中华词选》等记为1867—1929年，施议对《当代词综》记为1862—1930年，江庆柏《清代人物生卒年表》记为生年不详至1930年。王氏卒年施、江所记可靠，生年则可据李宣龚《碧栖诗词序》大致推算。李文曰：光绪乙酉（1885）初见王，逾年（1886）李宗袆、陈衍、林纾等结社时，集于李家双辛夷楼。此段文字后云："（碧栖）丈席其（祖父）余荫，徜徉村居垂三十载矣。"自1886年上推"垂三十载"，可大约定为1858年。另：李宣龚生于光绪二年（1876），若王氏生于1867年，仅长宣龚九岁，则不大可能被称为"丈"，可知1867年不确。

② 分别见严迪昌师《近代词钞》、李宣龚《碧栖诗词序》。

比如《采桑子·效饮水体》：

> 城头尚有三通鼓，雨歇梨花，月过窗纱，一顷轻寒透枕霞。
>
> 凭君莫话伤心事，春尽天涯，燕子无家，不道明朝鬓有华。

何振岱与王允晳同为陈宝琛弟子，但他二十岁左右就在谢章铤身边从学，算是大半个亲传弟子。何振岱（1867—1952）字心与，号梅生，光绪二十三年（1897）举人，他诗名很大，学生极多，又特多女弟子，时有"何门"之目。

与王允晳一样，何振岱的词最值得关注者也是"纳兰心法"，这恐怕与谢章铤对于纳兰的推尊有莫大关系。如《采桑子》：

> 花开花谢云烟过，百意消沉，犹念晴阴，不许芳菲不上心。
>
> 闲愁闲倚俄千匝，都付闲吟，楼迥灯深，已负当年况到今。

这首词虽没有明标"效饮水体"之类，而深情淡语，与王允晳不相上下，放在纳兰词集中也是可以乱真的。何振岱比王允晳的"纳兰情结"更重，他有两首《八声甘州》分别题纳兰性德小影、题《饮水词》，又有《霜天晓角·读饮水词》，可谓景慕备至。悼念妻子郑元昭①的《鹧鸪天》也是追踪纳兰的：

> 谁信消沉遂隔年，闲花荒圃记春前。何曾临别留微语，约略来书注断笺。　深院里，白杨边，残更坠月曳钟圆。孤魂小胆知应怯，梦遍湖阴欲曙天。

"孤魂小胆知应怯，梦遍湖阴欲曙天"二句用了纳兰自度曲《青衫湿遍》"忆生来、小胆怯空房。到而今、独伴梨花影，冷冥冥、尽意凄凉"的语意，可见痴情者感受是心心相通的。

---

① 郑元昭（？—1942）字岚屏，林则徐曾外孙女，能诗词。何家天井旧有梅墩，植红白梅各一株。传说岚屏殁后红梅枯死，振岱殁后白梅亦枯。

晚清民国词坛劲吹"梦窗风",以王、何为代表的福建词坛却独能"免疫",刮起了一股声势不小的"纳兰风",其中缘故很可深思。当然,谢氏"聚红榭"一脉的心法传续是必须考虑进来的。

谭献的《箧中词》《复堂词》

谢章铤论词不拘门户,他虽然对浙、常两派的词学观念都有所借鉴,同时也对两派都提出过不同程度的批评。在我看来,他更多接续的是早已风流云散的阳羡派。大体与谢章铤同辈的两位词学家谭献与陈廷焯则一般被认为是"常派"理论家,他们在继承张惠言、周济词学思想的基础上又有所拓展深化,自己的词创作也值得一说。先说谭献。

谭献(1832—1901),字仲修,号复堂,浙江仁和(今杭州)人,同治六年(1867)举人,历知安徽歙县、全椒、合肥等地知县。谭献明确地说,自己治词学的目的是"衍张茗柯、周介存之学",自觉地归属于常州门庭。他曾经评点过周济的《词辨》,但不太著名,最著名的是他的选本《箧中词》,正编六卷,续编三卷,共选入清代词人四百家左右,词八百七十首左右。1996 年,浙江古籍出版社出版了《箧中词》的排印本,大概担心《箧中词》这个名字生僻,不好卖,于是就改了个通俗的名字叫《清词一千首》。《箧中词》九卷,加上谭献自己的词作,差不多正好一千首。《箧中词》虽然选词不多,但覆盖面比较广,四百家入选词人几乎可以构成一部微缩版的清代词史了,而谭献对于词篇的品评也多有精彩之处,值得一看。

谭献的论词文字散见于《箧中词》以及他的《复堂日记》中,后来由弟子徐珂辑录成《复堂词话》。他最著名的观点是:"作者之用心未必然,而读者之用心何必不然",强调"寻其旨于人事,论作者之事,思作者之人"。这虽然是孟子"知人论世"以至周济"有寄托入,无寄托出"等说法的老调重弹,但从作者读者的关系入手讨论,还是有他特别的新意,可以算是一种比较成熟的接受美学理论。

严先生对《复堂词》的评价不算高,又说他小令往往"藏而失真,陈而不新"，长调"较有生气"，所以长调胜于小令。① 这看法是很精辟的，常派理论家往往追踪张惠言所称道的温庭筠一路，讲求把微言大义"藏"在宛转绮靡的物象之中，那就难免"陈而失真"。但谭献的《鹧鸪天》还算是好的：

> 绿酒红灯漏点迟，黄昏风起下帘时。文鸳莲叶成漂泊，幺凤桐花有别离。　云澹澹，雨霏霏，画屏闲煞素罗衣。腰支眉黛无人管，百种怜侬去后知。

这首词恐怕也没有什么特别的寄托，不过是以李商隐"无题"笔法抒写一段情事而已，但最后两句特别动人，堪称写情之妙笔。我在一首旧作《浣溪沙》的下片里就曾经全盘袭用过这两句词："欲从秋雨认情丝，翩然蝶梦也相思。纵使前事影依稀。　镜里萦回双眉黛，夜来闷损小腰支。百种怜侬去后知。"

谭献的长调应该以《渡江云·大观亭同阳湖赵敬甫、江夏郑赞侯》为翘楚：

> 大江流日夜，空亭浪卷，千里起悲心。问花花不语，几度轻寒，怎处好登临？春幡颤袅，怜旧时、人面难寻。浑不似、故山颜色，莺燕共沉吟。　销沉。六朝裙屐，百战旌旗，付渔樵高枕。何处有、藏鸦细柳，系马平林。钓矶我亦垂纶手，看断云、飞过荒浔。天未暮，帘前只是阴阴。

《渡江云》这个词牌有个地方很特殊：全篇都押平声韵，唯独在下片第二个韵脚转仄声韵，比如上面这首词的"枕"字。谭献这首词最好之处在起头三句，称得起沉郁悲凉。下片的"钓矶我亦垂纶手，看断云、飞过荒浔"两句也不错，把雄心壮慨付之荒芜的心态寄托得非常妥帖。叶恭绰在《广箧中词》中说："仲修先生承常州派之绪，力尊词

---

① 《清词史》，第533页。

体，上溯风骚，词之门径，缘是益廓，遂开近三十年之风尚，论清词者，当在不祧之列。"这种评价，从词学史来说，比较恰当，而谭献的词在当时只能称小名家，比谢章铤还是有一定差距的。

张景祁的《新蘅词》

被谭献称为"早饮香名……吾党六七人奉为导师"的同乡张景祁也可以简单谈谈。

张景祁（1827—1894），字蘩甫，号韵梅，又号新蘅主人，同治十三年（1874）进士，曾任福安、连江等地知县。晚年渡台湾，宦游淡水、基隆等地，历经战乱。所以谭献说他"中年哀乐，登科已迟……不无黄钟瓦缶之伤……（晚年）笳吹频惊，苍凉词史，穷发一隅，增成故实"，总结得非常简要准确。

张景祁是薛时雨的弟子，在一定意义上也延续了薛时雨以"直"为贵的词风。尤其是晚年在台湾所写的篇章，更是难能可贵地"使中华版图完璧于词史上……为清词增添了光辉的一笔"①。他的《秋霁·基隆秋感》《曲江秋·马江秋感》《望海潮·基隆为全台锁钥……》《酹江月·法夷既据基隆……》等篇，"无论从情、事、理、景哪个角度看……都具有一层悲壮色调，不愧是……爱国主义的高歌，也是忧患深重的使命感谱成的心声"②。在《齐天乐·台湾自设行省，抚藩驻台北郡城，华夷辐辏，规制日廓，洵海外雄都也，赋词纪盛》中，张景祁说："绝岛螺盘，雄关豹守，此是神州门户"，这更是第一次以词的形式作出的惊人历史论断，足见他的眼光和襟怀。

张景祁的这部分词具有史料价值，也有史识，但就词而言，感发力量并不出色。他还有不少绮丽之篇，倒是写得很有味道。《采桑子》就颇为新巧而不纤仄：

当年人近天涯远，花是春心，月是秋心，一处相思两处心。

---

① 《清词史》，第527页。
② 《清词史》，第527页。

而今人远天涯近，焦了香心，断了琴心，两处相思一处心。

陈廷焯的理论建树

再来谈我们之前引用不少、大家对他名字已经比较熟悉的陈廷焯（1853—1892）。陈廷焯字亦峰，江苏丹徒（今镇江）人，光绪十四年（1888）举人。他年仅四十即谢世，但著作颇多，除了著名的《白雨斋词话》，还有《云韶集》《词则》两部大型词选，《白雨斋词存》《白雨斋诗钞》等。《云韶集》二十六卷，选唐宋以来词3434首；《词则》也多达二十四卷，分为"大雅""放歌""闲情""别调"四集，选唐宋以来词2360首，它们可能是我们已知的最大规模的两部通代词选。

作为早期词选，《云韶集》比较倾向于浙派立场，《词则》的门户观念相对要淡一些。仅从四集名目就可以看出，陈廷焯对于词的各种风格都是有着很高的接受度的，所以颇有点"广大教化主"的气概。随着晚年皈依常州门庭，陈廷焯推翻了自己早期的很多正确看法，以"沉郁"一把尺子量尽天下，反而使审美眼光变得有些狭隘了。我讲诗词解读，提出"雅俗交通"之说，希望大家放开审美的眼界，能容纳欣赏异量之美，陈廷焯这种表现我常常是当成"反面典型"来说的。

尽管如此，作为晚清三大词话之一，陈廷焯的《白雨斋词话》八卷六百九十则还是具有巨大的影响力和理论价值。简单说有以下几点。

第一，引"沉郁"诗论入词，进一步推尊词体。"沉郁"，也就是"沉郁顿挫"，原本是诗论概念，一般又特指杜甫的诗歌风格。把用于"诗圣"的形容词现在用到了词上，显然，这也是一种"尊体"的表现——词不仅要像诗那样写，而且要写到诗的至高境界。

什么是"沉郁"呢？陈廷焯说："意在笔先，神余言外，写怨夫思妇之怀，寓孽子孤臣之感。凡交情之冷淡，身世之飘零，皆可于一草一木发之，而发之又必若隐若见，欲露不露，反覆缠绵，终不许一语道破，匪独体格之高，亦见性情之厚。"他举温庭筠词为例，说"懒起画蛾眉，弄妆梳洗迟"是"无限伤心，溢于言表"，"春梦正关情，镜中蝉鬓轻"是"凄凉哀怨,真有欲言难言之苦",这就是"沉郁"。

如此解说"沉郁",自有其精深透彻之处,但也有其局限。他强调"必""若隐若见,欲露不露","终""不许一语道破","必"和"终"这两个字就未免过于绝对化了。"沉郁"应该是一种包容性很强的风格特征,就以杜甫诗而论,也有不那么"若隐若见,欲露不露"的,也有单刀直入、"一语道破"的,不能一概而论。

第二,鲜明的"大词史"构建意识。陈廷焯从二十一岁选《云韶集》开始,就带有一种追源溯流的通代意识。尽管他这时候根底不足,还有很多错误认识,比如说把词体上溯到汉、晋,有些传奇杂曲也选了进来,但想要做到"全流域"观照的出发点还是很清晰的。到了《白雨斋词话》,他从唐五代逐次指点品评到自己生活的晚清,大家名家不吝篇幅,对诸多小家也不忽视舍弃,那就对千年词史进行了卓有成效的盘点。清代词论家有这样鲜明的"大词史"意识者,陈廷焯堪称是第一人。

第三,精彩迭出的词家品评。陈廷焯有着极好的艺术感受力,又有大学者的格局与胸怀,他评价古今词家,大都能一语破的,直击要害。就算有品评不太妥当之处,也多有他偏至的长处,很能启发读者进行深一层的思考。比如说他谈"苏辛不相似":

> 苏、辛并称,然两人绝不相似。魄力之大,苏不如辛;气体之高,辛不逮苏远矣。东坡词寓意高远,运笔空灵,措语忠厚,其独至处,美成、白石亦不能到。昔人谓东坡词非正声,此特拘于音调言之,而不究本原之所在。眼光如豆,不足与之辩也。

又说:"余所爱之辛词":

> 稼轩词着力太重处,如《破阵子·为陈同甫赋壮诗以寄之》《水龙吟·过南涧双溪楼》等作,不免剑拔弩张。余所爱者,如"红莲相倚深如怨,白鸟无言定是愁",又"不知筋力衰多少,但觉新来懒上楼",又"城中桃李愁风雨,春在溪头荠菜花"之类,

信笔写去，格调自苍劲，意味自深存。不必剑拔弩张，洞穿已过七札，斯为绝技。

这里面或许都有我们不尽同意的成分，但确实极有见地，表述得也非常精到。当然，他也有出于偏见或阿私心理作出不恰当论断的情况，后面我们还会提到。

善言词不善填词

晚清词论大家辈出，但多有"善言词而不善填词"的情况出现。比如《艺概·词概》的作者刘熙载，词就非常一般，陈廷焯的词虽然要比刘熙载好一些，但也高明得有限。

问题是，陈廷焯在《词话》里谈到有关问题的时候，常常会引自己的词来做例证，这一点和我的毛病差不多。但是，不管我心里怎么想，嘴上还是谦虚的，陈廷焯则对自己的词评价极高。比如《白雨斋词话》"两赋蝶恋花"一条说：

"镇日双蛾愁不展，隔断中庭，羞与郎相见。十二栏杆闲倚遍，凤钗压鬓寒犹颤。　昨日江楼帘乍卷，零乱春愁，柳絮飘千点。上巳湔裙人已远，断魂莫唱苹花怨"。此余蝶恋花词也，怨而不怒，尚有可观。越二日，又赋一阕云："谁道蓬山天外远，晓起开帘，重见芙蓉面。鬌髻笼云眉翠敛，低头不觉朱颜变。　避入花阴藏不见，细拾残红，不语思量遍。小院新晴寒尚浅，秋风先已捐团扇"。决绝如此，未免怨而怒矣。

这还是在谦虚中蕴涵自赏之意的，其实这两首《蝶恋花》都是规规矩矩拟学《花间》的，属于入门级别而已。到了"旧赋鹧鸪天"一条，他干脆毫无保留地自称自赞，说这首词"信笔写去，若不关人力者，而自饶深厚，此境最不易到"。我们看看这首词：

> 一夜西风古渡头，红莲落尽使人愁。无心再续西洲曲，有恨还登舴艋舟。　残月堕，晓烟浮，一声欸乃入中流。豪怀不肯同零落，却向沧波弄素秋。

还算可以，但远不到他自夸的程度。更严重的是在《蝶恋花·采采芙蓉》一首小序中他居然说："天下后世见我词者，皆当兴起无穷哀怨，且养无限忠厚也"，这就未免太过分了。看来人都有认识盲区，无论对别人还是对自己。明代大才子徐渭，独创泼墨大写意画法，为一代宗师，在美术史上地位崇高无比。郑板桥曾刻了一枚"青藤门下走狗"的印章，用来钤于画上。齐白石更是倾慕备至，说："青藤……之画，能纵横涂抹，余心极服之。恨不生三百年前，为……磨墨理纸……君不纳，余于门外饿而不去，亦快事也"，但徐渭对自己的画评价并不很高。他说："吾书第一，诗第二，文第三，画第四"，这或许是另一种认识盲区吧！

庄棫的《中白词》

除了对自己的词认识不清，陈廷焯在《白雨斋词话》中对庄棫（1830—1878）评价过高也常引人诟病。我们看这一条：

> 吾乡庄棫，字希祖，号中白，吾父之从母弟也，著有《蒿庵词》。穷源竟委，根柢槃深，而世人知之者少。余观其词，匪独一代之冠，实能超越三唐、两宋，与风骚汉乐府相表里。自词人以来，罕见其匹。而究其得力处，则发源于国风小雅，胎息于淮海、大晟，而寝馈于碧山也。

"内举不避亲"是可以的，问题是夸张到"匪独一代之冠，实能超越三唐、两宋，与风骚汉乐府相表里"的程度，这太不可思议了。依这样的说法，不知将置他极口称赞的温庭筠、周邦彦、王沂孙、秦观、苏轼、辛弃疾等大词人于何地？我们经常强调，研究诗词不可以没有感情，看了陈廷焯的这段话，我觉得还需要提醒一句，研究诗词不可以没有理性。

话又说回来，能得到陈廷焯如此夸奖，庄棫的词也确实是不错的，小令尤其精妙。如《相见欢》：

> 春愁直上遥山，绣帘间，赢得蛾眉宫样、月儿弯。　云和雨，烟和雾，一般般。可恨红尘遮得、断人间。

> 深林几处啼鹃，梦如烟，直到梦难寻处、倍缠绵。　蝶自舞，莺自语，总凄然。明月空庭如水、似华年。

虽然距离陈廷焯所夸张的"超越古今，能将骚雅真消息吸入笔端"尚远，但确实善于言愁，能勾动人心深处一种莫名的惆怅。《定风波》也很妙：

> 为有书来与我期，便从兰杜惹相思。昨夜蝶衣刚入梦，珍重，东风要到送春时。　三月正当三十日，占得，春芳毕竟共春归。只有成阴并结子，都是，而今但愿著花迟。

陈廷焯说这首词"看似平常，而寄兴深远，耐人十日思"，还是很中肯的，并没夸大。

另外要提醒一点，庄棫词集名为《蒿庵词》，共一百三十多首，不像陈廷焯所说的"不过四十阕"，可能当时他只看到了一少部分而已。有意思的是，比他稍晚的冯煦（1842—1927）词集也叫《蒿庵词》，又名《蒙香室词》。一般为了区别两家，还是把庄棫词集标名为《中白词》。

多面手周星誉

除了三位大词论家及其相关人物，这一时期的词坛还有两位值得一谈，那就是周星誉和李慈铭。

周星誉（1826—1884），字畇叔，河南祥符（今开封）人，道光三十年（1850）进士，官至两广盐运使署广东按察使。著有《东鸥草堂词》。严先生说周星誉的词"大都墨饱情浓，无刻意造作之态，且能兼具刚柔，秀婉与雄放并见"①，这一评价非常精当，周星誉确实是当时词坛一位少见的多面手。

在《念奴娇·十六夜对月，读湖海楼词，辄题其后》中，周星誉不仅明确表达了自己对陈维崧风格的心仪（髯乎堪恨，占词名一代，竟无其匹），而且很自豪地以二百年来"替人"自居（知否二百年来，替人属我，来与公争席）。他的《金缕曲·得素生兄下第书，郁郁累日……》《金缕曲·汴塘旅次，阻雨题壁，即寄南中兄弟》《沁园春·送海琴游吴门》《永遇乐·登丹凤楼望黄浦，怀陈忠愍公，同梦西、素生兄》等篇确实都大有湖海楼神采，其中《永遇乐》一首乃是悼念道光二十二年（1842）吴淞保卫战中殉国的老将陈化成所作，不仅悲慨，而且戟指怒斥，颇见锋芒。至于《念奴娇·十二夜陪月村先生登长洲廨东小阁看月，时江北诸郡县大水，即事拈前韵写感》一首关切民瘼，其情殷殷，更可追踪陈维崧的《水调歌头·夏五大雨浃月，南亩半成泽国，而梁溪人尚有画舫游湖者，词以寄慨》之类的名篇。晚清词坛上，这类题材的篇章实已不多：

> 月吾问汝，照几家欢宴，几家漂泊。划尽吴山千万叠，放眼大江南北。鸡犬荒凉，鱼龙跋扈，烟树长淮黑。戟门深处，此时歌舞如织。　可笑王粲穷愁，贾生痛苦，何补匡时策。但得升平温饱过，说甚杜陵契稷。卧看诸公，龙骧虎步，只手回天劫。腐儒无用，登楼且醉江月。

这一首是"雄放"而沉慨的，他的《念奴娇·题梦西词即效其体》和《水调歌头·对月同梦西》则在"雄放"同时，另有一种新警飞动，

---

① 《清词史》，第 536 页。

颇有点像龚自珍的手笔：

　　垂虹背上，把君词一唱，万枫都笑。七十二峰眉底绿，掷得全湖杯小。天上瑶声，人间牙板，听此都暗了。老龙水底，捉来为谱长调。　何事脱却缁袍，菰芦醉卧，人共江山老。闲煞斫鲸屠鳄手，只办雕花镂草。千古词魂，进来指上，拍得青天觉。苍茫此意，江南儿女谁晓。

　　陡觉乱峰活，一白立垂虹。老蟾今夜馋煞，跌入酒杯中。醉里不知天远，但见酒光月气，倒卷湿鸿蒙。起拍万花醒，为我舞长风。　蓟门酒，苏台柳，广陵钟。马头只有明月，逐我走西东。送了骑鲸人去，更向一千年后，照此两吟虫。梦坠镜湖绿，洗手弄芙蓉。

　　至于"秀婉"之作，应当首推他的十首《洞仙歌》。据其弟周星诒外孙冒广生的说法，这一组词是"与吴门袖竹君有题扇之雅，感陶潜《闲情赋》，因以谱之"。有人说这组词可以与朱彝尊《静志居琴趣》相比美，并不过分，其中有些生动细腻处，恐怕"静志居"也要退避三舍。比如下面这两首：

　　呵钿绾翠，坐枣花帘底。华钂①斜簪小鸦髻。想妆成力怯、换了鸾衫，停半晌，才见盈盈扶起。　问名佯不说，浅笑低声，暗里牵衣教娘替。众畔坐随肩、道是知情，却偏又、恁憨憨地。也忒煞难猜、个人心，笑事事朦胧，这般年纪。

　　卓金车子，接么娘来早。鹦鹉银笼隔花报。听纤纤绣屦、才近胡梯，蓦一阵，抹丽浓香先到。　进房拢袖立，瘦蝶腰身，写上红帘影都俏。侧坐锦墩边、女伴喁喁，尽背地、赞伊娇小。看悄捻罗

――――――――――
　　① 钂（niè），小钗。

巾、不抬头，怎比在家时，更矜持了。

"也忒煞难猜、个人心，笑事事朦胧，这般年纪"，"看悄捻罗巾、不抬头，怎比在家时，更矜持了"，写小女儿情态，"艳而不佻"①，似乎比董以宁更称得上"绘风手"。《青玉案·春夜宿贻经书屋有怀》写相思孤寂情怀，上下片结句都特有味道：

> 花梢细雨惜惜过，早夜静、重门锁。才上灯时人已卧。凄凉天气，凄凉庭院，著个凄凉我。 一帘苔雾莺啼破，兀悄地、拥衾坐。晓月上墙桐影挫。今宵莫说，已经无梦，便有如何作。

严先生指出，除了这两种风格都臻于甚高境界，周星誉另有淡宕洗练一路也甚见长。我以为《鹧鸪天·自奉贤道南桥至叶谢口数十里，庐舍幽旷，水木明瑟，慨然有卜居之志……》组词六首特多画意，而人间烟火气浓，比《清词史》所举的《柳梢青·初秋泊嘉兴有怀》更具有代表性。我们看一、四两首：

> 路入南桥客思闲，水乡风景画图间。密芦绕屋浑疑海，老树遮门便当山。 波似镜，岸如环，青溪曲折小舟还。归人暗识村前路，逢着垂杨便转弯。

> 水枕抛书睡味长，溪行半晌少村庄。前湾知有人家近，一径风来豆粥香。 藤蔓瓦，树支墙，午鸡声里绿阴凉。开门怪底儿童闹，门外枇杷一树黄。

据金武祥的序云，《东鸥草堂词》大都是周星誉的少作，目前传世者大概只是全部作品的十分之三左右。如果天壤间尚存有其词的全集，周星誉应该可以昂首迈入词坛大家之行列。

---

① 《清词史》，第536页。

晚清第一"毒舌"李慈铭

清代有不少有才而狂的文人，其共同特征之一是"善骂"。比如说大学者而兼骈文大家、《哀盐船文》的作者汪中，据洪亮吉记载，汪中侨居扬州时公开放话："扬州一府，通者三人，不通者三人。"通者指高邮王念孙、宝应刘台拱与汪中本人是也，不通者指的是程晋芳、任大椿、顾九苞三位著名学者。当地有位士绅，郑重其事拜会汪中，请求给自己学问下个评语。汪中说："汝不在不通之列。"其人大喜过望。汪中又跟了一句："汝再读三十年书，可以望不通矣。"这是很著名的"善骂典故"，金庸在《笑傲江湖》里写任我行狂言武林中人自己有三个佩服，三个不佩服，有人插嘴说："我肯定是你不佩服的了？"任我行不屑道："你再练三十年或许才值得我不佩服一下。"这一段就是活用汪中之事的。

再比如一代怪魁龚自珍。龚自珍进士考试的时候，卷子落在同考官安徽巡抚王植的手上，王植犹豫不定。另一位考官过来看了看，说："浙江考卷，字不太好，文章又锋利，一定是龚自珍的卷子。听说此人善骂，如果不录取，我们都难免被大骂一顿。"王植觉得有道理，于是将龚自珍的试卷推荐了上去。龚自珍被录取了，别人恭喜之余，问他房师是谁。没想到龚自珍说："咄咄怪事！居然是王植这个无名小辈！"王植听了也只能哭笑不得，录取了他也没逃过这场骂。

单以"善骂"而论，汪中、龚自珍似乎还都不是李慈铭的对手，"第一毒舌"的称号李慈铭当之无愧。我们前面讲他写诗讽刺宝廷"宗室八旗名士草，江山九姓美人麻"就是一个典型的例子，写春联说自己"户部员外补阙一千年"也是一例，能看到他的语言风格。

李慈铭（1829—1894），字爱伯，号莼客，浙江绍兴人。光绪六年（1880）五十二岁才考中进士，官至山西道监察御史。长于经史，诗文负重名。著有《越缦堂文》十卷，骈文最精；《白华绛柎阁诗》十卷[1]、

---

[1] 白华绛柎阁，亦作"白华绛跗阁"，是为李氏祖母倪氏焚修净业处。《白华绛柎阁诗集·自序》云："予四五时从王母识字于阁中。"

《霞川花隐词》二卷，又有《日记》数十册，与《翁同龢日记》、王闿运《湘绮楼日记》、叶昌炽《缘督庐日记》齐名，并称"晚清四大日记"。时人评为"可继亭林（顾炎武）《日知录》之博"，有"生不愿作执金吾，惟愿尽读李公书"之说。

与日记诗文相比，词在李慈铭只是余力挥洒而已，但因为才大，还是诸多可观。特别是他那些因为怀才不遇而发的牢骚，也算是一种"雅骂"吧！比如他的《念奴娇·秋日读史》云"落水三公，坠车仆射，早冷人间齿。先生休矣，虽佳何与人事"——衮衮诸公，不过令人嗤笑而已。先生你算了吧，才华人品都好又能怎么样呢？——这是说得比较婉转的。在《贺新郎·京邸被酒感赋》又说："算长安、衣冠物望，如斯而已。扰扰一群乌白颈，妄语便为名士"——一群白脖子乌鸦，靠几句胡说八道便成了名士！另一首《贺新郎·为伯寅侍郎题罗两峰当场出丑图，图中为毛延寿丑脚十人，皆元人院本中事也》中说："莫道当前真出丑，占尽人间头地。且漫问、王侯饿隶。衮衮相逢皆此辈，只笑啼、暂戴猴冠耳。谁竟识，真羞耻"，这些话真是破口大骂，够恶毒的了！

李慈铭的"掉牙词"

在我看来，他的《沁园春·乙卯秋夜，落一当唇牙，是相家所忌者，赋此解嘲》最是自嘲而兼骂世的佳作：

> 牙尔何为，唇吻之间，谁来抵辙。记免怀学语，常胶香饵；成童毁龀，屡系轻丝。拾慧难防，笑人易冷，深悔年来欠护持。金刚坏，便因风咳唾，珠玉参差。　儿曹莫道吾衰，正开窦、容君出入时。只未经漱石，砺先难忍；倘逢骂贼，嚼竟何施。蔗滓功劳，斋根身世，未报红绫已若斯。从今世，但投梭善避，不废歌诗。

在开场白中，我特地花篇幅讲了辛稼轩《沁园春·止酒》的接受史问题，在我搜检到的一部分受其影响的作品中，李慈铭这一首算是上上之作。

先注意题目中"是相家所忌者"一句。如果只是简单的"掉牙"，那也就算了，加上这一句，立马就有冷嘲热骂之文章可作。所以他一开篇就是跟牙对话："牙兄牙兄，你这是干什么？你掉了，谁来撑持我的唇吻之间呢？"有这三句，浓郁的意趣一下子就跳出来了，我们完全能想象，后文肯定是异想纷披，妙语连珠。"记免怀学语，常胶香饵"，这是说"牙牙"学语的时候，动不动就被灶糖一类东西把牙粘住；"成童毁龀，屡系轻丝"是说到了换乳牙的时候，把掉了的乳牙用细线系上，或扔在房顶，或埋在地下。这是很多地方，甚至一些国家（比如日本）都有的换牙习俗。

到"拾慧难防，笑人易冷"这两句，锋芒渐渐出来了。"拾慧"就是"拾人牙慧"，把"牙"字隐掉了；"笑人易冷"，把"齿冷"的"齿"字隐掉了——自从牙长好了以后，有时候拾人牙慧，有时候笑话旁人太多，总露在外面，所以疏于保护，终于"深悔年来欠护持"，把当唇的门牙给弄掉了。牙齿是身体最硬的部分，所以用"金刚"代替之，佛家说"金刚不坏之身"，现在到底坏了，从此后只要"因风咳唾"，必然就露出一口参差不齐的坏牙了！这样絮絮叨叨，一路写来，真是妙趣横生！

到下片更是步步深入，把诙谐进行到底。"儿曹莫道吾衰，正开窦、容君出入时"，这里的"儿曹"不是对晚辈的亲切语，而是"尔曹身与名俱灭，不废江河万古流"那个"尔曹"，是相当厉害的骂人话。"正开窦"一句我们应该比较熟悉了，鲁迅《从百草园到三味书屋》说自己小时候背书"笑人齿阙曰狗窦大开"。鲁迅背的应该是《幼学琼林》，其实这个典故出自《世说新语·排调》篇。晋朝张玄之八岁了还没有牙齿，有大人跟他开玩笑说："你的嘴怎么大开狗洞呢？"他马上回答："正使君辈从此中出入！"这个典故用在这里，何等妥帖而辛辣！

"未经漱石，砺先难忍"也是《世说新语·排调》篇的著名典故。孙楚对王济说自己想隐居，"我欲枕石漱流"，一时口误，说成"我欲枕流漱石"。王济问："流可枕，石可漱乎？"孙楚答："所以枕流，欲洗其耳；所以漱石，欲砺其齿。""倘逢骂贼，嚼竟何施"，这两句用的是文天祥《正气歌》中提到的颜杲卿骂贼的典故。当时颜杲卿痛骂安禄山，被叛军割了舌头，袁履谦在旁气愤已极，嚼舌自尽。李慈铭说：如果我碰上骂贼的情况，想嚼舌也没有牙呀！这两个典故看似用得滑稽，其实前者与“隐”有关，后者与“出”有关，真正想说的还是自己仕隐两难的困境，并不完全是铺张典故，炫耀腹笥。

再下句“蔗滓功劳”的典故不好理解。寒山《诗三百三首》其十三云：“东家春雾合，西舍秋风起。更过三十年，还成甘蔗滓。”黄庭坚《和孙公善李仲同金樱饵唱酬二首》其一云：“人生欲长存，日月不肯迟。百年风吹过，忽成甘蔗滓。”方回《用夹谷子括吴山晚眺韵十首》其七云：“迅速年华榆燧改，槁枯世味蔗滓残。”这几例都是岁月不居，沧海桑田的意思，与“功劳”二字不大能联系得起来，所以我觉得是用了朱彝尊《斋中读书》其十一中“譬诸芳蔗甘，舍浆嗷渣滓”的意思，谦称自己不善读书，未得精华。

下句的“齑根”就是菜根、草根，用《菜根谭》“嚼得菜根，百事可做”的典故，比较通俗。可下一句“未报红绫已若斯”又不大好理解了。这个典故出自叶梦得《避暑录话》：“唐御膳以红绫饼餤为重。昭宗光化中，放进士榜，得裴格等二十八人……乃令太官特作二十八饼餤赐之，卢延让在其间。后入蜀为学士，既老，颇为蜀人所易。延让……乃作诗云：‘莫欺零落残牙齿，曾吃红绫饼餤来。’”所以这几句的意思合在一起，那就是说：我清寒身世，读书这么多年，还没考中进士，牙就已经先掉了！说是滑稽自嘲，其实也够辛酸的。煞拍“从今世，但投梭善避，不废歌诗”，这是用《晋书·谢鲲传》的典故：“（鲲）邻家高氏女有美色，鲲尝挑之，女投梭，折其两齿……鲲……傲然长啸曰：‘犹不废我啸歌’”，还是与牙有关的著名事件。如此结尾，风流自赏，令人忍俊不禁。

这首词用典频密，颇不好懂，但当我们把典故一一寻绎本源，弄清含义后，又觉得别是一种阅读的乐趣。这是“学人之词”的高境，同时更在滑稽突梯的“掉书袋”过程中显现了作者冷峭严凛的傲世之情。按一般眼光看，从极无紧要之题目写出极有关系之人事，这乃是“止酒”之真精神。辛弃疾跟酒杯的对话又能有什么意义呢？但是雄心壮志、人格形象、性格特点，都在这里面凸显出来了。李慈铭这首词也应作如是观。

心苦与忧患

李慈铭以"骂世"著称，但正如其他骂世者一样，这种"骂"是"物不得其平则鸣"，最大的驱动力往往是心里的苦楚与忧患，经过才华学问的发酵，转成愤怒冷峭的形态而已。其实李慈铭也有直言自己之心苦的作品，读来也很感人：

> 慈亦穷民耳。廿年来、孤儿寡母，艰难生计。旧产池阳都割尽，乞食凄凉京邸。更恸绝、横流乡里。宗族千人家八口，尽仓黄、乞命干戈里。天地酷，有如此。　与君已丑生同岁。数衣冠、崔卢中表，旧家门第。等是飘零伤乱客，说甚成名难易。只肠断、今朝分袂。泥首马前无别语，但思亲、泪血烦归寄。生死托，君行矣。
>
> ——金缕曲·送珊士由海道入浙寻亲

词题中的"珊士"即与李慈铭同乡、并称"越中三少"的陈寿祺（另一为王星诚）。李慈铭对好友"薄宦未成家陷贼，负高堂、总被微名误"的不幸际遇深表同情，所以写了两首《金缕曲》为其寻亲之旅饯行，这里引的是第二首。在这首词里，李慈铭因为"共情"的缘故，几乎把自己的"乱世家史"尽情吐露于纸上，"廿年来、孤儿寡母，艰难生计"，"宗族千人家八口，尽仓黄、乞命干戈里。天地酷、有如此"，读到这些词句，就算我们生活在太平年代，也是忍不住悚然动容的。

再比如他的《金缕曲·戊寅十二月二十七日，余五十初度先夕，姬侍辈为治具作暖寿筵，赋词两阕示之》的第一首：

> 百岁平分了。谩相传、南人衰易，此年难到。更有萧家天子

语，各半东西相祷。只未食、长生茶蓼。人鬼挤排终不去，有黄斋、百瓮供人咬。忧患窟，此中老。　生来百药愁都夭。记当年、瑶环就塾，未离怀抱。历尽人间千万劫，转眼头颅都皓。只剩取、形单自吊。今日杯盘红烛影，算三生、留得枯禅稿。归去也，故山好。

　　五十岁是人生的一个重要节点，对古人来说尤其如此。李慈铭在知命之年"知"了什么"命"呢？他回顾自己这大半生，不由得发出"人鬼挤排终不去，有黄斋、百瓮供人咬。忧患窟，此中老"，"历尽人间千万劫，转眼头颅都皓"的感叹，只能归去故山，"留得枯禅稿"了！最后两句李慈铭加了一个自注："余前身为天台国清寺僧"，这当然是无稽之说，但在"忧患窟"中倏然老去，又有什么可以自我安慰的呢？从这无奈的叹息声中，我们看到了这位晚清"毒舌才子"的另一个重要心灵侧面。

第十七讲
清季四大家

上一讲我们所提到的词人大抵出生于十九世纪前中期，很多人已经迈进了二十世纪的门槛，即便英年早逝的陈廷焯，他去世时距离二十世纪也仅有八年时间。也就是说，这一批词人大抵活动于同治、光绪年间。在同光词坛比谢章铤、谭献更晚一代、与陈廷焯年辈相仿而又最负盛名的是"清季四大家"，也称为"晚清四大家""晚清（清季）四大词人"。这是清代词史最后一个高水平的群体，成就之高，影响力之大，足可以成为清词的结穴，而又下开近百年词史的辉煌璀璨。

四大家的人生轨迹

先来看"四大家"的"前马""领头羊"王鹏运。王鹏运（1849—1904），字佑遐，中年自号半塘老人，又号鹜翁，晚年号半塘僧鹜。这个号很奇怪，什么来由呢？他在一篇文章里讲：我是父母的体魄所依，有父的一半，有母的一半，所以谓为半塘。有一位算命先生推算我的八字，说我"心高命平，是半僧人命"，于是加了一个"僧"字。又有一位老人为我占卜，得了一卦叫作"刻鹄类鹜"，也是"心高命平"之意，于是"鹜"字也有了，合起来便是"半塘僧鹜"。

王鹏运原籍绍兴，高祖时迁居广西临桂（今桂林），自父亲开始以临桂县籍应试，就正式变成了临桂人，所以后来也有人称他领衔的这个群体为"桂派"。同治九年（1870）王鹏运乡试中举，以内阁中书分发到部行走。光绪十一年（1885）升内阁侍读，光绪十九年（1893）授江西道监察御史，升礼科给事中，转礼科掌印给事中，一生官爵至此为极。王鹏运居朝有正色直声。他反对西太后和光绪帝驻跸颐和园，为康有为代上奏折请办京师大学堂，几件事蜚声海内，也为此几乎遭遇杀身之祸。光绪二十八年（1902）去官南归，主持扬州仪董学堂，并执教于上海南洋公学。光绪三十年（1904）六月暴病去世。

四大家年龄仅次于王鹏运的是郑文焯（1856—1918）。郑文焯字叔问，号小坡，晚号大鹤山人，别署冷红词客等，奉天铁岭人。这好像是清词史上我唯一的东北老乡，但实际上，郑文焯也不算东北人。因为他是汉军旗人，"奉天铁岭"是祖籍，他并没在东北生活过。郑文焯九世祖时被编入旗，故世循旗俗，以名为姓。前面我们说过，时人常称他"文叔问""文小坡"。后来他恢复了汉姓，并自言为大儒郑玄之后，自称籍贯高密，其实都渺焉难寻。郑文焯二十岁中举，此后九应会试不第。自光绪六年（1880）应江苏巡抚吴元炳聘为幕府，遂移居苏州，以作幕终其身。清亡后以遗老自居，行医鬻画自给，生活困蹇不堪。民国六年（1917），蔡元培任北大校长时曾力聘郑文焯任金石学科主任和校医一职。郑文焯一度心动，于是写信给康有为咨询意见，康有为回信以为不可。最后郑文焯决定不赴北大，拒聘书有"故国野遗……蒿目世变……敢忝为国学大教授耶"之语，还是遗民情结占了上风。第二年（1918）因妻之卒过于悲恸而精神异常，不久并发疾病而逝。

第三位，四大家中年寿最长、去世最晚的朱祖谋。朱祖谋（1857—1931）原名孝臧，字古微，号沤尹，又号彊村，那是因为他是浙江归安（今湖州）埭溪渚上彊村人，所以他有一个完整的号叫作"上彊村人"，简称"彊村"。光绪八年（1882）举人，翌年联捷成二甲一名进士，改庶吉士，散馆授编修。进过翰林院的进士和其他进士地位是不一样的。一般来说，一甲三名状元、榜眼、探花和二甲前若干名会进翰林院，三甲基本没有希望进翰林院。只有个别人是例外，比如曾国藩是由于几位大员特别赏识，特批进了翰林院。这是"异数"，多少科不见得碰上一个。进士入了翰林院，是作为宰相的后备人才来培养的。即便中间有些问题从翰林院离开了，那也是"老虎班"，遇缺即补，比别人地位优越，袁枚就是这种情况。袁枚在翰林院散馆考试中"外语"不及格。所谓"外语"就是满文，所以被外放南京，任江宁知县。朱祖谋出身很高，很快做到了地位清华的侍讲学士。

光绪二十六年（1900），义和团事件爆发以后，朱祖谋上书反对仇教开衅，触怒了西太后，"几陷不测"。当时不少笔记对这个场景记载得比较详细。义和团铺天盖地，又有神功护体，那么是否要对各国宣战呢？西太后就召集朝臣来商议。按说朱祖谋品级不高，轮不上他说话。但是，他没有经过批准就高叫一声："拳民法术，恐不可恃！"西太后火了，拿眼睛在人群里面找了半天。朱祖谋占了个便宜，个子矮，半天也没看见他。西太后问："到底谁喊的？"朱祖谋只好站出来承认，西太后大怒，想要传旨杀他。幸好有几个大臣给他说情："此人性子素来戆直，而且经常有失心疯的症状，太后请别计较！"这才保下他一条命，但也是生死呼吸之间了。

第二年《辛丑条约》签订，朝廷这才想起朱祖谋的好处，于是以"忠心谋国"升他为内阁学士，又擢礼部侍郎。不久外放广东学政，因与两广总督岑春煊不合，于光绪三十一年（1905）辞官寓居苏州，任教于江苏法政学堂。宣统三年（1911），清廷设弼德院，招彊村为顾问大臣，不就。袁世凯想聘为高等顾问，亦拒之，隐居沪上，直至去世。

最后一家是况周颐（1861—1926），严先生《清词史》及很多文献说他生年是 1859 年，我这里用的是郑炜明《况周颐年谱》的说法。1859 年是他好朋友张尔田的说法，好朋友的说法按说一般不会错，但郑炜明先生找到了更有力的证据——况周颐乡试的硃卷。硃卷差不多就是现在的详尽版个人档案，五服之内的亲属以及自己的师生关系都要写得清清楚楚，有很高的可信度。况周颐原名周仪，因避宣统帝溥仪讳，改为"周颐"，字夔笙，号蕙风，也是广西临桂人。前面我们提到"桂派"主要是指王鹏运说的，但况周颐的地位也很重要。光绪五年（1879）举人，官内阁中书，后来"叙劳"以知府用，分发浙江。但这个所谓"以什么什么用"，仍然是候补状态，没有实际职位，约等于无。光绪二十一年（1895）入两江总督张之洞幕府，领衔江楚编译官书局总纂。戊戌变法后掌教常州龙城书院、南京师范学堂，受聘于端方幕中。

他在端方幕中处境并不算好，主要是因为他脾气比较古怪，得罪了很多同僚。特别是和一位大学者李详（审言）关系非常恶劣，双方经常互相谩骂。很多人到端方那里说况周颐的坏话，端方说："我知道况某人毛病很多，将来必定饿死，但是有我端方一日在，断不容他饿死也。"况周颐听了这话，感激涕零。端方后来在四川保路运动中殉职，近代史上名声不好，但他的人品是不错的，拳拳爱才之心也确实让人感动。到了民国，况周颐寓居上海，卖文为生，穷困潦倒至于断炊，晚境颇为凄凉。

"清季四大词人"之由来

"四大家"的履历我们做了简单介绍，还有个重要问题需要厘清：这四大家并称是怎么来的呢？我们一向说是"公认"，但一直没有说清过程，即便况周颐的弟子赵尊岳，他的《蕙风词史》也仅仅说"时人将……合称为四大词人"。"时人"是谁，怎么说的，其实并没有搞清楚。对此，我尽力做了一点考证和梳理。

我以为，最早有推戴四家之意的当数与他们同辈的湖南词人陈锐。陈锐在《裒碧斋词话》中说：

> 王幼遐词如黄河之水，泥沙俱下，以气胜者也。郑叔问词剥肤存液，如经冬老树，时一着花，其人品亦与白石为近。朱古微词墨守一家之言，华实并茂，词场之宿将也。文道羲词有稼轩、龙川之遗风，惟其敛才就范，故无流弊……况夔生词手眼不必甚高，字字铢两求合，其涉猎之精，非余子可及。

《裒碧斋词话》初刻于光绪三十一年（1905）。书从写完到刻成，中间要有一段时间，所以它写成应该在王鹏运 1904 年夏天谢世之前。在这段话中陈锐一共评价了"投分既深，窃叹为不可及"的老友十余人，而首揭王、郑、朱、文四位，评价皆高，我觉得他心目中有一种排序的意味。对于况周颐，则是肯定其读书甚广，但指摘其手眼不高，可谓褒中寓贬。这应该是不喜欢况周颐侧艳风格的缘故，后面我们还会继续解释。这是第一个阶段。

到徐珂的《近词丛话》，第一次去文而增况，明确称况周颐为"光宣间倚声大家"，这应该是王、郑、朱、况四人并称之始。徐珂的《近词丛话》收在他的名著《清稗类钞》之中，我们就以《清稗类钞》的成书年限作为下限，提出这个说法的时间肯定在1916年之前。

1921年，张尔田作《词莂序》，又一次四位并称，并提要了每个人的风格特点："并世作者，半塘之大，大鹤之精，彊村之沉与蕙风之穆，骎骎乎拊南宋而上矣。"同时，他自述与四大词人的交往："及壮，获与半塘、大鹤、彊村游，三君者，于学无不窥，而益用以资为词，故所诣沉思专进而奇无穷。"这是铺垫，重点回顾的还是与况周颐的相知。他说况周颐的词"有异于余子者……遭世乱离，半塘、大鹤既坎壈前卒，彊村亦摧光韬采，独蕙风憔悴行吟于海涯荒滨，其流变与光岳相终始欤？"真可谓推重备至，同时也进一步明确了四大词人的说法。

至此，四大词人之说似乎已成不刊之论，但学界一般认为正式提出"四大词人"这个说法是在1930年。龙榆生本年底写成《清季四大词人》一文，1931年初在《暨大文学院集刊》发表，正式提出了这一名号。只是在具体人选上又"意外翻盘"，去掉了朱祖谋而重新增入文廷式。为什么呢？原因很简单。龙榆生在本文《小引》中特地加了"生存硕彦，不具于编"一句，朱祖谋是他老师，当时还在世，所以，舍朱增文只是是避免师徒之间标榜的缘故。龙榆生的这个说法实质上也并没有撼动王、郑、朱、况并称的基本形态。

所以，1934年，一位名不见经传的学者刘樊在《国立武汉大学四川同学会会刊》上发表了一篇《清末四大词人》的长文，仍然以王、郑、朱、况立论。这篇文章似乎影响不大，但是应该能代表"时人"的共识。到1940年前后，蔡嵩云的《柯亭词论》出，将四大家视为阳羡、浙西、常州后又一期清词的代表性群体，则人无异辞，最终定局。

四大词人合称的内在理路

过程清楚了，接下来要追问的问题就是为什么是王、郑、朱、况这四位放在一起，成为一个群体，甚至一个流派呢？探讨这个问题的人不少，我们以孙克强先生《晚清四大家词学集大成论》为例。他在文章中提出了以下几个要点。

第一，四家能打破浙西、常州两派之壁垒，对其既有肯定借镜，又有超越融贯，能汲各家之长，熔铸新炉，自成体派；第二，立意守律并重，词格既高，词法益严；第三，摒弃流派意气，"冶南北宋而一之"。这里所谓"冶南北宋而一之"，是谭献《复堂词话》中的说法。从孙先生的论述中可以看出四家确实有相当多的一致性，所以尽管四家人际关系也很微妙，郑、况之间尤多不和，而最终词史研究者仍取词旨相通之意而将其视为一个整体。关于"郑况不和"我们后面再来细说。

观察四大家合称的内在理路还有一个角度，那就是文廷式的"跳出跳入"。文廷式曾经名列四家，最终峭立派外，兀傲难双。为什么呢？

首先应该看到，文廷式和王鹏运、郑文焯等都有很深的交往，但是论词并不全同。他的《云起轩词自序》开篇就对南宋词坛"声多喑缓，意多柔靡"，"迈往之士，无所用心"的弊端深表不满，对于浙派末流，更有痛快淋漓的揭批：

> 自朱竹垞以玉田为宗，所选《词综》，意旨枯寂，后人继之，尤为冗漫。以二窗为祖祢，视辛刘若仇雠，家法如斯，庸非巨谬！

他说浙派家法大错而特错，自己的旗帜就鲜明地亮出来了。这篇序言作于文廷式逝世前两年，也就是1902年。这正是王鹏运、郑文焯、朱祖谋等倾力校勘《梦窗词》之际，"以二窗为祖祢，视辛、刘若仇雠"这两句话，其实正包含着对这一倾向的不满。

在《自序》中，文廷式更进一步声明他的宏观意见："词者，远继风骚，近沿乐府，岂小道欤？"与此相应，词人应该有"照天腾渊之才，溯古涵今之思，磅礴八极之志，甄综百代之怀"，提出了极高的要求。他虽然自谦说"余于斯道，无能为役"，但是"志之所在，不尚苟同"。这是清代词学史上罕见的高亢透亮的声音，自陈维崧"存经存史"之论以后已经久焉不闻。究其实质，不仅去浙、常宗法甚远，即便与王鹏运等折衷二家而后出的"重、拙、大"之说也并非同路人。从词学思想来看，文廷式确实和"四大家"划出了一个清晰的界阈。从词风来看，又不难看出文氏所接实乃苏辛一派法乳，与四家颇有不同。

对此，前贤早有明鉴，我们来看几条评论。著名植物学家、兼擅文学批评的胡先骕在《学衡》上发表过一篇《评〈云起轩词钞〉》的长文，他说文词"意气飚发，笔力横恣，诚可上拟苏辛，俯视龙洲（刘过）"。陈声聪《论近代词》说："廷式才气兀傲，词多感时哀事之作……直可追步苏辛，断非改之（刘过）所能及其婉妙。"沈轶刘、富寿荪的《清词菁华》说文廷式词"霆飞雷激，海立山崩，接迹辛陈，生气遥出"。朱庸斋的《分春馆词话》说："文廷式出，以其俊逸豪宕之笔，始为苏辛一派吐气。"这四家评论异口同声，都认为文廷式承接的乃是苏辛的流风遗韵。文廷式在四家行列一闪而过，最终以"兀傲自难双"的姿态掉臂独行，实为必然之事，而词史论者一般不加入文氏而并称"五大家"，显然不是因为"四大家"比"五大家"顺口好听，而是意图揭示"四家"内核中的诸多趋同之点，从而凸显文氏特出之处的缘故。

"桂派" 能否成立之辨

但是，我们也应该看到，"趋同"不等于"全同"，不等于没有分歧。这直接涉及以四家为主所构成的"临桂派"或曰"彊村派"（以王鹏运为首领，称为"临桂派"；以朱祖谋为核心，则称"彊村派"）究竟能否成派、性质如何、能否在"常派"之外另立一宗等重要问题。

先来看成派问题。严先生在《清词流派述要》中根据文学基本理论对流派作了阐发："流派是运动中的实体，其形态可能是松散的或者紧密的，但构成一个流派并为人们所认识，大抵要有这样几个条件。第一，要有领袖式的具备权威性的代表作家；第二，要有共同追求的审美倾向；三，要有宣言式的选本或理论纲领。这三个基本要素又都归结到实践创作上来，要有足够体现审美理想的作品。"① 按这个标准来衡量，第一点、第四点没有问题，但是，二、三还值得商榷。

关于第二点，"有共同追求的审美倾向"，我们看到四家的审美倾向其实歧异不小，尤其是况周颐和另外三家。南开大学杨传庆先生在《文学遗产》2009 年第 6 期发表的《郑文焯、况周颐的交恶与晚清四大家词学思想的差异》总结得非常精彩：

> 四大家作为一个词学群体，有很多相同或相近的词学观念，但也存在不少分歧，乃至争辩……郑、况的交恶则是体现其差异的典型案例。郑、况交恶首先与二人个性相关，而其深层原因则在词学思想的分歧。况周颐把花间艳词作为其学习的榜样，把艳词作为抒发一己浓烈真挚性灵的工具，又以之为重、拙、大的载体，因此他难以接受王、郑"淫艳"的指责。而在王、郑看来，况氏秾艳之词既无家国情怀，又无清空之境，实为无谓之词。王、郑、况对艳词理解的不同其实质是他们对"比兴寄托"的理解不同……况周颐主张的是性灵寄托……而王和郑主张的是一种家国忠爱的情怀寄托，而不是个人的性灵。

透过这篇文章的总结我们可以看到，四大家的审美倾向分歧之大，某种程度上实在并不亚于其趋同之处。那么，它没有宣言式的选本或理论纲领，不满足上述第三点的要求，也在意料之中。所以，学界的"临桂派""彊村派"之说，大抵可以视为对准流派性质的群体的习惯性称谓，而不是严格意义上的词派。

我们还可以从四家与常州词派的关系来探讨"桂派"难以单独成派、别立一宗的原因。彊村老人去世之前，把自己填词所用的两块砚台送给了龙榆生，实际上是以衣钵相赠——佛家赠衣钵，文人赠砚台——

---

① 《金元明清词鉴赏辞典》附录，南京大学出版社 1989 年版。

所以，作为深知内情的彊村老人授业弟子，龙榆生对此有非常权威的发言权。他在《晚近词风之转变》中提出"晚近词坛悉为常州所笼罩"的依据。

第一，晚近词坛之中心人物，共推王半塘、朱彊村二先生，而风气之造成，则《薇省同声集》实推首唱，而《庚子秋词》之作影响亦深。

第二，朱祖谋的《半塘定稿序》称半塘词"导源碧山，复历稼轩、梦窗以还清真之浑化，与周止庵氏说契若针芥"。

第三，朱氏本人对梦窗最为用力，以致王鹏运称他是"六百年来真得髓者"，故王、朱二氏所宗尚，未能脱出周济标举的"宋词四大家"之范围，与其"尚寄托"之说亦不谋而合。

在《论常州词派》一文中，龙榆生重申此说，将四家视为常州词派一翼。他说：

> 常州派继浙派而兴，倡导于武进张皋文（惠言）、翰风（琦）兄弟，发扬于荆溪周止庵（济，字保绪）氏，而极其致于清季临桂王半塘、归安朱彊村诸先生。

由于龙榆生和四家的特殊关系，他的看法是非常值得我们重视的，也可以引为定论。严先生《清词流派述要》就称桂派为"常派的余波一脉"。朱德慈先生《常州词派通论》从理论宗旨、效法前修、创作实践等方面分析其未能越轶常州门庭，因而判定临桂派与常州派有不解的渊源，是常州词派的一脉相传。① 这应该是学界较主流的、也较合乎理路的共识。当然，由于局面本身的复杂性与"横看成岭侧成峰"效应，这样说并不排斥学界同人对于临桂成派的正面判断，也并无意降低这一重要群体的研究价值。②

---

① 该书第八章第一节《"四大词人"归属辨》，中华书局 2006 年版，第189—195 页。
② 如陈铭：《近代词论个性的迷失与重构》（《浙江学刊》1994 年第4 期）、巨传友《清代临桂词派研究》即力主临桂成派说。

宗法不离常州而有所拓展

清季四大家的理论倾向可以以"宗法不离常州而能有所拓展"来概括。所谓"不离常州",那就是对常派张、周两位宗师有关观念的高度认同。王鹏运是如此,朱祖谋走的也是"取径梦窗,上窥清真"的常派路数。大鹤山人郑文焯则声称:"窃以词道衰息,自南宋来三百余年,至嘉庆间始得一皋文先生",他认为张惠言的有关说法是"能张幽隐,体尊道昌"之论。况蕙风说词天花乱坠,对于"重、拙、大"三字诀的阐发与建构,与陈廷焯的"沉郁说"、王国维的"境界说",并称为晚清词学三大收获,但是核心论点仍不脱"寄托"主调。这都可以叫作"宗法不离常州"。

所谓"有所拓展",意味着四家在常派的拘囿之外,更兼收各流派之长,对常派的偏隘之处进行了相当程度的改造,形成多元化的审美倾向。比如,王鹏运、郑文焯皆吸收浙派的"清空"之论,推尊姜夔。半塘集中次白石韵者颇多,这是一个表现。郑文焯自白"入手即爱白石骚雅,勤学十年",一生心摹手追,白石情结始终不废,堪称是浙派的最后一个集大成者。再比如朱祖谋,在服膺常州词论之外,他对周济"退苏进辛"、以王沂孙厕身"四大天王"等说法不满,所以晚年所作词多取苏轼之清雄而济梦窗之晦密,并旁及柳、晏、秦、贺诸家,从而形成语淡而情苦的郁勃意态。

当然,我们还要特别提到理论果实最为丰硕的况周颐,他的拓展远较另外三家宽阔。其中,最启人心智者无疑为"词心""词境"之说。以下这三段论述,都是《蕙风词话》中被称引频率最高的著名论述,确实做到了"细入毫芒,能发前人所未发"[1]:

> 人静帘垂,灯昏香直。窗外芙蓉残叶飐飐作秋声,与砌虫相和答。据梧冥坐,湛怀息机。每一念起,辄设理想排遣之。乃至万缘

---

[1] 钱基博:《现代中国文学史》。

俱寂，吾心忽莹然开朗如满月，肌骨清凉，不知斯世何世也。斯时若有无端哀怨怅触于万不得已；即而察之，一切境象全失，唯有小窗虚幌、笔床砚匣，一一在吾目前。此词境也。

吾听风雨，吾览江山，常觉风雨江山外有万不得已者在。此万不得已者，即词心也。而能以吾言写吾心，即吾词也。此万不得已者，由吾心酝酿而出，即吾词之真也，非可强为，亦无庸强求，视吾心之酝酿何如耳。

吾苍茫独立于寂寞无人之区，忽有匪夷所思之一念，自沉冥杳霭中来，吾于是乎有词。

谈"词境"，论"词心"，名士气十足而又带有几分神秘感，这样的性灵论实为文学史上罕见的探骊得珠、回归本位之说。它对于词学观的拓宽拓深，绝非以经学解词的张惠言所能梦见，即便眼光开阔的周济也远所不逮。建立在这种本源探究层面上的"词心""词境"论，必然会捐弃诸多的门户意气，即使谈寄托，也是植根于"我"，以"性灵"为起航点来陶铸心灵的诗篇。举凡时彦前贤，无论温韦、晏欧、周秦、苏辛、姜张，甚至国朝大家，也就都在兼收并蓄之列。深邃的"词心"，广袤的"词境"，这应该是况周颐，也是"四大家"对于常州宗法最大的拓展，是非常了不起的词学贡献。

直逼稼轩的半塘词

上面谈到四大家都有自己的理论追求和不凡的理论造诣，但我们还要再一次申明，词史不是词学史，他们的词史地位绝不能单靠词学成就来赢得，更具有决定性作用的是他们光焰灼人的词创作实践。广东的朱庸斋是现代著名词人，他的《分春馆词话》是最好的现代词话之一，对于四大家，他以词人而兼词论家的手眼做出如此评价：

> 清词至清季四大家，词境始大焉。盖此四家者，穷毕生之力深究词学，其生长之时代与生活亦多可喜可愕、可歌可泣者，故为词亦远过前代……功力同为宋以后所不能到，甚有突过宋人之处者。

> 清季四家词，无论咏物抒情，俱紧密联系社会实际，反映当时家国之事。或慷慨激昂，或哀伤憔悴，枨触无端，皆有为而发。词至清末，眼界始大，境界遂深。

这是一个很大的词史判断。朱先生又自述自己的学词门径："余为词近四十年，方向始终如一：远桃周、辛、吴、王，兼涉梅溪、白石，近师清季王、朱、郑、况四家"，在这里，他是把四家和宋代的诸位顶尖词人相提并论的，完全可以看出行家眼里"四大家"词的显赫地位。

晚清四家词的研究，除了郑文焯稍弱一点，关于其余几家的成果都已经比较丰富。我在写《近百年词史》的时候对这种情况比较头疼，思来想去，最后还是确定了两条原则：一条叫作"详人所略，略人所详"，另一条叫作"攻其一点，不计其余"。也就是说，我所写所讲的不求面面俱到，而是只抓住一个或几个大家之前谈得不够的点，希望能虽然偏颇但更加深入地解读其"词境""词心"。先来谈半塘词。

四家中，王鹏运年资最高，治词也最早，朱祖谋、况周颐、文廷式等大都是在他耳提面命之下成长起来的。他足可以称为清季词坛辉煌之"前马"，也就是这一群体无可置疑的导师和领袖。如果说这个群体可以被称为"词派"，那么我赞成使用"临桂派"而不是"彊村派"的概念。我觉得，流派也好，群体也好，都应该以创始者来命名。比如说常州词派，张惠言在世时并没有开宗立派的意图，到周济，常州词派始成壁垒，渐渐笼盖词坛，但我们还是把张惠言当作开山祖师，并以他的籍贯命名。所以，我觉得称"彊村派"是对王鹏运卓越贡献的忽视和不公正评价。

读王鹏运的词，我认为应当以"气""雄"二字为关键。"气"字最早见于陈锐之说，我们已经引过，后来卢前的《望江南·饮虹簃论清词百家》也说王鹏运"作气起屡为世重"。问题是这个"气"究竟是何等样的"气"？陈锐说："王半塘之词如黄河之水，泥沙俱下"，我觉得"泥沙俱下"在这里并不是贬义，而是指半塘词的"大气"与"豪气"，即严先生《清词史》中所说的"风云气"，即朱德慈先生在《常州词派通论》中所说的"英气"。

从人生经历来看，王鹏运抱负宏远，气节坚苍，大有用世之志，然而一官累踬，最终不得志而去位。朱祖谋说他"其遇厄穷，其才未竟厥施，故郁伊不聊之概，一于词陶写之"，非常精准，正是时世人心与创作主体的交融最终酿变为半塘的大气、豪气与英气。我们并不否认，而且一直强调王鹏运对周邦彦、姜夔、王沂孙等词人下过不小的工夫，特别是发起"校梦龛词社"，组织校勘梦窗词，开启了后来绵延甚久的"梦窗风"。但是，从大气、英气、豪气、风云气出发，我觉得他的心思应该主要不在周、姜、吴、王这些人身上，真正心仪而用力的还是"稼轩风"，用龙榆生的话说，就是"直逼稼轩"。

比如他的《声声慢·用王碧山韵》：

> 长房缩地，骑衍谈天，谁人肯老蓬庐。踽踽寰中，书生目论全疏。扶桑去来咫尺，底消磨、云属风蒲。赋情冷，料更无狗监，能识相如。　　莫漫评量今古，算凿空有论，尽信无书。云路先鞭，终南可似蓬壶。沧溟几回屋市，更六州、聚铁何欤。漫惆怅，问长沙、流涕也无。

词确实用了王沂孙的韵，可字里行间，哪里有王沂孙的气味？《西河·燕台怀古用美成金陵怀古韵》一首也是如此，题材、用韵看似致敬了周邦彦，但"游侠地，河山影事还记""剑歌壮，空自倚。西飞白日难系""酒酣击筑访旧市。是荆高、歌哭乡里"等句子，其底里明显是辛弃疾的，甚至是陈维崧的，而不是周邦彦的。从大量文本——尤其是这种"表里不一"的文本——我们既可以明确辨认出王鹏运对"稼轩风"的深度认同，也能够让我们想到：词人所秉持的理论倾向与创作实践其实是常常出现错位现象的，有的时候还会严重到大幅度突破甚至崩溃的程度。王鹏运如此，后文将要说到的况周颐也是如此。用彭玉平老师论况周颐词学的话讲，就是"明流"与"暗流"，或者叫作"主说"与"副说"①。某种程度上来说，"暗流"与"副说"常常更值得我们注意。

在《四印斋所刻词》刻入《稼轩词》之后，王鹏运题写了三首绝句，有两句说："何似三郎催羯鼓，夙醒余醒一时捐"，这是用了唐玄宗击羯鼓去醒醒酒的典故，称道稼轩词就像两宋词坛上的一阵羯鼓声，有强劲的提神醒脑之效。又有两句说："多少江湖忧乐意，漫呼青兕作词人"，那就是说不能简单把辛稼轩定位成一个"词人"，因为英雄末路，抱负无所施展，退到底线了只能做一个词人。对辛弃疾来说，这显然是知音知心之论。他在《金缕曲·心事从何说》的小序里提到他的弟弟出示稼轩词数十篇，"读之喜不自禁，即用稼轩韵题此索和"，倾倒之意溢于言表。这些都是他仰慕追步稼轩之明证。

施蛰存先生有这样一个判断："余观半塘词，实自晏欧小令进而为苏辛近慢。虽半塘亦自许为碧山家法，气韵终不似也"，我觉得后面这句话非常有意义，是能够透过现象看本质的具眼之论。"稼轩风"在清末词坛的最后一次疾漩，正是王鹏运以他卓绝的创作与文廷式共同构成的。不了解这一点，不算真正读懂半塘词。

两首"祭词词"

最能体现"直逼稼轩"特质的，无疑为其名作《沁园春·岛佛祭诗，艳传千古。八百年来，未有为词修祀事者。今年辛峰来京度岁，倡酬之乐，雅擅一时。因于除夕陈词以祭，谱此迎神，而以送神之曲属吾弟焉》。小序稍长一点，但意思说得很清楚：贾岛祭诗，但是八百年来没听过祭词的。所以今年除夕，我就为词设祭，作迎神之曲，送神之曲就让我弟弟辛峰来作吧！他弟弟的词集没有留下来，我们不知道送神之曲后来作没作，作成什么样子，但这两首迎神之曲确实是别具风神：

① 详可参彭玉平《况周颐与晚清民国词学研究》，中华书局 2021 年版。

词汝来前，酹汝一杯，汝敬听之。念百年歌哭，谁知我者；千秋沆瀣，若有人兮。芒角撑肠，清寒入骨，底事穷人独坐诗。空中语，问绮情忏否，几度然疑。　玉梅冷缀苔枝，似笑我、吟魂荡不支。叹春江花月，竞传宫体；楚山云雨，枉托微词。画虎文章，屠龙事业，凄绝商歌入破时。长安陌，听喧阗箫鼓，良夜何其。

词告主人，釂①君一觞，吾言滑稽。叹壮夫有志，雕虫岂屑；小言无用，刍狗同嗤。捣麝尘香，赠兰服媚，烟月文章格本低。平生意，便俳优帝畜，臣职奚辞。　无端惊听还疑，道词亦、穷人大类诗。笑声偷花外，何关著作；情移笛里，聊寄相思。谁遣方心，自成呰舌，翻讶金荃不入时。今而后，倘相从未已，论少卑之。

我们在前面多次讲过，这又是辛弃疾"止酒"系列的作品，而且是具有创辟意义的杰作。这样说原因有二：第一，王鹏运把辛弃疾之一篇化为两篇，赋予对方等量的辩驳机会，那就不再是主人训斥呵责、仆人只能低声下气纡回讽谏的场景，而是形成了大专辩论赛上畅所欲言、向"对方辩友"全力开火的状态。通过两轮不同角度的发言，将撑肠之芒角、入骨之清寒尽情喷泄而出；第二，"止酒"当然是好题目，如今王鹏运"祭词"，那就不仅是吐露牢骚，而且会凸现自己的词体观念，富于理论色彩。这两点既是王鹏运与辛弃疾面目不同之所在，也是对"止酒"的开拓发展。

这两首是晚清词苑名篇，也是王鹏运一生治词心得的夫子自道。所谓"百年歌哭""千秋沆瀣"，其实质在于推尊词体。词之发源既古（千秋），功用亦大（歌哭），那么，就不应被视之为"忏""绮情"的"空中语"。在鄙薄哀叹"春江花月""楚山云雨"的世风的同时，他特别强调"芒角撑肠，清寒入骨"这样"有为而作"的"大题目"与"大意义"，而"画虎文章，屠龙事业"的"凄绝商歌"心态则又是清

---

① 釂（jiào），劝人饮尽。

季衰颓大势的反映。

"词告主人"一篇尤其充满冷峻的幽默感。词来本自居"雕虫""小言"之列，俳优帝畜，安之若素，却忽然听说"词亦穷人大类诗"。惊疑之下，更分辨道：我是"烟月文章格本低"，又"何关著作"？只能"聊寄相思"罢了。此后若想让我"相从未已"，还请"论少卑之"，不要把我抬得太高了吧！两首词波浪澜翻，至此戛然而止，真可谓唇枪舌剑、花团锦簇、令人绝倒不已。虽然二词通篇皆有牢骚滑稽之态，内里则是庄肃端严，蕴蓄着一系列重大严肃的主题。词的源流、功能、价值，身世之悲慨无端，皆呼之欲出。即便置之稼轩词中，也应该是上佳之作。所谓"直逼稼轩"，这是第一代表作。

学写"财迷词"

岔开来再谈谈我的致敬学步之作。1998 年，我正式南下姑苏，拜入严先生门下，用当时一首流行歌曲的名字来说，"我和我追逐的梦"之间距离更近了。兴奋满足之余，接下来要面对的是很现实的生活压力。一点点微薄的助学金，加上妻子不太高的收入，难免入不敷出，捉襟见肘，对"钱"字格外敏感。2000 年夏天，我写了组词《沁园春·与钱问答》：

钱汝来前，汝听我歌，我歌萧骚。吹笙挟瑟，天下衮衮；缠金跨鹤，世上滔滔。且逐功名，莫论学问，五车未敌一羽毛。惟余我，伴青灯墨卷，伊郁无聊。　　古今多少人豪，笑书生到此意气消。纵苦寒读书，都成云散；长杨作赋，只等萍飘。五柳先生，使于今日，三斗也折乞米腰。袖手看，君呼风呼雨，为虿为妖。

钱曰咄咄，何物腐儒，口吻轻嚣？便酒臭朱门，非我差错；寒充陋室，怪汝清高。天道无亲，能者探骊，何必辞锋冷若刀？须知我，早铜皮铅骨，久历诙嘲。　　劝尔齿颊休刁，将经卷文章一火烧。即屠龙难就，尚可屠狗；画虎不成，无妨画猫。纸醉金迷，钗横鬓乱，一笑且拈琥珀醪。归来罢，正酒阑歌散，月冷秋霄。

我拍钱肩，笑曰孔兄，斯言得之。使凛凛檄文，散为霞绮；泠泠郁气，暖作云霓。何必短长，且安本分，一枕春梦几多时。胡涂甚，只瞑目趺坐，心飞神驰。　转笑世人都迷，但矻矻为君白鬓丝。想海市成楼，皆归荒幻；蕉叶覆鹿，总是离披。不如筑茅，江滨岭表，与白鸥盟便忘机。雄心敛，好持螯纵酒，遁于卑辞。

我的词不值得一讲，大家能看得很清楚的是：我对辛弃疾、王鹏运的创作激赏不已，所以有感而发，来了一次"学步""致敬"。稍有一点变化，那就是我把王鹏运的两首进一步扩展成了三首。除了"控辩双方"唇枪舌战，还加了一首"结案陈词"。论水平，我当然无法企及辛、王两位大师，但在形式上略有发展，也算自己的一点菲薄贡献。

当时只是写着玩的，并没有想到以后还有"续集"。2010 年，我负债乔迁新居，房子大了是好事，负了不少债又有些压力，于是又写了《沁园春》三首，前有小序云："庚辰之夏，余鹢栖吴门，生涯濩落，因仿辛老子'止酒'涂'与钱问答'三首。恍焉十年，今又逢庚，虽较昔之困窘略为可观，而濩落之感，大体无异，因更作前题三首，聊以遣兴，用九佳十灰之韵，盖辛老子原韵也。"与"止酒""祭词"相比，咏阿堵物当然是大俗事，写三首不够，十年后再写三首，更是俗上加俗，但是一来根骨鄙俗，没有办法；二来也想看看能不能在"俗"中发掘寄寓一点"雅"的东西。与十年前相比，这三首调侃愈浓，所谓中年心境，略见于斯：

哎呀孔兄，久不相逢，盍兴乎来。叹十载前见，臣年尚少；世事曼衍，恣意推排。富贵功名，翻掌可致，侯万户何足道哉。初未料，料半生寂寂，白须盈颔。　到今百计全乖，剩昏黄、灯底几局牌。对南面书城，居然王者；西窗笔墨，往复徘徊。镜里鹄形，袖中赤手，依旧与兄隔天涯。问大哥，弟何处开罪，愿言之赅。

孔兄闻言，瞽然哂之，嘴几乎歪。想前度逢君，苦心训教；虽云正色，颇杂嘲诙。以汝 IQ，当有所悟，讵料仍然一书呆。这十年，竟略无出息，其真可哀。　　还须闭口干杯，免听君、胡扯复瞎掰。数助教飘蓬，司勋落拓（温庭筠诗："曾于青史见遗文，今日飘蓬过此坟"，杜牧诗："落拓江湖载酒行"）；耆卿沦谪，伯虎摧颓。古而及今，才人坎壈，矧君驵侩属下材（李清照文："猥以桑榆之晚景，配兹驵侩之下材"）。从此后，且安神度日，莫鸣喈喈。

如是我闻，起而长揖，先尽一罍。恰微中闲谈，豁焉轩敞；不烦要语，绝弃嫌猜。冷淡生涯，从今日可，此揖聊谢孔兄台。微斯人，竟吾归谁与，乱了心怀。　　望兄许我追陪，好聆听、舌底绽风雷。令射影阳谋，轻轻放下；抟沙伎俩，稳稳推开。纸醉红尘，金迷世界，尽作荒唐一梦槐。说不定，兄今宵别去，异日还来。

基本思路与十年前一致，还是"控辩双方＋结案陈词"，其中"哎呀"两字的开头也可以做点说明。就我所见，词中第一个用口语"哎呀"的是毛泽东，他的《念奴娇·鸟儿问答》是一首奇作，写小麻雀"哎呀我要飞跃"更是神来之笔；第二个用"哎呀"的是启功。他的手书《论书绝句》一百首"为友人携去"，其实是偷去，结果自己又花大价钱从商人手里买回来，于是他写了《南乡子》以抒愤懑无奈之情：

小笔细涂鸦，百首歪诗哪足夸。老友携归筹旅费，搬家，短册移居海一涯。　　转瞬入京华，拍卖行中又见它。旧迹有情如识我，哎呀，纸价腾飞一倍加。

到我，大概是第三次用"哎呀"。这几首词应该说比十年前好一些，十年之间，两次与钱问答，《沁园春》长调写了六首之多，看来是"财迷"的典型表征，但谁能说这不是人生况味呢？如果若干年后有人研究我的诗词创作，我倒以为这六首"大俗事"《沁园春》没准儿能成为自己的代表作呢！

《水龙吟》"嗜睡词"

再说回王鹏运词。类似两首《沁园春》一般怪怪奇奇、别具心裁者还有一篇，那就是《水龙吟·平生嗜睡成癖，读〈天籁集〉睡词，深有契于予怀者，戏用原韵，以志赏心》。《天籁集》是元代大戏剧家白朴的词集。所谓"睡词"，是指《天籁集》里的三首《水龙吟》，确实是白朴平生最高境界，以第一首为例：

> 醉乡千古人行，看来直到无何地。如何物外，华胥境界，生平梦寐。鸾驭翩翩，蝶魂栩栩，俯观群蚁。恨周公不见，庄生一去，谁真解、黑甜味。　闻道希夷高卧，占群峰、华山重翠。寻常羡煞，清风岭上，白云堆里。不负平生，算来惟有，日高春睡。有林间剥啄，忘机幽鸟，唤先生起。

王鹏运说自己"嗜睡成癖"，所以看见这几首词，"于我心有戚戚焉"，用原韵和之。看小序，就知道这是勘破世情、跌宕生姿之作：

> 举头十丈尘飞，人间何许埋愁地。颓然一笑，玉山自倒，春生梦寐。我已相忘，蕉阴覆鹿，槐根封蚁。叹无情世故，仓皇逐热，问谁识、于中味。　漫说朝来拄笏，最宜人、西山晴翠。何如一枕，忘机息影，黑甜乡里。万事悠悠，百年鼎鼎，付之酣睡。待黄鹂三请，窥园乘兴，倩花扶起。

与白朴一样，一劈头就是牢骚怪话：人间十丈软红尘，到处都是愁苦。怎么能解脱呢？倒头大睡便是了！下文"蕉阴覆鹿"的典故很著名，《列子·周穆王》云："郑人有薪于野者，遇骇鹿，御而击之，毙之。恐人见之也，遽而藏诸隍中，覆之以蕉，不胜其喜。俄而遗其所藏之处，遂以为梦焉。顺途而咏其事，傍人有闻者，用其言而取之"，这是得失荣辱皆为虚幻的意思。《红楼梦》里大观园的小姐们取笑自号"蕉下客"的史湘云是鹿，用的就是这个典故。"槐根封蚁"用大槐安国故事，意思略同。"漫说朝来挂笏，最宜人、西山晴翠"，又用了《世说新语》典故：王徽之是恒冲的骑兵参军，恒冲要他料理相关事务，他理也不理，只答了一句："西山朝来，致有爽气。"这是魏晋有名的清谈之一。连着三个典故用下来，目的全在于对"无情世故，仓皇逐热"的感叹，并推出"万事悠悠，百年鼎鼎，付之酣睡"的结论。虽然隶事不少，却颇有稼轩"用经用史，牵雅颂入郑卫""横竖烂熳，乃如禅宗棒喝，头头皆是"的味道。[①] 更为重要的是，其内在精神与辛弃疾"多少江湖忧乐意，漫呼青兕作词人"的意趣是完全相通的。

晚清政坛的不和谐音

王鹏运还有两首《满江红》也值得一看，先看《朱仙镇谒岳鄂王祠敬赋》：

> 风帽尘衫，重拜倒、朱仙祠下。尚仿佛、英灵接处，神游如乍。往事低徊风雨疾，新愁黯淡江河下。更何堪、雪涕读题诗，残碑打。 黄龙指，金牌亚；旌旆影，沧桑话。对苍烟落日，似闻悲咤。气喜蛟鼍澜欲挽，悲生笳鼓民犹社。抚长松、郁律认南枝，寒涛泻。

这首词语句上或许还有一些障碍，但是问题不大，意思很清楚，风格也很明晰。全篇上片比下片好些，"往事低徊风雨疾，新愁黯淡江河下"的对句最好。往远里说，其韵味是辛弃疾一脉；往近里说，则最接近我们前面讲过的朱彝尊同调词《吴大帝庙》。

第二首是《送安晓峰侍御谪戍军台》。安晓峰，名维峻（1854—1925），甘肃秦安人，光绪六年（1880）进士，官至监察御史。甲午之

---

① 刘辰翁评价辛弃疾语。

战前夕，安维峻连续上疏六十五道主战，《请诛李鸿章疏》声震天下，但因要求慈禧归政及指斥李莲英得罪革职，发往张家口军台效力。按说他得罪"老佛爷"之事天下皆知，大家应该避之如虎才对，但晚清政坛偏偏就有这样的不和谐音。《清史稿·安维峻传》记载："维峻以言获罪，直声震中外，人多荣之。访问者萃于门，饯送者塞于道，或赠以言，或资以赆，车马饮食，众皆为供应。抵戍所，都统以下皆敬以客礼，聘主讲抡才书院。"临行之际，著名侠客大刀王五主动承担护送任务，还有人赠联云："不学金人，斯为铁汉；暂留西域，终讨北洋。"乌里雅苏台参赞大臣志锐更刻了"陇上铁汉"印章相赠。从此，"陇上铁汉"的美名传遍全国。这说明什么？我想，这表明即便在权力令人龆棘的高压之下，仍然有很多人保留了独立思考的能力与不以强权为旨归的人格尊严。这就是一个民族的"元气"！至于李鸿章是否卖国、应否诛杀是另外一回事。李鸿章晚年自称是大清朝的"裱糊匠"，对这座破房子只能尽力撑持，维持一天算一天，又在他的《临终诗》里说："劳劳车马未离鞍，临事方知一死难。三百年来伤国步，八千里外吊民残。秋风宝剑孤臣泪，落日旌旗大将坛。海外尘氛犹未息，诸君莫作等闲看"，从这些地方我们是能体会出一种动人的无奈与忧患的。

背景说清楚了，我们再来看这首词就完全能理解王鹏运的立场与心声。他只是"人多荣之"中的一个，但挺拔的风骨也够清晰了：

> 荷到长戈，已御尽、九关魑魅。尚记得、悲歌请剑，更阑相视。惨淡烽烟边塞月，蹉跎冰雪孤臣泪。算名成、终竟负初心，如何是？　　天难问，忧无已；真御史，奇男子。只我怀郁塞，愧君欲死。宠辱自关天下计，荣枯休论人间世。愿无忘、珍惜百年身，君行矣。

为安维峻刻"陇上铁汉"印章的志锐也是被"谪戍"的一员，所以特别能与他产生共情。志锐（1852—1912）字伯愚，他塔拉氏，满洲正红旗人，是瑾妃、珍妃的哥哥。他与安维峻同科进士，官至礼部侍郎。因为与光绪关系近密遭到慈禧忌恨，降职为乌里雅苏台参赞大臣。

宣统初年，志锐任伊犁将军。武昌起义后，伊犁新军迫其举义，不从，被枪杀，得谥号文贞。这是一个封建末世中的悲剧性人物，在甲午战争前后则因为是"帝党"中坚得到舆论场的诸多同情。王鹏运的《八声甘州·送伯愚都护之任乌里雅苏台》即是又一次晚清政坛不和谐音的代表：

> 是男儿、万里惯长征，临歧漫凄然。只榆关东去，沙虫猿鹤，莽莽烽烟。试问今谁健者，慷慨著先鞭。且袖平戎策，乘传行边。
> 老去惊心鼙鼓，叹无多忧乐，换了华颠。尽雄虺琐琐，呵壁问苍天。认参差、神京乔木，愿锋车、归及中兴年。休回首，算今宵月，犹照居延。

王鹏运的这些词大声镗鞳，惊飙突进，远绍辛张（元干），近接陈（维崧）朱（彝尊），显然不是碧山、清真、梦窗的家法，也与另外三大家的风貌明显不同。

朱祖谋在著名的《望江南》论词词里面，说王鹏运"起屏差较茗柯雄"，前面我们提到的卢前说他"作气起屏为世重"，"起屏"二字的来由就在这里。什么是"起屏"？那就是用英气、豪气、风云气，让屏弱的骨力、酥软的膝盖都能挺拔起来。这个"雄"字也就好理解了。

郑文焯的"白石情结"

四大家之中，大鹤山人郑文焯名气较小，专门研究也少，最为"边缘化"。直到杨传庆博士《郑文焯词及词学研究》论文出，才对他有全面精详的梳理与把握。在这样的背景下谈大鹤词，我以为有两点值得特别提出：第一点就是"白石情结"。

前文说过，郑文焯自我表白"少时酷嗜白石，用力十年"，但后来从姜夔的路径脱身出去了。这是事实，但我以为，尽管后来学词范围拓宽了，他的风神行迹却一生没有摆脱白石道人的影响。这样一个判断，我们从以下两个方面来体会。

第一，《瘦碧词》是郑文焯的第一个词集，《自序》堪称他早年词学倾向的确凿自白。他说："余生平慕尧章之为人，疏古冲澹，有晋宋间风。又能深于礼乐，以敷文博古自娱……白石，一布衣。才不为时求，心不与物竞，独以歌曲声江湖。"这里的"声"是动词，"赢得声誉"的意思。光绪二十九年（1903），朝廷补行辛丑会试。这是郑大鹤第九次参加进士考试，正常九次是二十七年，实际上不到二十七年，因为中间有特科或恩科，但恐怕也不少于二十年了。可惜这次仍然不中，卒生绝意仕进之心，自刻"江南退士"之印，从此安于隐逸生涯。第二年，郑文焯在苏州孝义坊购地五亩，莳植花卉，颇擅林园之美，这就是他词中常见的"樵风别墅"。别墅的东面是吴小城故址，那是南宋诗人吴应之故居所在地，是苏州的一处名胜。于是，作亭于高处，命名曰"吴东亭"，"自谓可适其山泽之性"。这是他生平最风雅的事情之一，当时很多人都有词歌咏之。郑文焯颇通杂学，他既是很好的医生，还擅长阴阳风水，四处给人相地。朱祖谋当时想到苏州居住，地点都是他先给看的。所以郑文焯选这个吴小城故址作为居所，在当时的"风水界"是引起不小轰动的。

不管是"退士"也好，"山泽"也罢，这些举动的内在神理和姜夔是相当一致的。我们读郑文焯词作，能够获得非常鲜明的印象。《冷红词》是他的第二个词集，也是他从早期到中期过渡性的一个词集。卷二《玲珑四犯·竹响露寒》小序云："壬辰中秋，玩月西园，中夕再起，引侍儿阿怜露坐池阑，歌白石道人玲珑双调曲，度铁洞箫，绕廊长吟，鸣鹤相应"，这种清逸飘洒之感是很地道的"白石派"。壬辰是光绪十八年（1892），正当他追慕白石"十年"时期，那种"自制新词韵最娇，小红低唱我吹箫"的意态甚为清晰。至二十年后，作于辛亥（1911）初春的《卜算子》词序云："辛亥岁始春，故人治舟，相约观梅于邓尉诸山。雨雪载途，余以畏寒不出，因忆山中讨春旧游，次韵白石道人梅花八咏，以示同志。一丘一壑，自谓过之，若所作则伧歌，无复雅句也。"在这个小序的字里行间，仍然可以清晰看出白石的身段。那就是说，从《瘦碧词》到《冷红词》，再到距离他去世七年的辛亥，郑文焯始终对姜夔念兹在兹，眷怀难忘。通过这样的梳理不难看出，郑大鹤对姜白石那种"割锡山之膏腴，以养其山林无用之身"之人格形象的深刻认同是贯穿一生、迄未停歇的。

第二，对于姜夔词，郑文焯也是终身浸淫，沉酣不已。他始学填词时与浙派后期名词人潘钟瑞过从颇密，颇受其指点，爱白石之骚雅清寂，应该与潘氏关联密切。光绪十三年（1887）春，郑文焯与易顺鼎、顺豫兄弟、张祥龄、蒋文鸿等人结壶园词社，联句和白石词八十六首，结集为《吴波鸥语》，这是他早期勤学白石的重要一个证据。再对大鹤自作词作个粗略统计，仅词题中涉及"白石""石帚"字样者即有近五十首。大家知道，一直到晚清民国时期，文献中提到的"石帚"，大都被认为是姜夔的又一个别号。王国维、杨铁夫等人对此表示怀疑，后来夏承焘先生写了一篇《"石帚"辨》，才最终证明了"石帚"与姜夔是两个人。郑文焯有近五十首词提到姜夔，远超过提及"清真""耆卿""梦窗"的次数。而且，这些词篇自最早的《瘦碧》《冷红》二集，至后期的《樵风乐府》稿本、《苕雅》等，呈比较均匀的分布状况。可见，白石道人既是对郑氏影响最深的词家，也是对其一生创作产生持续影响的唯一词家。

此外，大鹤填词特别注重题序的撰写，即便三言五语，也一定反复修改，斟酌精致而后安，这也是受到白石影响的重要表征。随意举两例，比如《满庭芳》（街鼓新雷）序云："庚戌除夜，听雨守岁，有怀京师风物之盛，荏苒三十余年，无一到眼，天时人事，有足悲者，今夕何夕，不觉老怀之枨触也"，又比如《梦夫容》（秋江霞散绮）序云："霜中作花，木夫容独饶冷艳。曩于西园池上，遍栽花时，招同社连句赋之。蜀客蒋子次苓素工体物，记其和梦窗《三姝媚》发端有隽致，句云：'临江单涉惯。冷婵娟芳年，被他秋限'，托寄遥深，一坐倾叹。越明年秋，次苓竟侘傺而殂，遗属葬灵岩山麓。玉笥埋云之叹，岂词谶耶？今樵风别墅重见此花烂发，感秋怀旧，二十年来，花前同时作者独余老在，因复次韵梦窗是解，不禁对花潜泫也"，皆锤炼而至雅韵欲流，大有白石风调。

如果以上考察大致不错，我们即可辨认如下史实：在常派勃兴、浙派渐次式微的晚清词坛，就总体创作面貌而言，郑文焯实是浙西家法的杰出继承人，也为古典时代的"白石词接受史"画上了完满的句号。

以词托命

读大鹤词，还应特别注意的一点是他"以词托命"的创作态度。这一点似乎较虚，不易把握，但却是读解大鹤的一个重要关捩。

2008年，我受上海古籍出版社的委托主持校勘《晚清四大家词集》，① 自己承担郑、朱两家词集的整理工作。为了校勘郑文焯词集，国图、南图我都跑了好几次，每次都是一周十天上下。因为他的词以稿本居多，复制成本太高，当年国图复制一页稿本大概是六十到一百五十块钱，我要复制个五百页左右就破产了，所以只能现场校。几年之中断断续续泡图书馆，有一个体会越来越深，那就是郑文焯的"以词托命"。这不太像学术判断，可我的感觉越来越清晰强烈，觉得还是有必要还原提点出来。

郑文焯《与张尔田论词书》第七通自言其学词历程，说："余治经小学及墨家言二十余年，攻许学则有《说文引群说故》二十七卷、《六书转注旧执》四卷，自谓发前人所未发。研经余日，未尝废文，独于词学，深鄙夷之。"这段话很好玩——他早期治学从小学、许学入手，认为自己发千古之秘，相当得意，对古文也比较用心，唯独把词视为小道，一百个看不上。"故本朝诸名家，悉未到眼一字，为词实自丙戌岁始"，这里郑文焯自称从光绪十二年（1886）开始填词，实际上找到的词还有比这早几年的，这姑且不论。值得我们注意的是，自这段时间起，二十余年"深鄙夷之"的"词学"渐次成了他撑起心灵空间的最重要载体，也就是"托命之具"。

朱祖谋作于民国四年（1915）的《苕雅余集序》对此有着详尽的解读。民国四年距离郑文焯去世仅三年时间，这篇文章也就接近了对大鹤山人的盖棺定论。大家看诗词集的序跋，千万不能忽视时序。比如说，郑文焯有好多个词集，如果光看他早期的《瘦碧词自序》，就来判

---

① 该书因故尚未出版。

断他的整体风格和词学形态，那当然不够，也不准。前文我们提及的朱
彝尊《解珮令》："不师秦七，不师黄九，倚新声、玉田差近"，有人就
说他提出了醇雅清空的主张，词风也醇雅清空，我认为这完全是误会。
这首词题的是《江湖载酒集》，不是对他全部词学观念的总括。我们看
朱祖谋是怎么说的：

> 君以独行之志，胥疏江湖，固墨墨以词自晦者至是，而仅仅以
> 词显耶……夫士生晚近，负闳识绝学，久孤于世，则托诸微言，懦
> 然事物之所感触，于是缱绻恻怛以喻其致，幽喧凄戾以形于声，横
> 歌哭而变风谣，作者诚不自知其伤心。至乃天宇崩析，彝教沦胥，
> 窜赢行之躯，披佯狂之发，茫茫惨黩，哀断无声。向所为长言嗟叹
> 之不足者，曾不得一咏谣焉。然则斯文之将坠于天，其以词为人
> 籁，而天者动于几之先钦？嗟乎！君何不幸，而以词传，不佞更何
> 忍以词传君？顾廿余年同调之雅，自半塘翁下世，惟君能感音于
> 微。世变靡常，金玉永閟，思有以稍稍慰君生平，而抚卷低徊，所
> 得于风雨鸡鸣者，亦如是而已。

这段话确实写得很苍凉。彊村老人不愧为大鹤山人"廿余年同调之
雅"的知音人，这段话也不愧是深中大鹤心事的知音语。朱祖谋把词对
于郑文焯的意义分为两个阶段：第一，"独行之志，胥疏江湖"时期，
词是"自晦"之工具。如大鹤山人一类晚近之"士"，虽身负闳识绝
学，然而不获真赏，久孤于世，只能"横歌哭而变风谣"，将满腹伤心
"托诸微言"。这是"托命"的一个层面；第二，到清朝灭亡，所谓
"天宇崩析，彝教沦胥"，遗民之属皆"窜赢行之躯，披佯狂之发，茫
茫惨黩，哀断无声"，词则成为应和这种翻天覆地变化的"人籁"。所
以，"君何不幸，而以词传，不佞更何忍以词传君"，这几句实是大痛
切语。除了以"微言"托命，以"小道"传名，还有什么能"稍稍慰
君生平"呢？从这段话我们可以看得非常清楚，郑文焯早年托于词的是
一种什么样的"命"，到后来成为遗民，托的是一种什么样的"命"。

托命之词

来看郑文焯的几首词：

灯影花梢小阁，马声柳外横桥。十年前事箇中销。流光临水镜，春梦过风箫。　　有恨有情有限，无花无酒无聊。愁来底事不相饶。空余残蜡泪，夜夜替红绡。

——临江仙

春风秋月资游计，独我尊前长费泪。几生心苦到词人，风月只供惆怅地。　　繁华故国今何世，满目山河成古事。小楼孤烛梦回时，著枕愁来无处避。

——玉楼春

谏草焚余老更狂，西台恸哭恨茫茫。秋江波冷容鸥迹，故国天空到雁行。　　诗梦短，酒悲长，青山白发又殊乡。江南自古伤心地，未信多才累庾郎。

——鹧鸪天·余与半塘老人有西崦卜邻之约，人事好乖，高言在昔，款然良对，感述前游，时复凄绝（其三）

"有恨有情有限，无花无酒无聊""几生心苦到词人，风月只供惆怅地""诗梦短，酒悲长"，出自《比竹余音》和《苕雅》的这几首词很能看出他江湖独行的失落与凄怆了。所谓"缱绻恻怛以喻其致，幽噎凄庚以形于声"也不只是一己忧患，其中自有一个时代的印记。辛亥"世变"后，作为八旗遗民的"哀断"较之此前当然也更沉重。"马因识路真疲路，蝉到吞声尚有声"，黄景仁的这两句诗恰好可以为大鹤山人一辈遗民写照。看一首《水龙吟》：

我怀栗里高风，醉来无复逃名地。黄农宇宙，荒唐一梦，人间何世。八表同昏，孤云自远，茫茫天意。叹沧江白发，酒醒甚处，空回首，山河异。　　　　直道伤心往事，百年中、眼看能几。如何转烛，支离南北，余生至此。落木悲秋，残尊送腊，感时危涕。念故山，薇老谁歌，采采向斜阳里。

这首词的小序写得相当悲怆："昔东坡谓渊明先生《读史述九章》夷齐、箕子，盖有感而云。余考其《蜡日篇》，发端于风雪余运，终托之章山奇歌，其诗皆当在元熙禅代时作。时先生年已五十有六，遂以江滨伕老，遁世自绝，其志可哀也已，何意去此千五百余年，旧国之感，异代同悲？患难余生，行年差合，今之视昔，身世共之，而变端之来，心存目替，其怆恍殆有甚焉，辄拟东坡取陶诗入词遗意，作越调水龙吟歌之。"当年陶渊明五十六岁时，"以江滨伕老，遁世自绝，其志可哀"。没有想到一千五百余年后这一幕又重新上演，清朝灭亡我也恰好五十六岁！那种"旧国之感"岂不是"异代同悲"吗？词序中的"患难余生""变端之来，心存目替"，词中的"空回首，山河异""伤心往事"，这些字句中无不弥漫着一股浓冽的生命感，也看得出词人在作品中注入了怎样的生命能量。

他还有一组《杨柳枝·赋小城梅枝》，也是作于辛亥"变端"之后，因借咏物外壳曲尽遗民之思而很为时人称道，可读其前四首：

谁家笛里返生香，倾国风流解断肠。头白伤春无限思，不应此树管兴亡。

到地春风不肯闲，南枝吹尽北枝残。吴宫多少伤心色，占得墙东几尺山。

采香径里晚烟空，濯粉池边晓露丛。一样故宫春寂寞，可怜无地看东风。

缟衣月下见前身，隔世惊逢绝世人。惆怅溪南数枝雪，为谁开落与江春。

"不应此树管兴亡""南枝吹尽北枝残""可怜无地看东风""为谁开落与江春"……大凡此类，都只是大鹤山人以词托命的苍凉回声吧！

近乎变态的改词

大鹤山人"以词托命"的特点还有一个最明显的表现，那就是他对于词作近乎痴迷的改削过程。我在《近百年词史》里用词比较谨慎，说是"近乎痴迷"，其实我真正想说的是"近乎变态"。

校勘大鹤词，津津有味的同时又觉得苦不堪言。他往往一首词有七八稿，甚至十余稿，而且每一稿都改动很大。怎么样以校勘的方式去表达这种改动呢？我定了一种非常规的体例：以"原作……""改作……""又改作……""定作……"尽量清晰完整地反映他改动的痕迹和过程。作为校勘术语，这样做可能是不规范的，但是我力图把郑文焯的创作流程，也包括他的"吟安一个字，拈断数茎须"的心态还原出来，就我的能力来说，只能采用这样的办法。

举个例子来说，《庆春宫·同羁夜集，秋晚叙意》一首，国家图书馆藏《苕雅》稿本作：

> 霜月流阶，芜烟街苑，戍笳愁度严城。残雁关山，寒蛩庭户，断肠今夜同听。绕阑危步，万叶战、风涛暗惊。悲秋身世，翻羡垂杨，犹解先零。　　行歌去国心情。宝剑凄凉，泪烛纵横。临老中原，惊尘满目，朔风都作边声。梦沉云海，奈寂寞、鱼龙未醒。伤心词客，如此江南，哀断无名。

以此为底本，参校诸本，并尽量校出改动印迹，于是得以下长达八百字之校记：

【校记】"暗惊"，《樵风乐府》作"自惊"。"悲秋"三句，底本原作"独怜衰柳，偏为秋悲，悔不先零"。"惊尘"，底本原作"京尘"。

【又校】《苕华诗余》："衔苑"原作"迷浦"。"戍笳"句原作"卧愁孤枕严城"，改作"卧愁孤坐严更"，定作"暗催钟鼓严更"。"断肠"句原作"可怜秋到无声"，改作"过秋犹恨难平"，改作"断肠还为秋鸣"，定作"为谁秋尽还鸣"。"万叶"句作"乱风叶、波涛自惊"。"悲秋"三句原作"百年衰鬓，一夜回肠，镜里分明"，改作"从今白发，休为愁多，镜里重生"，又改定作"黄花开了，可待人间，秋鬓重青"。"行歌"句原作"悲歌旧客狂情"。"临老"三句原作"故国天荒，数峰未了，肯留老眼余青"，改作"临老中原，惊尘望断，朔风都作边声"。"伤心"三句原作"伤心前事，词客江南，一例飘零"，改作"伤心词客，悲秋江南，歌苦无名"，又改作"伤心词客，哀到江南，无泪堪倾"。

【又校】《苕华诗余》又一阕：题作"秋尽日同羁夜集，秋晚叙意"。"戍笳"句作"黯催清吹严城"。"关山"作"关河"。"万叶"句作"乱红起、无风自惊"。"悲秋"三句作"匆匆年事，翻羡垂杨，先及秋零"。

【又校】南图稿本本篇有三版本，逐录于下，不一一出校。其一词题作"冬绪羁怀"，"羁怀"又作"孤怀"。词曰："霜月流阶，烟芜连苑，草堂岁晚余清。残雁来稀，寒蜻吟断，但闻风叶窗鸣。夜帘灯飐，乱愁泻、空山雨声。伤心年事，多少繁华，看到飘零。　年光犹忆堪惊。雨雪重逢，衰鬓星星。金狄摩挲，铜驼歌舞，旧游还是承平。过江如梦，奈寂寞、鱼龙未醒。半生惆怅，都到尊前，一醉无名"。其二曰："霜宿庭芜，烟荒门柳，岁寒揽景余清。南雪鸿稀，西堂蛩断，卧愁还枕秋声。夜窗灯晕，镇摇落、江山旧情。伤心年事，何限繁华，不抵飘零。　春光几日逢迎。青眼云骄，红泪花盈。谁信萧条，哀时词赋，过江空老兰成。"（其下缺）其三与前"冬绪羁吟"一篇略同，不赘。

"痴迷"也好，"变态"也好，大鹤山人这种投注全部心力去改削词作的态度，我们能从上面这个例子看得很清楚。这样一种"留取心魂相守"的特点，其实四大词人都有所表现，但郑文焯确实最为严细。对校其词，尤其仔细寻绎其手迹，能够生动地感受到词人对每一首作品，甚至每句每字浇灌下的心血，特别令人心生感慨。《庆春宫·同羁夜集，秋晚叙意》并非个例，在大鹤词集中乃是相当普遍的情况。而且，这也并非轻飘飘的一句"创作态度严谨"就可以解释，其中凸显的乃是词人对于词这种"微言""小道"所投注的炽烈的心魂，他真的是把生命能量的精华都托付在词中了。

彊村词之"涩"

接下来讲朱祖谋。前文提过，钱仲联先生有把"临桂派"改称"彊村派"的说法，并在《近百年词坛点将录》中把朱祖谋点为"天魁星呼保义宋江"，称他为近百年词的第一把交椅。这样的评价虽然对王鹏运未必公允，却足见朱祖谋在此词群中的核心地位与对二十世纪词史的重要影响。钱先生有云："朱氏之所以成为该派的中心领袖，一则他先在京师时与王鹏运共同探讨词学，趋向基本一致；再则朱氏晚年居苏州，郑、张、陈诸人都聚集于吴下，形成风气……许多词家围绕在朱氏周围，成了彊村派的群体，陈曾寿、夏敬观也是声气相应求……朱氏门弟子众多，宣传标榜，其声势超过常州派"①，看来更多是侧重朱氏晚年词学影响而作出的判断。这个判断有合理性，也有我不完全同意、需要辨析的地方。

我们列举几家说法。如王国维在《人间词话删稿》中称之为"学人词之极则"，王易在《词曲史》中称之为"有清二百六十年词坛之殿军"，叶恭绰在《广箧中词》中称之为"词学之一大结穴"，都比较允当。至于"学衡"主将之一胡先骕称朱祖谋词"骨高韵远，夐异乎寻常词人，微论国初诸公未能视其项背。即以有清一代论。舍成容若、项莲生、蒋鹿潭三数词人外，殆难与之颉颃……尝不揣谬妄，许为有清一

---

① 《清词三百首前言》。

代之冠"①。这好像就有点过分了。作为见仁见智的私人偏嗜还可以，作为词史判断则未免推许过情、不够理智。

把握彊村词最要紧的一点当然首先是论定其风格。关于他词风之特质，自王鹏运以下，谈者颇多，然而如"格调高简，风度矜庄"（王鹏运语）、"跨常迈浙，凌厉踔朱"（张尔田语）、"隐秀"（王国维语）、"沉丽俊迈"（陈灨一语）等，其实都不容易把握要领。我以为对他的词风以"涩""重"二字概括，似乎比较简明。

先说"涩"。王鹏运在写给朱祖谋的一封信中说："自世之人知学梦窗，知尊梦窗，皆所谓但学兰亭面者。六百年来，真得髓者，非公更有谁耶?"——老兄啊，自从大家认识吴文英的价值，学了六百年了，都是表面工夫，真学到骨髓里去的也就是老兄你一位吧！这话也算是一语中的、推重备至了。

吴文英确实是朱祖谋终生学习的榜样，跟郑大鹤学白石道人差不多。一部彊村词，大多潜气内转，造语沉晦，言近旨远，寄意深邃，的确称得起吴文英的衣钵传人。此类例子不胜枚举，我们只看《烛影摇红·晚春过黄公度人境庐话旧》一首：

> 春暝钩帘，柳条西北轻云蔽。博劳千啭不成晴，烟约游丝坠。狼藉繁樱划地，傍楼阴、东风又起。千红沉损，鹈鴂声中，残阳谁系。　　容易消凝，楚兰多少伤心事。等闲寻到酒边来，滴滴沧洲泪。袖手危阑独倚。翠蓬翻、冥冥海气。鱼龙风恶，半折芳馨，愁心难寄。

这首词作于光绪二十九年癸卯（1903）广东学政任上。作为主管一省教育的高级官员，朱祖谋巡视到嘉应州，当时黄遵宪正在筹办兴学会议所、东山初级师范学堂、补习学堂、讲习所等一系列教育机构。于是，两人相见话旧。三年前，朱祖谋经历庚子事变，既差点丢了性命，又身陷危城好几个月，现在他以"忠心谋国"的考语升职并出掌一省

---

① 《评朱古微彊村乐府》。

学务，似乎官运亨通，然而又与总督岑春煊发生矛盾，心境异常繁复微妙。话旧的对象黄遵宪则是五年前卷入变法"党祸"，"缇骑绕先生室者两日，几受罗织，事虽得白，使事亦解，先生遂归田里"①，专案组已经把黄家包围了，绕着屋子两天，等待最后的抓捕命令。最后虽然摆脱了被捕的下场，但还是罢官归隐。后来李鸿章出任两广总督，屡聘黄遵宪出山，但他觉得事不可为，一力辞谢。所以，黄遵宪的情怀抑郁也不难想见。万方多难之际，两位奇杰之士相见话旧，会有多少感慨！倘若出自辛弃疾、陈维崧、文廷式等人手笔，又会怎样的激越磅礴！但是我们看得出来，本篇采取了含蕴沉晦、意趣悠长的处理手法，上片全然铺叙暮春景色，但以"柳条西北轻云蔽""博劳千啭不成晴""狼藉繁樱""千红沉损""残阳谁系"等意象群点染时世人心，没有一笔直说。下片虽点出"伤心事""沧州泪"的主题，而其间仍闪烁"楚兰""危阑""冥冥海气""鱼龙风恶""芳馨"等芳菲危苦的景致，从而使全篇呈现出欲言又止、趑趄进退的苦涩味。严先生在《清词史》中说这首词"铸字造词莫不有所指，惟不易为作郑笺"②，这正点出了彊村诸多词作的共同特质——"涩"。

如何认识这种"涩"？其实，彊村词的"粉丝"中，也颇多不以为然的论调。如蔡嵩云说："微觉用力太多，故未能如初写黄庭，盖过犹不及也。"夏承焘说："长调坚炼，未忘涂饰。"施蛰存说："改辙二窗，多作慢词，蕴情设意，炼字排章，得神诣矣，已非生香真色。"朱庸斋说："用笔沉着秾厚，下字奇丽，千锤百炼，然失之伤气，亦乏情致。"看来"涩"的缺点是很明显的，然而也需要看到，吴文英之"涩"在清季词坛的重新发现不仅是艺术宗法的问题，更是万马齐喑、箝心闭口的末世心态的一种折光。朱祖谋一方面秉性戆直但不甚激烈，一方面胸怀"左衽沉陆之惧，忧生念乱之嗟"，这种性格也决定了他必然倾向于选择沉抑绵渺、托兴深微的梦窗家数。而且，所谓"梦窗家数"也不止一个"涩"字可以概括的，他也不乏奇情壮采、照天腾渊的一面。从这个意义上来说，朱祖谋学梦窗并没有"死学"。为了调和"滞"与

---

① 梁启超：《嘉应黄先生墓志铭》。
② 《清词史》，第 553 页。

"晦"的缺陷，他也常常以姜夔的清越与苏轼的旷朗参入词中，从而别开生面，自树一帜，成为"七宝楼台手"的"教外传灯人"。

彊村词之"重"

再说"重"。"重"和"涩"其实是相联系的，只不过是不同的侧面。"重"，首先当然也是来自末世遭际。以个人和时世的关系而论，朱祖谋后半生先因为直言几乎丢了性命，继而宦途不利，退隐林泉。清朝覆灭后，又以遗民身份穷处海上，理屈词穷。他晚年满腹牢骚，曾经写过一副对联："发愤为雌，励精图乱；破格用我，下诏罪人"，对时局的讽刺可谓入木三分。就个人经历而言，晚年他的儿子、弟弟病故，摧伤致疾，加之其妻悍妒，家宅不宁，心境郁结。关于朱祖谋夫妻不和，陈左高《文苑人物丛谈》有记载："彊村之妻性强悍，引为一生憾事。客沪时辄于至友前詈之曰'狮子'……易箦前，妻居苏州，视若吴越。"临去世之前，妻子都没过来看一下，那就不是一般的"不和"，简直是反目成仇。这种情况下，他的心绪笔致不可能不沉重。在绝笔词《鹧鸪天》中他说："可哀惟有人间世，不结他生未了因"，沉痛至此，令人难以为情。

就艺术取法而言，则"重"字主要来自东坡。张尔田云："其晚年感于秦晦鸣师词贵清雄之言，间效东坡。"夏敬观云："晚亦颇取东坡以疏其气"，异口同声，将朱祖谋学苏定于晚年。但我还是更认同陈匪石的说法："彊村在光宣之际即致力东坡，晚年所造，且有神合。"所谓"光宣之际"还是彊村填词的早中期，他有意识标举学苏或许是在晚年，而自苏词"得气"则相当早。比如其早期之名篇《乌夜啼·同瞻园登戒坛寺千佛阁》。

> 春云深宿虚坛，磬初残。步绕松阴双引出朱阑。　吹不断，黄一线，是桑干。又是斜阳无语下苍山。

下片"吹不断"数句，气势苍凉夺人，迥异于一般的"小词"手段，有"东坡味"。朱祖谋创作中期的《鹧鸪天·庚子岁除》《金缕曲·久不得半塘书却寄》等，都富于悲慨顿挫之致，不仅近乎东坡，也常常侵入稼轩堂奥。这一时期最为开阖震荡的作品当推作于光绪三十年甲辰（1904）的《减字木兰花·舟泝湟江，风雨凄戾。交旧存没之感，纷有所触。辄缀短韵，适踬八哀，非事铨择也》组词八首。我们读两首，不去考证本事，单看词笔中的味道：

> 苍髯树颏，落落潜郎三十载。余事荆关，冷笑浓云邋遢山。荒亭接叶，点笔便为求米帖。不办归帆，竟了京尘粥饭缘。（长兴张叔宪先生度）

> 盟鸥知否，身是江湖垂钓手。不梦黄粱，卷地秋涛殷卧床。楚宫疑事，天上人间空雪涕。谁诏巫阳，披发中宵下大荒。（富顺刘裴村光第）

小序已经写得沉痛恍惚，词情更是峭拔历落，造语愈加生新奇崛。夏敬观《忍寒词序》说朱祖谋词"体涩而不滞，语深而不晦"，最有代表性的应该是这一类笔力若千钧之重、极能展现彊村胸襟性情的作品，而这，显然是"引苏入吴"的结果。

可哀惟有人间世

与早期中期相比，朱祖谋晚年在一定程度上更明确了尊苏主张，引之入词的痕迹也更鲜亮。著名的论词词《望江南·杂题我朝诸名家词集后》二十六首固然体现了他的清词史观，以词而论，也是一气单行，直截痛快，不假文饰，颇有豪健风骨。本书已经有所引述，不再赘引。再看民国十五年丙寅（1926）所作的《定风波·丙寅九日》与十九年庚午（1930）所作的《南乡子》：

> 过眼黄花七十场，无诗负汝只倾觞。老去悲秋成定分，才信，

便无风雨也凄凉。　　已自上楼筋力减，多感，雁音兵气极沧江。摇落万方同一概，谁在，阑干闲处恋斜阳。

　　病枕不成眠，百计湛冥梦小安。际晓东窗鹍鴃唤，无端，一度残春一惘然。　　歌底与尊前，岁岁花枝解放颠。一去不回成永忆，看看，惟有承平与少年。

诸如"才信""多感""谁在""无端""看看"，这些顿挫的二字句夹杂在七字长句中间，吞吞吐吐，完全是以毕生感喟酿就的一片苍凉。到了这一步，他已经无意于"学苏"而自然与苏轼达到一种高度契合。朱庸斋论朱祖谋晚年词云："由深入真，深意浅传，语淡而情苦，每有动人之处……气韵沉雄，耐人寻味"，说得很恰当。像这样"气韵沉雄"的作品在朱氏晚期是一个相当可观的数目，仅以《彊村集外词》为例，如《金缕曲·惯醉长生酒》《水调歌头·壬戌七月十六日……》《百字令·题余尧衢倦知山庐图》《减兰·送黄小鲁》《题辛仿苏青衫捧研图集迦陵句》《金缕曲·芸巢病起，赋此柬之》《减兰·为潘弱海题画松》《清平乐·钟馗》《永遇乐·题章价人铜官感旧图》《水调歌头·题冯君木逃空图》等十几二十篇就都是可与东坡相视而笑的佳作。特别值得留心的是这一首：

　　雷雹斑驳，八百年来谈柄握。散发枞榔，携向南天舞一场。指挥无定，箕口难回磨蝎命。犹胜西台，朱鸟声中击节来。

——减字木兰花·赋苏文忠铁如意

无论是"八百年来谈柄握""携向南天舞一场"的俊迈狂朗，还是"箕口难回磨蝎命""朱鸟声中击节来"的坎壈忠忱，对于"苏文忠公"，这无疑是极致景仰的明确表达，甚至可视为他部分皈依苏轼的宣言。朱祖谋在自订《彊村语业》时收录这一类词是很谨慎的，将其与诸多无聊的寿词并列"集外"当然是反映了他内心的摇摆，甚至是轻视。然而也不能因此就否定他取苏"以疏其气"的努力，更不能忽略这一类相当精彩的作品在成全其一代宗师地位、塑造词坛领袖肖像时的巨大功用。须知，仅凭"六百年来学梦窗第一人"的评价是难以收服天下才人心眼的。

1931年12月27日是沤社集会之期，社长彊村老人已卧病经月，闭门谢客，惫不可支。只能在当晚派人送来一首《鹧鸪天·辛未长至口占》词出示社内同人，大家莫不怆然泪下，知道这是彊村老人的绝笔了。词云：

> 忠孝何曾尽一分，年来姜被减奇温。眼中犀角非耶是，身后牛衣怨亦恩。　泡露事，水云身，枉抛心力作词人。可哀惟有人间世，不结他生未了因。

家国情、兄弟情、夫妇情，最终打叠成了"可哀"的"泡露"，到此滴滴心血凝迸而出的临终叹息，家数的辨析还重要么？但细辨其味，也不过是"涩"与"重"吧！

关于朱祖谋的接受史我们还可以说几句。他是四大家中年寿最长、去世最晚的一家，晚年虽然以遗民身份穷居海上，但是词坛奉为山斗，后进词人一得品题，如登龙门。从这个意义上说，朱祖谋对于现当代词史走向所起的作用是别人所不能相比的。因此，我在《近百年词史》中屡次强调这一观点：谈近百年词史，任何涣散忽视彊村影响的说法都必然造成无可救药的偏斜。也正是从这一点来看，朱祖谋既是清词的结穴，也是近百年词史的开山。这样的词史地位显然是非常崇高的，足以让他不仅名列"晚清四大家"，也可以与陈维崧、朱彝尊、纳兰性德并列，成为"清词四大天王"中的殿军。

彊村派副帅陈洵

拙著《近百年词史》在朱祖谋之后附谈的人比较多，诸如夏孙桐、陈曾寿以及潘之博、麦孟华"粤两生"都略去不说，但陈洵不能删去，值得好好说一说。这位僻处岭南、落落寡合的穷老塾师正是得到彊村一言推奖，词名震耀海内的。如果我们承认"彊村派"的名目，那么陈洵理当位居"副帅"之席。

陈洵（1871—1942），字述叔，广东新会人，秀才出身，年轻时在江西做了多年塾师。而立之年开始自学词，一心遵服周济《宋四家词选》之论而独宗吴文英。陈洵与大诗人顺德黄节交情最好，时人并称为"陈词黄诗"，但名气也没大出乎广东。陈洵是粤剧名伶李雪芳的"粉丝"，旦夕流连，百听不厌，并为她写了很多词表达追慕之情。1920年，李雪芳到上海演出时见到朱祖谋，以随身携带的陈洵词作示之。朱祖谋击节称赞，以为陈洵词风"神骨俱静，此真能火传梦窗者"，于是为他刊刻了《海绡词》，并题《望江南》云："雕虫手，千古亦才难。新拜海南为上将，试要临桂角中原，来者孰登坛"，称许陈洵与况周颐"并世两雄，无与抗手"。1929 年，又推荐陈洵担任了中山大学词学教授，将其能词之名传遍天下。从这些行迹来看，说朱祖谋是一代宗师，名副其实。

陈洵自私塾先生一跃成为大学教授，月薪一下涨到几百大洋，这才有条件在 1930 年秋买票北上，到上海拜见了自己的伯乐彊村老人。这是两位词老的首次见面，于是朝夕谈词，流连浃旬。当黯然分手之际，也知道后期无准，这辈子不一定有再见面的机会了，内心会是怎样的苍凉！陈洵写下了《烛影摇红·沪上留别彊村先生》与《应天长·庚午秋谒彊村翁沪上，日坐思悲阁谈词。吴湖帆为图以张之，赋此报湖帆，并索翁和》两首词作为临别赠言。其中"头白相看，后期心数逡巡遍""老怀翻怕，对酒听歌，吴姬休劝""斜阳事，人世别。怎料理、此间情切"等句都令人唏嘘伤怀。一年后，朱祖谋去世，这是他们平生的唯一一次会面。

陈洵作为"副帅"，一个重要的成果是《海绡说词》，虽然"基本上就是词人钻研梦窗词的心得"[1]，但却为"彊村派"形成了理论的总结和支撑。陈洵别出心裁地说：

---

① 刘斯翰：《海绡词笺注》前言。

以涩求梦窗，不如以留求梦窗……以涩求梦窗，即免于晦，亦不过极意研炼丽密止矣……以留求梦窗，则穷高极深，一步一境。

词笔莫妙于留。盖能留则不尽而有余味，离合顺逆皆可随意指挥，而深沉浑厚皆由此得。虽以稼轩之纵横，而不流于悍疾，则能留故也。

世人常常不满于吴文英的晦涩不易解读，陈洵悄悄换掉了"涩"这个带有一定贬义的字眼，提出了一个"留"字，而且从"留"字发展出了"伸缩""勾勒""提煞""离合顺逆""潜气内转"等一系列运笔方法，那就大幅度扭转了梦窗词的不良观感以及"七宝楼台，拆碎下来，不成片段"等负面评价，一定程度上阐扬出了前人语焉不详的梦窗词妙处，从而成为"宋代婉约派词学理论的功臣"①。

吴肉辛骨

彊村老人说得不错，陈洵词确乎大多"火传梦窗"，且"神骨俱静"。这与他的际遇与个性都有很大关系，龙榆生《陈海绡先生之词学》有回忆云："海绡翁……风神散朗，不甚喜与同人交接……予尝至连庆涌边，访翁于所营小筑。门首自署集杜一联云：'岂有文章惊海内，莫教鹅鸭恼比邻'。板屋数椽，萧然四壁……"可见他的"静"字之所由来。然而，欲全面论定陈氏词更需要关注其越轶梦窗门庭、闯入稼轩堂奥的那一部分。

《海绡说词》里，陈洵说自己初学词是从稼轩入手而上溯清真的，"源流正变"条对辛弃疾也给予了崇高评价："南渡而后，稼轩崛起，斜阳烟柳，与故国月明相望于二百年中，词之流变，至此止矣……性情所寄，慷慨为多"，足见心仪姿态。《海绡说词》的"说词"部分共"说"梦窗词70首，清真词39首，稼轩仅2首，比例较低，但稼轩那

---

① 刘斯翰：《海绡词笺注》前言。

种特有的"雄深雅健"却相当深刻地浸染在了陈洵创作当中，我称之为"吴肉辛骨"。先来看一首词选家大都青睐的《风入松·重九》：

> 人生重九且为欢，除酒欲何言。佳辰惯是闲居觉，悠然想、今古无端。几处登临多事，吾庐俯仰常宽。　菊花全不厌衰颜，一岁一回看。白头亲友垂垂尽，尊前问、心素应难。败壁哀蛩休诉，雁声无限江山。

这一首词陈洵自诩为"年来最称心之作"，朱祖谋也评价极高："淡而弥腴，如渊明诗，殆为前人所未造之境"，看来主要是着眼于"吾庐俯仰常宽"等句子。其实我觉得这首词最可赏处在于词笔的大开大阖，豪健在骨，得力辛弃疾之处甚至比陶渊明更多。我们看辛弃疾的名篇《清平乐·独宿博山王氏庵》："绕床饥鼠，蝙蝠翻灯舞。屋上松风吹急雨，破纸窗间自语。　平生塞北江南，归来华发苍颜。布被秋宵梦觉，眼前万里江山"，陈洵词与此相比较，可谓神韵俨然，气脉逼似，不仅是几处字面相近而已。

另一首《风入松·甲戌寒食……》作于 1934 年，名气不及《重九》那一首，但水准与之不相上下：

> 人生离合似萍蓬，时节苦匆匆。年年寒食空相忆，今年见、蜡烛光融。往事山河梦里，高谈风雨声中。　承平冉冉逐孤鸿，天阔更无踪。相携便作佳期看，亲知面、也算遭逢。几点飞花门巷，依然故国东风。

"往事山河梦里，高谈风雨声中"，这两句磊落英发，语气风度与辛弃疾《沁园春·叠嶂西驰》一首也很相似。可以读一下辛词的上片："叠嶂西驰，万马回旋，众山欲东。正惊湍直下，跳珠倒溅；小桥横截，缺月初弓。老合投闲，天教多事，检校长身十万松。吾庐小，在龙蛇影外，风雨声中"，稍作比较，不难得出上面的结论。

再如《南乡子·己巳三月自郡城归乡，过区褧吾西园话旧》：

不用问田园，十载归来故旧欢。一笑从知春有意，篱边，三两
余花向我妍。　哀乐信无端，但觉吾心此处安。谁分去来乡国事，
凄然，曾是承平两少年。

欣喜中杂悲凉，朴质中见大气，与"空际转身""勾勒提煞"等
梦窗家法大异其趣，而酷似辛弃疾退闲家居那一时期的神采。我们前
文引过朱祖谋的《南乡子》（病枕不成眠），相比之下，朱词里还能
找到些"做"的痕迹，本篇则全自胸臆流出，毫无涂饰。自以上几
例《海绡词》中最高之作仔细寻绎，我们是不难体会得"神骨俱静，
火传梦窗"的陈洵与辛老子深相契合的那一层的。他能以穷老塾师
拔身于岭南词界，擎起"彊村派"大纛，此类作品及其艺术渊源绝
不应忽视。

哀艳与性灵

谈蕙风词，我也拈出两个中心词：哀艳与性灵。在四大家中，况周
颐的面目还是比较独特的。他的独特面目主要在于：第一，善说词，主
性灵，颇与其余三家异趣，岿然而为词论大家；第二，专力于词五十
年，几无他顾，为专业词人；第三，所作多词人之词，最饶风情韵致。
第一点、第二点没有必要作过多解释。对于"词人之词"，则需要说清
楚一个"艳"字，我以为这是解读蕙风词的关键所在。

在一般的评价体系之中，"艳"字通常被演绎为侧艳、纤艳、淫
艳、尖艳、嬛艳等，贬义相当之明显。其实，况周颐自己也力图摆脱
"艳"的底色。比如他的《餐樱词自序》中说：

少作多性灵语，而尖艳之讥在所不免。己丑薄游京师，与半塘
共晨夕。半塘于词夙尚体格，于余词多所规诫，又以所刻宋元人
词，属为校雠，余自是得窥词学门径，所谓"重拙大"，所谓"自
然从追琢中出"，积心领而神会之，而体格为之一变。壬子以还，

避地沪上，与沤尹以词相切劘。沤尹守律綦严，余亦恍然向者之失，断断不敢自放。

这段话里，况周颐自述了学词"三变"：性灵尖艳是第一阶段；受王鹏运启示带领、领悟重拙大的词旨是第二阶段；受朱祖谋影响严守格律是第三阶段。这段话不仅从整体上叙述了自己皈依"常派"门庭的过程，更表现出对尖艳、性灵习气的忏悔。学界往往依据这种看似最可靠的自白来分析解读蕙风词，我以为失之简单了。要知道，很多人的自白、自叙、自供都不一定全是真话，这里有一时兴到之语，有自谦的成分，有其他的用心。我们前面说过，徐渭自评诗第一，文第二，书法第三，画第四，实际上他成就最高的就是画。林纾对古文非常自负，号称"六百年中，震川（归有光）外无一人敢当我者"，可最终还是"林译小说"风靡天下，载入史册。金庸说自己的武侠小说不能登大雅之堂，到北大演讲讲的是严肃的历史，但可以肯定，最终成全他地位的还是武侠小说。况周颐的自白也当作如是观。

对于况周颐这段自白，龙榆生说得很有道理："惟其专作词人，时或风流放诞，虽力戒尖艳，而结习难空。综览全词，似多偏于凄艳一路，而少苍凉激壮之音。"确实如此，翻看一部《蕙风词》，苍凉激壮的篇章没有几首，凄艳的色调却滔滔皆是。其实，"艳"在很多状况下并非轻薄嬛巧之谓，而是发抒性灵的重要载体，唐诗中的李商隐、韩偓都是"艳"的，宋词中的柳永、秦观也是"艳"的，明代的王彦泓、清代的纳兰和袁枚，都以"艳"当家，以性灵擅长。袁枚倡导性灵说，把"情之所先，莫如男女"当作性灵的本质首先揭而出之。这几乎是历代诗人词人的共同选择。况周颐既然大倡性灵，那么，几乎除"艳"之外更无从托其词旨。

因为这个必然的选择，蕙风与其余三家都不乏龃龉，与大鹤甚至终身反目，耿耿于怀。前面我们提到南开大学杨传庆先生的文章《郑文焯、况周颐的交恶与晚清四大家词学思想的差异》对此有着很精彩的叙述与考证。这件事情起因于光绪三十年（1904），况周颐重游苏州，颇流连风月，并准备将那些艳冶之篇辑成《玉梅后词》刊刻行世。王鹏运来到苏州，把这些词出示于郑文焯，郑文焯"大呵之，其言浸不可闻"①。况周颐闻之大怒，从此与郑文焯绝交，终生再也没有与郑文焯见面不说，在郑文焯去世后还对此事耿耿于怀、咬牙切齿，可见这"龃龉"严重到了何等地步。

这件事里特别值得注意的是况周颐和王鹏运之间的"龃龉"。光绪三十三年（1907），况周颐作《玉梅后词序》，讲起这件事情的始末："是岁四月，自常州之扬州，晤半塘于东关街仪董学堂，半塘谓余：'是词淫艳，不可刻也。'"转述了这句话后他就马上愤慨地反击道："夫艳，何责焉？淫，古意也。三百篇贞淫，孔子奚取焉？"这话几乎和袁枚的口风是完全一致的——你说"艳"不好，但是孔子删诗，不删郑卫之风，后人为什么不可以作艳诗艳词呢？接下来这话更加恶毒："虽然半塘之言甚爱我也，惟是甚不似吾半塘之言，宁吾半塘而顾出此？""半塘之言，非吾半塘之常也。"

我们经常说有文化的人惹不得，骂人恶毒精悍，还不带脏字儿。什么叫"半塘之言，非吾半塘之常也"？因为俗话说："人若改常，不病即亡"，况周颐特别强调这话是王鹏运四月说的，再过一个月左右，王鹏运就去世了，所以他说这话是病亡的前兆！三年后，况周颐想起王鹏运批评《玉梅后词》的情景，仍然气愤难平，不仅摆出孔子为自己张目，而且恼羞成怒，相当不厚道地暗示半塘将不久于人世的异常征兆。对良师老友怨毒如此，当然有亏友道，但是，我们从中也可以辨认出他对自己这种"艳"/性灵的珍视到了何等地步。

再看深一层，况周颐自述光绪十五年薄游京师，得王鹏运规诫重、拙、大之旨，而体格为之一变，这是1889年的事情。到刻《玉梅后词》的1907年，已经过去了十八年。将近二十年又"不忘初心"，"重张艳帜"，那恐怕不是简单的"结习难空"问题，而是说明"艳"字乃是横亘他一生创作的主导性追求。由艳出发，鼓吹性灵，是蕙风词创作的基本路向，也是有别另外三家词的基本特征。

---

① 况周颐：《玉梅后词序》。

四家中最有情致者

因为有性灵，所以无论写凄美的爱情，还是令人扼腕的时局，况周颐词都呈现出真挚沉痛、情韵丰赡、不加雕琢、清圆流美的面貌。王国维《人间词话》说："彊村虽富丽精工，犹逊其真挚也。"朱庸斋说："况蕙风为清季四家中最有情致者……温厚和婉，能于自然中见沉着。余三家则惟于刻炼中见沉着，故逊于蕙风也。"朱庸斋是陈洵弟子，典型的"彊村派"传人，但他以为那三家都比不上况周颐的自然，这个态度是很微妙、也很具慧眼的。我在《近百年词史》中写四家词的时候，对《蕙风词》感触最深，用力也最多。

先来看他一首早期的作品，《青衫湿遍·五月二十四日宣武门西广西义园视亡儿小羊墓，是日为亡姬桐娟生日》。我们在前面提到过，《青衫湿遍》是清代最成功的自度曲之一，后来很有一些人跟进，不像明末清初的沈谦，做了不少自度曲，但他自己"度"完了以后，如"雪后寒蝉，声响俱寂"，几乎再也没有人跟着他"度"了。因为纳兰首唱的《青衫湿遍》是悼亡词，后来大多也用于悼亡，只不过况周颐在这首词里是广义的"悼亡"——儿子小羊和亡姬桐娟，心情之沉痛我们不难想象：

> 空山独立，年时此日，笑语深闺。极目南云凄断，近黄昏、生怕鹃啼。料玉扃、幽梦凤城西。认伶俜、三尺孤坟影，逐吟魂、绕遍棠梨。念我青衫痛泪，怜伊玉树香泥。　我亦哀蝉身世，十年恩眷，付与斜晖。况复相如病损，悲欢事、咫尺天涯。倘人天、薄福到书痴。便菱花、长对春山秀，祝兰房、小语牵衣。往事何堪记省，疏钟惨度招提。

从阅读感受上讲，《青衫湿遍》比之《沁园春》《金缕曲》《满江红》《水调歌头》之类我们熟悉的词牌，音节算不得特别美。但是，上下片最后的两个六字句还是比较漂亮的，可称一篇之"词眼"。这首词的"念我青衫痛泪，怜伊玉树香泥""往事何堪记省，疏钟惨度招提"的两处就凄怆之极，真挚逾恒，而"近黄昏、生怕鹃啼""年时此日，笑语深闺""认伶俜、三尺孤坟影""祝兰房、小语牵衣"的往昔情、现场感和祈祷语皆直指人心，可谓纳兰之后最好的一篇《青衫湿遍》。

蕙风笔下逼肖纳兰词者还有《减字浣溪沙》：

> 重到长安景不殊，伤心料理旧琴书。自然伤感强欢娱。　十二回阑凭欲遍，海棠浑似故人姝。海棠知我断肠无。

风情像纳兰，写法则比纳兰更加奇创。第五句"海棠浑似故人姝"已经有了"海棠"，第六句紧跟着就是"海棠知我断肠无"，又来了一个"海棠"，而且还在同一位置上！在一般人来讲，这是填词之大忌，但偏偏况周颐笔下就显得新颖沉郁，令人思来想去，愈觉其妙。我们知道，写诗填词也要讲法度和规矩，可法度规矩是给中人之资准备的。何谓诗词大家？他们是创法度、立规矩的人。没人或很少人用这种写法，在我笔下成功了，那就是法度，那就是规矩！况周颐这首词做到了。另一首《减字浣溪沙》虽然谈不到"立法"的程度，但也非常凄怆真挚，以深情胜人：

> 玦绝环连两不胜，几生修得到无情。最难消遣是今生。　蝶梦恋花兼恋叶，燕泥黏絮不黏萍。十年前事忍伶俜。

"玦绝环连两不胜"一句用的是纳兰词中"一夕成环，夕夕都成玦"句意，以下先问"几生修得到无情"，再接"最难消遣是今生"，"几生""今生"都是有意犯复，以突出内心的悲苦情致，令人读来感觉他用情之深，确乎婉约微至，凄艳在骨，终不可掩。

听雨听风时候

况周颐的《西江月》也很有意思：

梦里十年影事，醒来半日闲愁。罗衾寒侧作深秋，清泪味酸于酒。　何处伤心不极，此生只恨难休。眼前红日在帘钩，听雨听风时候。

词本身不用讲太多，值得注意的是末句"听雨听风时候"。前面我们引过《蕙风词话》中那段著名的论述："吾听风雨，吾览江山，常觉风雨江山外有万不得已者在。此万不得已者，即词心也。而能以吾言写吾心，即吾词也"，两处"听风雨"显然是遥相呼应的，而且，这种"听雨听风"的"词心"在蕙风词中并非偶见，而是相当高频的意象。比如下面这几首：

如梦如烟忆旧游，听风听雨卧沧州。烛消香炧沉沉夜，春也须归何况秋。　书咄咄，索休休。霜天容易白人头。秋归尚有黄花在，未必清樽不破愁。

——鹧鸪天

花与残春作泪垂，何论茵溷已辞枝。怜花切莫误情痴。　听雨听风成暂遣，如尘如梦最相思。肠断都不似年时。

——浣溪沙

风狂雨横，未必城南芳信准。说起前游，梦绕清篷一叶舟。花枝纵好，载酒情怀都倦了。柳外湖边，付与鸳鸯付与蝉。

——减字木兰花

或无聊消遣，或点检心潮，或相思尘梦，共同点则是听风雨、览江山，一种万不得已的"词心"探喉而出，如清溪般流动，如娇花般绽放。在清季词坛竞尚生涩的霭霭雾气中，蕙风词虽然不能不受影响，但是植根于自身才气的这些性灵词句，显得那样轻快透亮，楚楚动人，令读者一见钟情，陷溺其间，再难去怀。就感发人心的力量而言，况蕙风不仅是四大家中最出色的一个，即便求之千年词史也极为罕见。

未问兰因已惘然

即便没有"听风听雨"的姿态，蕙风词也是琳琅满眼，情痴入心。读词选家大都青睐的名作《定风波》：

> 未问兰因已惘然，垂杨西北有情天。水月镜花终幻迹，赢得，半生魂梦与缠绵。　户网游丝浑是胃，被池方锦岂无缘。为有相思能驻景，消领，逢春惘怅似当年。

这首词悼念一段终成镜花水月的爱情，本事不重要，也寻常，但蕙风笔下写来自有一种铭心刻骨的感觉。下片前两句不太好懂，我们需要略作解释："户网"即蜘蛛网。曹丕诗云："蜘蛛网户牖，野草当阶生"，何逊《刘博士江丞朱从事同顾不值作》云："蜘蛛正网户，落花纷入膝"，郎士元《送张南史》云"虫丝黏户网，鼠迹印床尘"，都是书证。郎士元诗里的"虫丝"就是"游丝"，小飞虫拉在空中飘荡的细丝线。无论蛛网还是游丝，共同特点是黏住东西不易挣脱，所以说"户网游丝浑是胃（眷）"。被池，指被子上端多缝的那层布帛，池是边饰的意思。颜师古《匡谬正俗·池毡》云："今人被头别施帛为缘者，犹谓之被池。"宋代词人毛开《应天长》有"被池寒，香炉小"的句子。方锦，出自唐代著名香奁诗人韩偓的名作《已凉》："八尺龙须方锦褥，已凉天气未寒时。"这两句说清楚了，全篇的那种凄美无比的意致也就更好领会了。再如《浣溪沙》：

> 惜起残红泪满衣，他生莫作有情痴。人天无地着相思。　花若再开非故树，云能暂驻亦哀丝。不成消遣只成悲。

这是一首"咏梅词"，但不是咏梅花的那个"咏梅"，而是咏梅兰芳那个"咏梅"。况周颐和朱祖谋都是梅兰芳的粉丝，况周颐尤其狂热，曾经为梅兰芳写过二十一首《清平乐》、十一首《西江月》、五首《浣溪沙》，这是其中之一。表面上看，这是一首普通的听歌之词，但仔细寻思，则有着浓烈的哲思意蕴。不仅是"他生莫作有情痴。人天无地着相思"的决绝带有一种魔咒般的感觉，"花若再开非故树"尤其令人想起"年年岁岁花相似，岁岁年年人不同"（刘希夷）"岁岁叶飞还有叶，年年人去更无人"（屈大均）的那口锋利的时光之刃，那么，煞拍的"悲"字就不再是短暂的波动心绪，而是凝定成了人生中一种永恒的底色。《蕙风词话》卷五专门称道过屈大均的词，我们说这首词承袭了他的《望江南》之遗韵不是无稽之谈。

再如《双调望江南·曩年十三岁赋落花得香韵，全阕不足存，越五十年改定，二首风格浑不似也》：

> 花如画，未必画非真。见说画中花不落，移家作个画中人。占取最长春。　　春未肯，着我软红尘。花若有情花易瘦，十年香梦太酸辛。我与我温存。

短短一首小词，四个"花"，四个"画"，两个"春"，两个"我"，往复回旋，妙不可言，更在那一首"海棠知我断肠无"的《浣溪沙》之上。这样的词笔是况周颐的"独门绝学"，才人手段，不可蠡测，令人心死。我也喜欢另外三家词，但最心折者，独在蕙风这种笔路。

晚年气韵转翁茏

朱庸斋《分春馆词话》专论蕙风小令，说他的长调略逊于其余三家，但小令远非三家可及。同时又推崇其长调，说他"空灵但不乏沉着之气，色泽不如彊村浓厚，又不似大鹤枯槁，气韵流动，笔势一以贯之，不事雕琢，自有家数"，也切中肯綮。比如他作于光绪十五年己丑（1889）薄游京师时候的《苏武慢·寒夜闻角》，前面说过，这一年是他词风转变的关键点。这首词是得到王鹏运的极口称赞的，读下片：

凭作出、百绪凄凉，凄凉惟有，花冷月闲庭院。珠帘绣幕，可有人听，听也可曾肠断。除却塞鸿，遮莫城乌，替人惊惯。料南枝明月，应减红香一半。

《苏武慢》是相当冷僻的词调，别人作来难免晦涩，蕙风独能翻折矫变，层叠递接，极饶音节之美。短短几句中"凄凉"顶针出现，接"花冷月闲"的句中对，再接两个"听"字，环环相扣，如同一套精美的体操表演。说是重拙大，底子里还是抹不去的性灵。再比如《水调歌头·落花》，词牌常见，词题也常见，但放在蕙风笔下，与别人就是不同的气色：

拥被不听雨，作算一宵晴。峭风多事吹送，到枕一更更。花落已知不少，一半可能留得，未问意先惊。帘幕带烟卷，红紫绣中庭。　　促成阴，催结子，此时情。了他春事，不是风雨妒残英。风雨枉教人怨，知否无风无雨，也自要飘零。只是一春老，无计劝愁莺。

这样的长调读起来有如短调，总有意犹未尽的感觉。苏东坡有名言"行于所不得不行，止于所不得不止"，此之谓也。严先生说他"能锤炼而不失自然，流美中时见聪慧语、通脱语，萧瑟衰颓味也少"[1]，这类篇章可以作典范。

广义来说，《浣溪沙》（惜起残红泪满衣）与《双调望江南》也都属于哀艳性灵之词，但我们可以从中看到他晚年渐入寄兴渊微、静穆沉痛之词境的大趋势。蔡嵩云说他"中年以后渐变为深醇"，卢前说他"晚年气韵转荟茏"，很对。民国初年，蕙风词人穷厄海滨，百无聊赖，于是集《左传》《通鉴》语署楹联曰："余为利是视，民以食为天。"只要是挣钱的事儿我就干。为什么？我吃不上饭了！他晚年曾经为富商刘

---

① 《清词史》，第557页。

承干校书，也是困于生计、不得不然的一种选择。如此劳碌凄凉，词风也必然为之再变。从《减字浣溪沙·乙卯六月，大风为灾之前数日，室人以无米告，戏占》中就能窥见消息：

> 逃墨翻教突不黔，瓶罍何暇耻斋盐。半生辛苦一时甜。　传语枯萤共宁耐，每怜饥鼠误窥觇。顽夫自笑为谁廉。

首句用了"墨突不黔"的典故，出自班固《答宾戏》："圣哲之治，栖栖遑遑。孔席不暖，墨突不黔"，意思是墨子四处奔忙，无暇在家吃饭，他家的烟囱都没有被熏黑过。第二句用《诗经·小雅·蓼莪》"瓶之罄矣，维罍之耻"语，酒瓶空空，是酒坛子的耻辱，是物伤其类的意思。这两句合起来就是说，自己为了谋生奔波劳走，能吃上咸菜就不错了，还想要混几杯酒喝吗？下片告诫萤火虫，咱俩都饿得不行了，一块儿忍耐吧！你没看见那老鼠也很可怜吗？偷看了半天，一点儿吃的也找不着！我这是为了什么落到如此寒酸的田地呢？

蕙风词人贯穿一生的艳丽风情，至此消散殆尽，衣食忧患尽数奔来眼底，时势之巨变实在不是个人所能抵挡，而那个"自笑"之"顽夫"，也恰好成为新旧文明冲突中落寞者的生动面影了吧！

前面我们说过，晚清词坛历来有"善言词者不善填词"的魔咒，而撰著了"晚清三大词话"之一的况周颐则以他藻丽的才情，渊深的思致，隽妙的吐属，为性灵词风做了完满的归结，成为清代词坛一颗闪耀着特异光芒的耀眼星辰。其理论、创作双双臻于绝顶，蕙风词人也称得起一代人杰了！

蕙风弟子赵尊岳、陈运彰

蕙风说词天花乱坠，晚年穷居沪上，有后生晚辈求教于朱祖谋者，朱祖谋常常转介给况周颐，所以自称蕙风弟子的人颇多，但一般人所知道的蕙风弟子大概只有三位：林鹍翔、赵尊岳、陈运彰。

其实在况周颐心里认可为门生者，仅缪荃孙之子缪子彬和林鹍翔二人。认缪子彬，是因为他是老朋友缪荃孙的儿子；认林鹍翔，是因为他的词不错。对于晚年列名门墙的赵尊岳、陈运彰，况周颐则是一百个看不上。他对自己女婿陈巨来说："这两个人，叔雍（赵尊岳）立无立相，坐无坐相，片刻不停，太'飞扬浮躁'了。蒙安（陈运彰）面目可憎，市侩形态，都不配做吾学生的。"那为什么还收入门呢？因为赵尊岳一年交"束脩"一千大洋，陈运彰一年交五百大洋。"吾因穷极了，看在每年一千五百元面上，硬是在忍悲含笑。吾与他们谈话时，只当与钞票在谈；看二人面孔时，当作两块袁大头也。"

上面这段刻薄话见于陈巨来的《安持人物琐忆》。陈巨来以篆刻蜚声于世，有"近三百年来第一人"之称，但他的"琐忆"并不完全可靠，对女词人周炼霞等的追述更不乏恶意成分。相比之下，上面这段话属于翁婿"私聊"，虽无法证实，可也难以"证伪"，我们只能姑妄听之。不过陈巨来也说，陈运彰任圣约翰大学教授时，提携蕙风长子况又韩为助教，备课讲义等皆代为准备，且言必称"又韩教授"；赵尊岳则介绍蕙风次子况小宋入《申报》，又提携他升为记者，所以"赵陈二人之对师门未尝有负，此岂况公始料所及哉？"其实"未尝有负"还不止于此，二人在词学理论与词创作方面的诸多成就也无愧乃师教诲，尤以赵尊岳能承衣钵，足称名家。

赵尊岳（1898—1965）江苏武进人。父凤昌，曾任张之洞文巡捕、总文案，之洞倚之如左右手，虽中宵不离，颇有同性恋的嫌疑，章太炎曾有"两江总督张之洞，一品夫人赵凤昌"的对联讽刺之。[①] 入民国后，赵凤昌以巨资购《申报》大量股票，遂为沪上名绅士。赵尊岳毕业于上海南洋公学，以"少东家"身份担任《申报》经理秘书，抗战中"落水"，担任汪伪上海市秘书长、铁道部次长、宣传部长等职。战后被捕，1948 年出狱后任中华书局编辑，后任教于中国香港、新加坡等地。

赵尊岳的词学成就首先表现在以《明词汇刊》为核心的词学文献学与词学目录学方面。况周颐晚年为刘承干撰写《历代词人考鉴》，其

---

① 陈巨来曾见赵凤昌，称其"诚笃老人也，风度忠厚，相貌凝重，绝无一点佐杂腔，更无一点禅弈气"。

中明代词家仅考得十余人，于是命赵尊岳代为搜求。赵尊岳花了十几年心力，"益以冷摊残肆之所得，舟车辙迹之所经"，并得徐乃昌、董康、赵万里等诸多友人襄助，最终刻成《明词汇刊》，共收词籍 268 种，内含词话 1 种，词谱 2 种，合集、倡和集 3 种，词选 5 种，别集 257 种。《明词汇刊》是第一部明词总集，为日后《全明词》的编纂奠定了极为重要的基础。

在编纂过程中，赵尊岳又撰成《惜阴堂明词丛书叙录》与《惜阴堂汇刻明词提要》《惜阴堂汇刻明词纪略》《词集提要》等多篇文献目录学论著，在分析明词衰疲六个原因的基础上，提出"有明以二百年之享国，作者实繁有徒，必以衰歇为言，未免沦于武断"的著名词史观。① 因为老师的教诲和嘱托，终身不渝其志，终成为明词研究之巨擘，而对于恩师遗著及词学思想，赵尊岳亦多整理发扬之功。《蕙风词》二册、《蕙风词话》四册、《证壁集》二卷等四五种况氏著述，均由他独资刊刻行世。其《蕙风词史》梳理况氏平生词学行迹，至今仍为学界所宝。

乃师善说词之特质在赵氏身上也有反映：二十世纪四十年代，赵氏即著成《珍重阁词话》，后经补订，以《填词丛话》之名传世。在《填词丛话》中，赵尊岳提出"风度"说，对乃师"重拙大""词心""情景"论等均有深入的阐释与自成机杼的发挥。因为这些成就，施议对先生将其并列于夏承焘、唐圭璋、龙榆生、詹安泰等先生，称为现代学术史上有数的大词学家，林玫仪先生更提出赵尊岳可以厕列现代词学四大家之中，这样的学生无论如何也不能说不好了吧！如果陈巨来那段转述可靠，那也只能说况周颐看学生的眼光实在不怎么样了。

---

① 《惜阴堂汇刻明词纪略》。

第十八讲
"兀傲拔戟"的文廷式
与"偶开天眼"的王国维

　　晚清四大家还涉及一个重要的词史事件，那就是"庚子秋词"。二十世纪敞开大门的 1900 年，饱受列强欺侮的清廷作出了比接受屈辱更愚蠢的决定：他们竟认定义和团刀枪不入的神话并非荒谬，并以此为扶清灭洋的良药，于是同日向多个强国宣战。① 结果是，都城北京在四十余年后第二次遭到异国铁蹄的残酷践踏，慈禧与光绪帝"蒙尘""西狩"，辇下繁华，竟成一梦。"有闭门自焚者，有全家身殉者，有被逐无处投缳自尽者，有被污羞忿捐生者。各街巷哭嚎之声，遍处皆同。以京师合城而论，前三门外受灾稍轻，城内及北城受难尤重。死尸遍地，腐烂熏蒸，惨难寓目"，"坊市萧条，狐狸昼出，向之摩肩击毂者，如行墟墓间矣"②。义和团运动究竟应如何评价至今也还在激辩之中，其实，能平心看待的话，则义和团之"怪力乱神"以一种诡论性的方式自异端走向正统，实已开启"亡天下"之端倪。最简单的办法莫过于做一个反向思考，倘若义和团主宰天下沉浮，中国之前途命运将自此昌明或愈加沉沦？答案如果清晰可见，则很多问题即可不争自明。

---

　　① 慈禧发布的宣战诏书颇为离奇，其中既未指明向哪一个或几个国家宣战，也没有以任何形式送交任何外国政府。宣战八天后，又谕军机大臣等电寄各国出使大臣，向各国外交部说明："且中国即不自量，亦何至与各国同时启衅，并何至恃乱民以与各国开衅，此意当为各国所深谅。"

　　② 分别见《庚子纪事》《庚子国变记》。

庚子年七月二十一日，慈禧与光绪仓皇逃离北京，王鹏运、朱祖谋则与很多官员民众困守危城之中，"秋夜渐长，哀蛩四泣，深巷犬声如豹，狞恶猘人。商音怒号，砭心刺骨，泪涔涔下矣"①。他们深感"古今之变既极，生死之路皆穷"，于是与光绪十八年状元刘福姚一起"篝灯倡酬，自写幽忧"②，以六百余首词的篇幅清晰地镌刻下了文人官僚阶层的心灵伤痕。

"庚子秋词"是晚清词史的一桩大事件，也是"近百年词史"开篇的标志性事件。我在《近百年词史》正文开始部分是以一章篇幅浓墨重彩地予以论述的，其中主要内容以《留得悲秋残影在：论庚子秋词》为题发表后，学界反响尚可，还被收入了《中国近代文学论文集1980—2017·诗词卷》中。③本来在这里也应该仔细讲一讲，但考虑到"四大家"所占篇幅已经太长，再讲"庚子秋词"难免比例失调，所以从略，直接讲另外两位词坛大家，文廷式与王国维。

文廷式与龚自珍

前面讲过，文廷式是四大家中"跳出跳入"的人，所以也有加上文廷式、并称"五大家"的说法。其实还有"六大家"之说，朱庸斋《分春馆词话》云："余授词，乃教人学清词为主，宗法清季六家"，这里的"六家"有蒋春霖而无王国维，但施议对先生在《当代词综·前言》有关论述中，则隐含着将王国维与"五大家"相提并论的意思。我以为，把文廷式、王国维加进来，称为扩大版的"清季六家"是可以成立的，蒋春霖毕竟行辈要早得多，说"清季"多少有点勉强。

文廷式（1856—1904），字道希，号芸阁，江西萍乡人，早年侨居广州，先后在阮元的学海堂、陈澧的菊坡精舍求学，光绪十六年（1890）殿试一甲第二名（榜眼）及第，授翰林院编修，擢侍读学士，兼日讲起居注官。既是史官，又与闻机密，相当于机要秘书。他与黄绍

① 王鹏运：《庚子秋词纪》。
② 徐定超：《庚子秋词叙》。
③ 苏州大学出版社2018年版。

箕、盛昱等列名"清流"，又与汪鸣銮、张謇等并称"翁门六子"，是"帝党"重要人物。光绪二十一年（1895）列名强学会，不久遭到李鸿章姻亲、御史杨崇伊（即前文提到的名词人杨圻的父亲）弹劾落职。戊戌政变后，清廷密电访拿，于是出走日本，为内藤虎、宫崎寅藏等推重。光绪二十六年（1900）夏回国，与容闳、严复、章太炎等沪上名流参加唐才常在张园召开的"国会"，这就是著名的"张园国会"事件。唐才常的自立军起义失败后，文廷式又遭清廷下令"严拿"。此后数年往来萍乡与上海、南京、长沙之间，沉伤憔悴，寄情文酒，以佛学自遣。著有杂记《纯常子枝语》四十卷，是平生精力所萃。又有杂著多种及《云起轩诗录》《云起轩词钞》等。

文廷式为晚清政局中关键人物之一，我们不能徒以文士目之，而需要兼及整合其思想架构与政治怀抱来认识其人格形象。他早年即醉心西学，尤好几何格致（物理学）之书，又与当时的科学先驱如徐寿、徐建寅、黄楙材等相接为友。光绪十二年（1896）张之洞开译书局时，拟聘文廷式与康有为作为董理。虽不果，也能看出其"西学"享有时誉的程度。文廷式的"西学"并非蜻蜓点水、泛泛皮相。光绪十九年（1893），他在与人书简中说："吾中国将来，能差胜印度、不化为奴婢沙虫者，必有奇伟绝特之士纠集民会，联为一气，而后差可自立。"第二年，又与郑孝胥、郑观应等信函往来，论开议院、行立宪等事。同时，他还主编了一部大书《新译列国政治通考》，对当时各国的政治情况有比较精细的盘点。这些都能看出来他的全球视野与经纶眼光，所以沈曾植在《墓表》中称赞他"所论内外学术、儒佛玄理、东西教本、人材升降、政治强弱之故，演奇以归平，积微以稽著，于古学无所附，今学无所阿"，这是很高也很切实的评价，不能算谀墓之语。

对文廷式的这些描绘与判断，尤其是谈中国之未来、谈人材、谈佛理等，都令人不由自主地联想到"五十年中言定验，苍茫六合此微官"的龚自珍。自然，比照"近代"开山龚自珍，文廷式已是后半个世纪人，外部环境、主体思想都会发生巨大的变化，然而二人学术广博同，视野开阔同，忧患深远同，议论犀利同，才性过人同，被目为"怪魁"而宦途多遭挫折同，甚至多风流韵事、享中寿亦同。正是这些惊人的相似性，才呈显出晚清两位才士的面影——在封建末世夜笛横吹、为其唱响挽曲的孤独歌手。是的，只有了解龚自珍，并了解龚、文之间密切的精神关联，才能真正深刻理解文廷式的底蕴。

"三人枕头" 的奇异情史

上文的最后一点 "亦同" 牵涉文廷式的一段奇异情史，值得 "八卦" 一下：文廷式与著名诗人梁鼎芬是同门师兄弟，又是极好的朋友。光绪十一年（1885），梁鼎芬在翰林院编修任上因弹劾李鸿章被降五级调用，他不能堪，于是乞假南归（其实相当于辞官），临行之前，将 "美而能诗" 的妻子龚氏托给文廷式照拂。古代有个说法，至交好友之间可以 "托妻献子"，这就是 "托妻"，不料这样 "托" 了一段时间，龚夫人竟爱上了文廷式。这件事奇就奇在，龚夫人既不跟梁鼎芬离婚，也不跟文廷式结婚，而是径自追随文廷式回了老家江西，还为文廷式生了三个儿子，其中一个儿子文公直后来在民国官至陆军少将，同时还是著名的武侠小说家，著有《碧血丹心大侠传》系列。而龚夫人这位名门闺秀（她是内阁中书龚镇湘的侄女，又是大学者王先谦的外甥女）也没有放弃自己的文学爱好，终生读书治史，心平气和地度过了独特而又相对平安的一生。因为她没有离婚也没有再婚，所以难以称她是梁太太或文太太，只好以龚夫人作为她的名号。三茶六礼聘娶来的大家闺秀，跟随夫君的好友私奔，还为后者传宗接代，风平浪静地度过余生，这不止在晚清，整个古代中国社会恐怕都是绝无仅有。

更为奇特的是，虽然有世人眼中 "不共戴天" 的 "夺妻之恨"，梁鼎芬对文廷式的友情却没有受到丝毫影响。光绪十四年（1888），文廷式、梁鼎芬受人邀请先后来到长沙。三月十三日，正在与朋友饮宴的文廷式听说梁鼎芬今天到，"狂喜"，酒都没喝完就赶紧去找他，"一见异常惊喜，遂留宿乡间，四更始寝"。接下来的日子，两个人几乎天天在一起。三月二十五日，梁鼎芬要离开长沙回广州，文廷式急于为他送行，郭嵩焘的酒都没喝完就去找他，两个人夜里谈到很晚，文廷式写了一首《台城路》赠别，第二天又冒着大雨送他登船离开。龚夫人跟梁鼎芬也并无冲突，文廷式去世以后，龚夫人曾去找梁鼎芬"告贷"，梁鼎芬每次都是尽力而为，"辄有所赠"。两人见面也是鞠躬如也，尽礼而别。

这件"三人枕头"的奇异情史当然深受掌故家的喜爱，[①] 晚清笔记中记载极多，《二十年目睹之怪现状》和《孽海花》中也都有所影射。《二十年目睹之怪现状》第 102 回的"温月江"影射的就是"梁星海（梁鼎芬字）"，"武香楼"影射的是"文芸阁"，《孽海花》第 13 回则以"闻韵高"谐音"文芸阁"。刘体智在《异辞录》中的一段话最堪玩味："于晦若（式枚）侍郎，文芸阁学士，梁星海京堂，少时至京居同寓，卧同一土炕……侍郎夫人早死，京卿夫人终身居学士家。盖三人者皆文学侍从之臣，礼教非为吾辈设也。"虽然是讥讽的意思，但"礼教非为吾辈设也"倒是实话，既然当事人三方能够互谅共存，外人又何必横作解人、强分是非呢？[②] 如此奇特的友情，如此"先锋"的婚姻关系，即便放在今天也是惊世骇俗的吧！我们总说古代社会如何如何严酷封闭，其实它也有像这样开放前卫的一面。对我们的很多研究对象来说，贴标签定性最省事，但一张标签往往又是难以涵盖天下的。

兀傲故难双

回到词史来看。关于《云起轩词》与"稼轩风"的承递关系，前人早有阐发，如胡先骕曰："《云起轩词》意气飙发，笔力横恣，诚可上拟苏辛，俯视龙洲……盖其风骨道上，并世罕睹，故不从时贤之后，局促于南宋诸家范围之内，诚如所谓美矣善矣。"[③] 钱仲联先生在《近百年词坛点将录》中点文氏为"天勇星大刀关胜"，位次极高，并有点评云："逊清词坛，前有迦陵，后有芸阁，皆传稼轩法乳，而又自出手眼。"沈轶刘先生更是给予激情四射的好评：

---

① 高拜石：《古春风楼琐纪》有《三人枕头——梁节庵其人》记其事。
② 本段叙述多得力于网文《人生只有情难死——梁鼎芬、文廷式与龚夫人》《梁鼎芬、文廷式与龚夫人》，特致谢忱。
③ 《评云起轩词钞》。

> 云起轩诸作，霆飞雷激，海立山崩，接迹辛陈，生气遥出。在清词坛两朱（朱彝尊、朱祖谋）而外，实与陈维崧相终始。

> ……文廷式则陈维崧后一人而已……故无文，则清词结局必不能备足声色，朱祖谋焉能为一木之支？不过当时为文者少，主奴出入，众煦山崩，不欲为持平之论耳。①

指出文与陈的渊源，真正放在清词史框架中谈文氏成就，又指出彊村老人一木难支，不能独结晚清词坛之局，所见可谓高人一筹。在前辈高论基础上，我以为谈云起轩词也应该结合龚自珍才能更深入辨认其特质。

前面讲龚自珍的时候说过，作为近代文学开山，他是曾经为晚近词坛注入过一泓活水的。这泓活水流淌到清末，最早受到润养的就是文廷式。谈 "四大家" 的时候，我们也引用过文廷式名的《云起轩词自序》，他说当时词坛 "以二窗为祖祢，视辛刘若仇雠，家法若斯，庸非巨谬"，在后面他又接着说：

> 二百年来，不为（二窗家法）笼绊者，盖亦仅矣。曹珂雪有俊爽之致，蒋鹿潭有沉深之思，成容若学阳春之作，而笔意稍轻；张皋文具子瞻之心，而才思未逮，然皆斐然有作者之意，非志不离于方罫者也。余于斯道，无能为役，而志之所在，不尚苟同。三十年来，涉猎百家，摧较利病，论其得失，亦非扪籥而谈矣。而写其胸臆，则率尔而作，徒供世人指摘而已。

二百年清词，文氏只提出曹贞吉、蒋春霖、纳兰性德、张惠言四家，且对后两家尚有保留，可见其眼界之高。至于自己的创作，则强调了三点：第一，"志之所在，不尚苟同"，也就是不苟同 "二窗家法"；第二，"摧较利病，论其得失，非扪籥而谈"，自己对词是下过一番工

---

① 分别见《清词菁华》《繁霜榭词札》。

夫的；第三，"写其胸臆，率尔而作"，胸中的真情最为重要。这三点结合起来，文廷式反复强调的乃是"自尊自得"之意。在他称许的词人中虽然不包含陈维崧和龚自珍，而字里行间流露出来的精神则分明与两大词人呼吸相通，并与浙常两派的"时尚"论调划开了清晰的界限。朱祖谋确实是有眼光的，也有胸怀，在《望江南》"论词词"中，他这样称道不与自己同调的文廷式："闲金粉，曹郐不成邦。拔戟异军成特起，非关词派有西江。兀傲故难双"，弩张剑拔，兀傲难双，文廷式的峭立姿态不仅在晚清词坛，即便置之清代词史、千年词史，也是少见的"这一个"。

奇丽的主调

先读一首《沁园春·檃括楚辞山鬼篇意以招隐士》：

> 若有人兮，在彼山阿，澹然忘归。想云端独立，披萝带荔；松阴含涕，乘豹从狸。且挽灵修，长怀公子，薄暮飘风偃桂旗。难行路，向石茸扪葛，山秀搴芝。　　最怜雨晦风凄，更猿狖、宵鸣声正悲。怅幽篁久处，天高难问；芳薇空折，岁晏谁贻。子或慕予，君宁思我，欲问山人转自疑。归来好，有华堂广燕，慰尔离思。

这是一首怪怪奇奇、大有楚骚遗意的作品。沈轶刘说文廷式"骚心自藏"，钱仲联说他"志在改革政治，宏图不遂，忧愤以殁，其词遂得楚骚遗意"，可谓异口同声，让我们联想起朱祖谋《望江南》评价王夫之的那句"字字楚骚心"。王夫之身处易代之际，救国无方，拯民无术，他的"楚骚心"绝非简单的艺术宗法所能铸就，是需要以血泪忧愤书之的。王夫之如此，龚自珍、文廷式也莫不如此。所以，本篇檃括《山鬼》一章"以招隐士"不是玩弄无聊的文人狡狯，而是与龚自珍的古文名篇《尊隐》形成了强烈的呼应。看看龚自珍的表述："日之将夕，悲风骤至"，"俄焉寂然，灯烛无光。不闻余言，但闻鼾声。夜之漫漫，鹍旦不鸣，则山中之民，有大音声起，天地为之钟鼓，神人为之波涛矣",文廷式词中的 "且挽灵修,长怀公子" "最怜雨晦风凄,更猿狄、宵鸣声正悲" 不正是与龚自珍的意旨同频共振吗?龙榆生先生称道这首词 "剪裁之巧",是纯从艺术着眼,还有论者以为本篇 "遣词造语晦涩难明",那更是对文廷式的心事隔膜未清的缘故。

这首词并不是孤证,一部《云起轩词》最动人处正在于那些 "揭响五天,埋愁九地" "笳角悲凉,郁勃凄清" 的奇丽之作,而 "奇丽" 正是他从龚自珍诗词一脉相承下来的主调。再看《水龙吟》:

> 落花飞絮茫茫,古来多少愁人意。游丝窗隙,惊飙树底,暗移人世。一梦醒来,起看明镜,二毛生矣。有葡萄美酒,芙蓉宝剑,都未称、平生志。 我是长安倦客,二十年、软红尘里。无言独对,青灯一点,神游天际。海水浮空,空中楼阁,万重苍翠。待骖鸾归去,层霄回首,又西风起。

这首词是文廷式的名作,王伯沆以为 "思涩笔超,后片字字奇幻,使人神寒",叶恭绰以为 "胸襟气象,超越凡庸",刘梦芙则推其为 "想象飞腾,雄奇瑰美,最能体现文氏创新风格" 的代表作,而这里的 "笔超" "超越" "飞腾" 云云,也是龚自珍最为擅场之处。本篇写现实人世的 "愁人意",然而神游千仞,精骛八极,那种超越性思维特别令人想起龚自珍的名篇《湘月·壬申夏,泛舟西湖,述怀有赋,时予别杭州盖十年矣》与《金缕曲·癸酉秋出都述怀有赋》。

再如不大有名的《浪淘沙》,虽然一向不大被选家青睐,但奇气在骨,简直像是龚自珍诗中名篇《夜坐》的翻版。先看龚诗:

> 春夜伤心坐画屏,不如放眼入青冥。
> 一山突起丘陵妒,万籁无言帝座灵。
> 塞上似腾奇女气,江东久殒少微星。
> 平生不蓄湘累问,唤出姮娥诗与听。

再看文词:

寒气袭重衾，似睡还醒。炉香静爇夜沉沉。起视阶前明月影，云合如冰。　岁序使人惊，染尽缁尘。寂寥空草太玄经。别有苍茫千古意，独坐观星。

龚诗要辽阔得多，文词婉曲一些，意象也颇有不同，但那种"苍茫千古意"如出一手，无乃太似！《云起轩词》中最酷似龚自珍的是《水调歌头·病中戏答友人》：

卿用卿家法，我与我周旋。胸中一事无碍，便算小游仙。借问封侯万户，何似买田二顷，耕凿赖天全。可笑兰台史，只欲勒燕然。　众生病，吾亦病，不关禅。灵光皎皎孤映，空水共澄鲜。说法何须龙象，相笑从他蜩鷽①，总付大中千。倦即曲肱卧，火宅已生莲。

这位病中戏答的"友人"是谁，无关紧要，关键是以"我"之"周旋"与"卿"之"家法"对看。全篇大肆张扬"耕凿赖天全"的淡泊出世思想，融佛道理念于一手，然而"众生病，吾亦病"这两句则道出一片牵系天下苍生的耿耿热肠，极能表呈出文氏峻伟的人格，及其"国事蜩螗，生民邦家之痛，蕴无可泄，一发于词"的心灵内蕴。②显然，这是龚自珍以来晚清仁人志士所共有的情怀，但在文廷式词中表现得格外突出而已。

格随情迁，变化随至

在上文中，我们特别指出文廷式与龚自珍之间的紧密关联，这并没有否认文氏承接苏辛以至迦陵法乳的事实，也并不否认云起轩词也有接武清真、白石等婉曲幽峭情调的一面。朱庸斋称文氏词"能大，能重，

---

① 此字为"鷽鸠"之"鷽"，出《庄子·逍遥游》，大多版本误作"莺"。依词律此处当用仄声，亦可判断"莺"字误。
② 施蛰存：《花间新集》。

亦能生、能新",严先生说他"格随情迁,变化随至",都道出大词人风神多端、不拘一格、难以某一家数框蔽的共性特质。而且,我们对"稼轩风"不能做单向度的理解,不能说《破阵子》《永遇乐》是稼轩风,《摸鱼儿》《祝英台近》就不是稼轩风,辛弃疾词本身是具备多元化的复合审美风格的。文廷式的这首《祝英台近》就很有辛弃疾同调名作(宝钗分,桃叶渡)的那种"猿啼鹃泣式的凄苦哀怨"①:

> 翦鲛绡,传燕语,黯黯碧云暮。愁望春归,春到更无绪。园林红紫千千,放教狼藉,休但怨、连番风雨。　　谢桥路,十载钿车,惊心旧游误。玉佩尘生,此恨奈何许。倚楼极目天涯,天涯尽处,算只有、蒙蒙飞絮。

再看《念奴娇》,词前有小序:"乱后京津乐籍大半南渡,李伯元茂才于酒肆广征四十余人为评骘残花之举,为赋此词。""乐籍"就是青楼行业,李伯元秀才就是《官场现形记》的作者南亭亭长李宝嘉。据冒广生《小三吾亭词话》,本篇庚子、辛丑之际作于上海,太平年景的"花国选秀"本来是风雅香艳之事,而当带甲天地之时,就平添东京梦华、文酒山河的凄怆,所"评骘"的也只能是风雨飘零的"残花"了。张尔田《近代词人逸事》有一段话可以作为"残花"的注脚:"一日大雪晚饭后,小坡(郑文焯)携烟具敲门入,欲拉同赴盘门观女伶林黛玉演戏。或曰'此是残花败柳。'小坡笑曰:'我辈又何尝非残花败柳?'余隅坐诵昔人句云:'多谢秦川贵公子,肯持红烛赏残花。'小坡为太息久之。"这貌似热闹的"评骘残花"背后藏着多少无奈的叹息,那么词"格"也就必然要"随"着心"境"而"迁"变了:

> 江湖岁晚,正少陵忧思,两鬓斑白。谁向水晶帘子下,买笑千金轻掷。凄诉鹍弦,豪斟玉斝,黛掩伤心色。更持红烛,赏花聊永今夕。　　闻说太液波翻,旧时驰道,一片青青麦。翠羽明珰漂泊

---

① 严先生:《清词史》第一编第三章第三节谈"稼轩风"内涵语。

尽，何况落红狼籍。传写师师，诗题好好，付与情人惜。老夫无语，卧看月下寒碧。

一方面是鹍弦玉琴、红烛赏花、传写师师、诗题好好的极度热闹，另一方面则是少陵忧思、两鬓斑白、老夫无语、卧看寒碧的忧患凄凉，乱世情怀，在这里也是写得淋漓尽致了。

人生只有情难死

回到排戛激荡、悲慨雄放的"稼轩风"主调上来，还应该看看赠梁鼎芬的《贺新郎》：

> 髯也今殊健。举世间、鸡虫得失，鱼龙曼衍。尽付庄生齐物论，一例浮云舒卷。任兰佩、多憎猘犬。白眼看天苍苍耳，古今来、那许商高算。问长夜，几时旦。　　酒酣更喜纶巾岸。记当日、军谋借箸，尚方请剑。谁道神州陆沉后，还向江湖重见。情不死、春蚕自茧。黄竹歌成苍驭杳，怅天荒、地老瑶池宴。斜日下，泪如霰。

梁鼎芬与文廷式是好友，又是视"三人枕头"蔑如的奇人，更是对清王朝矢志如一的"顽民"。这首词作于清亡之前或之后并不重要，因为"神州陆沉"已经是不争的事实，纵然是梁鼎芬、文廷式这样才华杰特的"健"者，也不过拿"尽付庄生齐物论"的放达聊以自慰而已。最为沉郁的还是"问长夜，几时旦"的"天问"姿态与"情不死，春蚕自茧"的缠绵悲凉，可谓长歌当哭，不能自已。

《南乡子·病中戏笔》是文廷式的名篇，也是最近乎辛弃疾晚年风格的作品之一：

> 一室病维摩，且喜闲庭掩雀罗。煮药翻书深有味，呵呵，老子无愁世则那。　　莽莽旧山河，谁向新亭泪点多。惟有鹧鸪声解

道，哥哥，行不得时可奈何。

说是 "戏笔"，的确也有 "病维摩" "呵呵" "老子" "哥哥" 等 "戏" 语，但背后潜藏的则是 "行不得" "莽莽旧山河" 的 "泪点"，那么这 "戏" 也就一种 "大哀无泪" 的严肃乃至悲凉了。我们一直强调这个 "戏作" "戏笔" 的 "戏" 字，它往往并不是 "戏耍" 之 "戏"，里边藏着很多 "有戏" 的真东西。"老子无愁世则那" 的 "那" 字需要解释一下，这个字读作 "挪"，是 "如何" "奈何" 的合音。《左传·宣二年》有 "弃甲则那" 之语，用在此处，乃是 "我不因病愁苦，你能把我如何" 的意思，与煞拍 "奈何" 表示 "无奈" 的意思并不相同。

文廷式的那篇《词集自序》中要求词人要有 "照天腾渊之才，茹今涵古之思，磅礴八极之志，甄综百代之怀"，并不视把它视为 "别是一家" 的 "小道"，那么，自己的创作中也就常以诗境渗入。朱庸斋说他 "时复以同光体诗法入词，更见兀傲挺拔"，很对，下面这首《鹧鸪天·即事》就可以作为典型例证：

> 劫火何曾燎一尘，侧身人海又翻新。闲凭寸砚磨耆世，醉折繁花点勘春。　　闻柝夜，警鸡晨，重重宿雾锁重阍。堆盘买得迎年菜，但喜红椒一味辛。

《鹧鸪天》这个词牌最接近七言律诗，以生拗的宋诗句法写进来，别有味道。从 "堆盘买得迎年菜" 一句来看，这首词应该作于某一年的除夕，再根据 "闻柝夜，警鸡晨。重重宿雾锁重阍" 推测，很可能是在甲午年（1894）。如果这个推断不错的话，词就有意思了。胡思敬在《文廷式传》里说："夷祸初起，（廷式）主战，反劾鸿章畏葸，挟夷自重。鸿章嗛之，欲中以奇祸"，最终还算幸运，仅以罢官了事。什么叫作 "但喜红椒一味辛"？这 "红椒" 的 "辛" 味在这里就可以看得很清楚了，而 "磨耆世" "点勘春" 这样陡峭生拗的宋诗句法凸显的也正是文廷式的兀傲奇崛意态。这样的例子还有一些，比如 "蝶梦蘧然别有天，蝇钻故纸几何年"的"句中"之"玄"，"花冠不萎天香馥，坐弄裨瀛只一丸"的"残红"之"恋"，以及"荒苔满地成秋苑，细雨轻寒闭小楼"的"中年"之"感"，都写得跌宕生姿，旁逸斜出，带着一种同光体诗特有的"挺拔"味道。

文廷式词的收官之作可以看名篇《蝶恋花》：

> 九十韶光如梦里，寸寸关河，寸寸销魂地。落日野田黄蝶起，古槐丛荻摇深翠。　　惆怅玉箫催别意，蕙些兰骚，未是伤心事。重迷泪痕缄锦字，人生只有情难死。

严先生判断本篇当为甲午年后革职离京时的作品，称其"凄艳多骚屑味""境界苍茫寥廓，短章容量极大"①，予以很高评价。详细一点说，则本篇所披的乃是世人写得滥熟的伤春题材的外衣，但是第二句点出"关河"二字，那就说明这不是小格调，而是大悲哀。"落日"二句也是诗法入词，生新而厚重，既衬托词人深心"不可承受之重"，更为末句铺设情境。下片正话反说，"蕙些兰骚"尚且不是"伤心事"，于是直逼出末句"人生只有情难死"，这七个字可谓笔力万钧。此"情"当然不是卿卿我我的小情志，而是萦绕于清季一代才人梦魂之中的关乎芸芸众生的悲悯忧患，鸣响了末世豪杰之士同声部的悲壮心音！

瀚海飘流燕：梁启超词

文廷式是清末"稼轩风"的代表人物，与他可称同道中人的有黄遵宪、沈曾植，还有那位关系奇特的好友梁鼎芬，这里都从略，单说说维新党魁、同为稼轩"粉丝"的梁启超。

梁启超本不以词名，他是开思想新潮流的大师，与那些"条理明晰，笔锋常带情感，对于读者，别有一种魔力焉"的恢宏文章相比，②词确实是"余事"，但他的词下笔俊快，奇气腾跃，光焰照人，不屑于

---

① 《清词史》，第549、550页。
② 梁启超：《清代学术概论》自述。

自缚于某家数，即便逼真稼轩也不是"学"稼轩的结果，而是胸襟怀抱不期而合。先看《水调歌头》：

> 拍碎双玉斗，慷慨一何多。满腔都是血泪，无处著悲歌。三百年来王气，满目山河依旧，人事竟如何。百户尚牛酒，四塞已干戈。　千金剑，万言策，两蹉跎。醉中呵壁自语，醒后一滂沱。不恨年华去也，只恐少年心事，强半为销磨。愿替众生病，稽首礼维摩。

这首词作于甲午战败之后，"满腔都是血泪""四塞已干戈"云云都是由此而触发的真切感受，不是泛泛而谈。也正是因为这样的强刺激，几年后，梁启超才与老师康有为一起发起"公车上书"，启动戊戌变法。仅仅百日即夭折的戊戌变法是近百年中国的一大转关，其功过是非当然还可以再深入研究，但不可否认也无可磨灭的是康梁一辈"愿替众生病，稽首礼维摩"的宏伟抱负与辽阔胸怀。没有这等伟大的志向，也就不可能做出名垂青史的事业。

百日维新失败之后，梁启超亡命日本，九年以后首次回国。阔别多年，物是人非，无限感慨，激荡胸间，他挥笔写下《金缕曲·丁未五月归国，旋复东渡，却寄沪上诸子》：

> 瀚海飘流燕。乍归来，依依难认，旧家庭院。惟有年时芳俦在，一例差池双剪。相对向、斜阳凄怨。欲诉奇愁无可诉，算兴亡、已惯司空见。忍抛得，泪如线。　故巢似与人留恋。最多情，欲黏还坠，落泥片片。我自殷勤衔来补，珍重断红犹软。又生恐、重帘不卷。十二曲阑春寂寂，隔蓬山、何处窥人面。休更问，恨深浅。

这是一首很特殊的词作，词题很明显是抒写自己东渡归国的心绪，但开篇五个字就是"瀚海飘流燕"，他把种种复杂幽曲的心绪和这只飘流四海的燕子完全融为一体，句句字字都在咏燕，也句句字字都在抒情，那就既达到了"有寄托入，无寄托出"的咏物词最高境界，也达到了"感物吟志，莫非自然"的抒情诗的最高境界。[1] 那只孤独飞翔的燕子终于回到了故乡，那庭院已经变了模样，惟有当年的热血朋辈还在满怀期望要改变自己栖息的这片家园，只是，兴亡满眼，无力回天，也只能落得昏黄落日之下发泄那些愁苦怨愤而已！但是，这破败的燕巢也是自己的家园啊！我又怎能忍心看着它一天天没落下去？怎能不忙忙碌碌衔来一小点一小点的泥片，补在摇摇欲坠的燕巢上面？至于成败利钝，则在所不计也！

如果我们为这首词做注释的话，那就可以看到，不仅"瀚海飘流燕"五个字用了周邦彦的《满庭芳·夏日溧水无想山作》句意，诸如刘禹锡、李商隐、陈尧佐、史达祖、龚自珍等名家名作的影子也在里面倏然来往，但这都不重要，重要的是那种"我自殷勤衔来补"的对故国对民族对同胞的一往深情，它代表着古往今来中国知识分子最可宝贵的精神品质，往大一点说，这是中华民族得以延绵屹立的最强劲的驱动力和支撑力！一首小词能写出这样的大题目、大意义，是乃词之止境也！

王 国 维 的 "超 自 负"

在本书"开场白"部分我们曾谈及王国维，称他为清词研究中最大的"异数"。1912 年至 1992 年八十年间的 1200 多项清词研究成果中，王国维以 458 项独占总量的 36% 左右，纳兰性德以 171 项占 13% 强，两个人占了半壁江山，剩下一万名以上的词人占另外一半。这真有点像谢灵运的名言："天下之才总共一石，子建（曹植）独得八斗，我得一斗，剩下一斗别人去分。"

我们已经注意到，在王国维研究的 458 项成果中，其中可能有 99% 以上都是针对《人间词话》发言的，其中仅探讨"境界说"的就有 126 项，里面肯定不乏低效的重复性劳动。1992 年至今三十年，"王国维

---

① 刘勰：《文心雕龙·明诗》。

热"有增无减，但是学术纯度较高的研究成果诸如彭玉平先生的《人间词话疏证》《王国维词学与学缘研究》还是比较少，总体感觉是浮滥满眼，颇令人生厌。与《人间词话》的极度火炽相比，对《人间词》的研究当然显得冷清，但是以人存词，还是有陈永正、祖保泉、陈鸿祥、叶嘉莹、安易等先生对《人间词》进行了比较详尽的注释评说，比一般词人的"待遇"要隆重得多。可是，对《人间词》的词史位置究竟应如何认识？这是至今也没有完全谈清楚的问题。

首先来看王国维对自己词的自负。他在《静安文集续编·自序二》公然声称：

> 近年嗜好之移于文学，亦有由焉，则填词之成功是也。余之于词，虽所作尚不及百阕，然自南宋以后，除一二人外，尚未有能及余者，则平日之所自信也。虽比之五代、北宋之大词人余愧有所不如，然此等词人亦未始无不及余之处。

在我们的印象中，王国维是一位才华绝世但相当谦退严谨，甚至有点感伤怯懦的学者，他在学术研究中有很多领域，比如甲骨文、西方哲学、文学理论，都是得风气之先，也为学界所推重的，但好像他从来也没说过这样自信的话——先斩钉截铁说一句："南宋以后基本没人比得上我！"然后总算有句谦虚的话："五代、北宋的大词人我确实比不上他们"，但目的是为下一句张本："但他们也有不如我的地方，我们差不多是平分秋色，各有所长吧！"再看他托名樊志厚为自己《人间词》甲稿，乙稿所作的序：

> 往复幽咽，动摇人心。快而沉，直而能曲，不屑屑于言词之末。而名句间出，殆往往度越前人。至其言近而指远，意决而辞婉，自永叔以后，殆未有工如君者也。

> 至其合作……皆意境两忘，物我一体。高蹈乎八荒之表，而抗心乎千秋之间。駪駪乎两汉之疆域广于三代，贞观之政治隆于武德

矣。方之侍卫（纳兰），岂徒伯仲？

第一段话把上限划到欧阳修，那就是说北宋初中期以后，无论苏辛、秦周、姜张，都比不上自己了。第二段话更厉害了：那些写得好的作品"皆意境两忘，物我一体。高蹈乎八荒之表，而抗心乎千秋之间"，纳兰性德跟自己比算什么呀！

这样言之凿凿、意气洋洋的"超自负"既令人联想到《人间词话》中他自诩严羽、王士禛都不如自己拈出"境界"二字能探其本的自夸，又想起跟他同时代的南社才子林庚白的大言。林庚白说自己诗写得好："十年前郑孝胥今人第一，余居第二。若近数年，则尚论今古之诗，当推余第一，杜甫第二，孝胥不足道矣"，最终评定古往今来自己第一，杜甫次之，至于十年前自己还比较佩服的郑孝胥已经不知被甩到哪里去了。其实王国维的意思与林庚白并没有很大区别，但世人嗤笑非议林庚白者多，对王国维，则似乎因为他一代学术大师的身份，又是自沉以殉文化之悲壮结局，当时后世不忍亦不敢非笑也。其实，今人不必不如古人，文人之自命不凡也无可厚非，但是林庚白的诗置之清民诗坛也只是小家数，其自诩如此，实在是"狂"而近乎"妄"。王静安先生与林才子自然不能作等量齐观，那么就有必要细致审视其词心词境，进而辨认其词史地位。

王国维的"人间"情怀

我们就从"人间"二字说起。

关于王国维以"人间"名词的起因，陈鸿祥先生阐释得很详细：赵万里在《年谱》中最初作出解释："盖先生词中'人间'二字数见，遂以名之。"罗振玉跋文进而补充：其时王氏研究东西方哲学，"静观人生哀乐，感慨系之，而《甲稿》中'人间'字凡十余见，故以名其词云。"据陈鸿祥先生统计，王国维在其 1909 年以前所填 111 首词中，直用"人间"者一共有 33 首，这个比例相当不小。他以"人间"为号，直到辛亥以后，与罗振玉书札往还，仍时见"人间"的署名落款。

在《清词史》中，严先生已经对王国维词中"人间"意象有详尽举例，并且评说云："言为心声，这满纸'最是人间留不住'的绝望之吟，几乎已为他最终自沉于昆明湖预为留言。"① 现在的问题是，"人间"意象从何而来？难道只是泛常之言而已？往远端追溯，当然可以上到庄子，但我还是以为，王国维的"人间"情怀与纳兰性德有直接密切的联系。

众所周知，王国维对纳兰评价极高，《人间词话》中的著名评语我们不重复了。托名樊志厚的《人间词乙稿序》更把纳兰放在大词史背景下作出全面评价：

> 至于国朝，而纳兰侍卫以天赋之才，崛起于方兴之族。其所为词，悲凉顽艳，独有得于意境之深，可谓豪杰之士奋乎百世之下者矣。同时朱、陈，即非劲敌；后世项、蒋，尤难鼎足。

从横向坐标上说，同时代的陈维崧、朱彝尊已经不是对手了；从纵向坐标上说，他也不同意谭献的纳兰、蒋春霖、项廷纪"三鼎足"之说。这篇《乙稿序》自五代温、韦、冯几位大词人说起，一路盘点到南北宋，罕有许可，但是对纳兰不仅大肆表彰，而且明确推为"国朝第一人"，可见认同赞肯到何等地步，那么，王国维自然也会深入探研，深受影响。回头看纳兰词，其中用的"人间"字样不下十处，而且大都非常精彩。比如"人间何处问多情"（《浣溪沙》）、"料也觉、人间无味"（《贺新郎》）、"我是人间惆怅客"（《浣溪沙》）、"不是人间富贵花"（《采桑子》）、"钿钗何意寄人间"（《山花子》）、"人间所事堪惆怅"（《鹧鸪天》）、"天上人间俱怅望"（《望江南》），等等。我们能够看到，在纳兰性德笔下，"人间"成了一个既难堪无味又难以摆脱之处境的代名词，一个最能代表他的性格中悲观底色的符号。这种对于"人间"的解悟表达与王国维的悲观人生哲学有着相当高的契合度，和他的"人间"情怀之间也必然存在着不容忽视的启嬗关系。这既是纳

① 《清词史》，第 560 页。

兰接受研究的一大宗，也是观察《人间词》的一个重要出发点。

我们就来看看王国维的"人间"，先是《蝶恋花》：

> 阅尽天涯离别苦，不道归来，零落花如许。花底相看无一语，绿窗春与天俱暮。　待把相思灯下诉，一缕新欢，旧恨千千缕。最是人间留不住，朱颜辞镜花辞树。

在王国维笔下的数十处"人间"里，如果说这首《蝶恋花》不是最沉痛的，那么其他篇章似乎也难以取而代之。词题空写离情，由离情蔓延到一种韶华迅逝的永恒悲哀，也就是他哲学中所说的理想派的"造境"。"不道归来"这两句是一折转，加一倍写内心悲苦。自己本身已经尝尽了离别之苦，想不到花的零落又给我加了一倍的悲苦。"绿窗"这一句很有意思，春暮、天暮，皆常言也，而"春与天俱暮"就出人意表。境界最奇、笔力最重是最后两句："最是人间留不住"这一句已经非常决绝，"朱颜辞镜花辞树"，两个"辞"字又是何等分量！有评论者认为这句是从冯延巳"不辞镜里朱颜瘦"句中化出，其实"辞"字意义不同，用法亦不同。王氏两个"辞"字中包蕴着极端的婉转惜别，也潜藏着极端的无奈哀伤，一种众芳芜秽、美人迟暮之感较冯延巳词尤为浓烈。所谓"怨之深，亦厚之至"，此篇足以当之。这应该是王国维《人间词》中写得最好的作品之一。

由此我们能想到，《蝶恋花》是五代北宋大词人如冯延巳、欧阳修、大小晏等最为擅场的一个词牌，王国维推崇冯延巳和欧阳修，于《蝶恋花》词牌亦三致意焉。这是他用得最频密的一个词牌，"人间"意象也最多。比如"蜡泪窗前堆一寸，人间只有相思分""手把齐纨相决绝，懒祝秋风，再使人间热""只恐飞尘沧海满，人间精卫知何限""自是浮生无可说，人间第一耽离别""几度烛花开又落，人间须信思量错""自是思量渠不与，人间总被思量误"……如纳兰一样，这里的每一个"人间"都是一个令人爱恨交织、难离难驻的所在，充溢着浓得化不开的悲剧情愫。

当然，《蝶恋花》之外的"人间"也很不少，也写得别有滋味。比如《鹊桥仙》：

> 沉沉戍鼓，萧萧厩马，起视霜华满地。猛然记得别伊时，正今夕、邮亭天气。　　北征车辙，南征归梦，知是调停无计。人间事事不堪凭，但除却、无凭两字。

表面上看，这是一首行役怀人词，但我很怀疑行役怀人都是虚设的背景。也就是说，词未必是在 "沉沉戍鼓，萧萧厩马" "北征车辙，南征归梦" 的旅途中写下的，这些场景，连同 "猛然记得别伊时" "知是调停无计" 的心境大概都是虚化的，全是为了铺垫 "人间事事不堪凭，但除却、无凭两字" 的哲思之句。人间唯一可靠的是什么？什么都不可靠，这件事最可靠。这话说得很别扭，但是又极有意思，极有道理。王国维有句名言说："哲学，可信者不可爱，可爱者不可信。" 这两句虽是哲思，但是有情，既可信，也可爱，可谓警策之极。

"人间" 构成了静安词言说的第一核心语汇，自然也构成了其思想的最重要落脚点。我们看到了王氏笔下 "人间" 的悲苦、庸凡、逼仄、无常，也应体会到这份 "人间" 情怀塑造了王国维的独特艺术风神，成为观照其词心的最关键入口。

"偶开天眼觑红尘"：王国维的哲理词

接着上文的《鹊桥仙》恰恰可以说到王国维的哲理之作。对这一点，学界已经多有评说，一般也评价极高。如缪钺《诗词散论·王静安与叔本华》云："静安能将叔本华哲思写入诗词，遂深刻清新，别开境界。"《冰茧庵丛稿·王静安诗词述评》云："王静安诗词中多发抒哲理……清邃渊永，耐人寻味，这是自古以来诗人所不易做到的。" 叶嘉莹《王国维及其文学批评》云："静安先生颇涉猎于西方哲学……天性中自有一片灵光，其思深，其感锐，故其所得均极真切精微，而其词作中即时时现此哲理之灵光也。" 谭尔为《人间词话·人间词前言》云："其中闪烁着睿智、敏感、深沉的哲理内涵之灵光，清邃隽永，令人深思寻绎。"可以看出，"哲理"是观察《人间词》的又一大关捩点。

关于王国维与西方哲学的关系，对其推崇最力的缪钺、叶嘉莹先生都持同样的看法："王静安对于西洋哲学，并无深刻而有系统之研究，其喜叔本华之说而受其影响，乃自然之巧合。"[①] 祖保泉先生据此申说，以为王氏"算不得是个哲学家，他缺乏冷静地观察客观事物、分析事物的哲人心态，相反，他确有诗人的气质，填词便激情满纸"[②]。作为总体评价，说王国维"对于西洋哲学并无深刻而有系统之研究"也许不错，但细读他的《论性》《释理》《原命》之"哲学三部曲"，就能明了他对西方哲学并非简单涉猎，而是能够广搜博观，并结合本土哲学理念来思考某些关键命题，使之获得新的阐释思路。在二十世纪之初，如王氏对西方哲学了解程度者可说凤毛麟角。所以，说王国维"算不得哲学家"没问题，说他"缺乏哲人心态"，即便是为强调其"诗人气质"，也不算妥当。

其实，王国维能在词史上自成一家、无可忽视恰恰是因为他把并不"缺乏"的哲人心态带入了词创作。在这一点上，叶嘉莹先生讲得精辟："王氏之以思力来安排喻象以表现抽象之哲思的写作方式，确乎是为小词开拓出了一种极新之意境。如果沿拟着我们对于词之演进所提出的歌辞之词、诗化之词、赋化之词而言，则王氏所开拓的词境或者可以称之为一种'哲化'之词。"[③]

一向被视为"艳科"的小词中能不能融入表达"清邃渊永"的哲理？如果放眼到千年词史，我们不能否认，苏轼的"归去，也无风雨也无晴"、辛弃疾的"我见青山多妩媚，料青山、见我应如是"等也都是可以离析出哲思意蕴的，但同时更要看到，只有"欧西哲理"的强力介入，加之苦苦的"思力安排"，在王国维手里，才真正达到了"将自己从具体语境中抽离出来，从一种普泛性的角度来写人生的诸种景况"

---

① 见缪钺《诗词散论·王静安与叔本华》，叶嘉莹《王国维及其文学批评·说静安词〈浣溪沙〉一首》有类似表述。

② 《王国维词解说》。

③ 《王国维及其文学批评·论王国维词》。

的境界。①

且读《点绛唇》：

> 厚地高天，侧身颇觉平生左。小斋如舸，自诩回旋可。　聊复浮生，得此须臾我。乾坤大，霜林独坐，红叶纷纷堕。

上文引用的《鹊桥仙》《鹧鸪天》二首中的哲学思辨味全在言语之间，可以一瞥即得，不大转折。这首《点绛唇》则把哲理完全内蕴于意象，需要我们静心品味，慢慢才能感觉出哲思的震慑。词开篇就以宇宙的高厚来对照个体的渺小，进而触及 "须臾浮生" 的终极命题。"逝者如斯夫"，"哀吾生之须臾，羡长江之无穷"，这是孔丘、苏轼等先贤早已表达过的生命意识，而王国维把它融化入小词，举重若轻，予人夺胎换骨之感。煞拍三句仍以 "乾坤" 与 "我" 对写，"我" 之 "独坐霜林"，加之身旁纷纷飘落的红叶，不仅描绘出色彩绚烂的视觉画面，内里更是一种哲学上静穆之美的极致体现。词史之上，类此哲思勃发之作确乎罕见，称之曰 "开拓"，绝非虚言。

《浣溪沙》之哲学意蕴不亚于《点绛唇》：

> 山寺微茫背夕曛，鸟飞不到半山昏。上方孤磬定行云。　试上高峰窥皓月，偶开天眼觑红尘。可怜身是眼中人。

这仍是一首诠释 "理想" 的 "造境" 之作。微茫山寺，也可能实有，但在词人笔下也只起到虚设背景前提的作用而已。词用力处全在下片："试上高峰窥皓月"，窥皓月是一层，上高峰而窥皓月是两层，试上高峰而窥皓月是三层；"偶开天眼觑红尘"，句法相同。十四个字包含六层意思，且两两对照，可谓字无虚发，有千钧力。"窥皓月" 者是谁？"觑红尘" 者又是谁？这既是个人与宇宙的对话，又是一种哲思心灵融入宇宙洪荒的博大境界。王国维《叔本华像赞》说叔氏 "天眼所

---

① 彭玉平：《王国维词学与学缘研究》。

观，万物一身"，可见"偶开天眼觑红尘"并非简单的诗歌意象，更多的乃是"思力安排"的"哲化"品质。最令人惊悚的还在末句："可怜身是眼中人"！即便如叔本华这样的哲人，"刻桷飞甍，俯视星斗"，拥有"觑红尘"的"天眼"，可他自身不还是过着"终日抑郁""弥增厌世之感"的悲剧人生？① 由此而言，这煞拍一叹不仅化尼采、叔本华的"悲观"为"悲悯"，而且是逼问到"我是谁"这样的终极哲学层次上了。

以"小词"来抒发这种"我是谁"的永恒哲学命题，确乎是闪现出了一抹前所未有之灵光，"对于旧传统而言，无疑地乃是一种跃进和突破"②。然而我们也不得不承认，《人间词》中成功地传达了哲思的佳作还是偶一为之而已，数量并不多。同时由于哲学思维的幽深庄严对作品文学性的削减，也尚不能为词坛大面积接受，造就一代风气。在王国维那里，哲理之作就像是"偶开"的"天眼"一样，令人惊艳，使人赞叹，但又旋即阖拢，渺不可即。拈取"偶开天眼"四字为本节标题，正是基于这样一种复杂的阅读感受。

至此，我们大概可以对《人间词》作一个词史定位。《人间词》具有独异的艺术个性与风神，亦具有开拓新境的意义与作用。在清代词史抑或近百年词史上，皆可谓一颗灵光四射的珍珠。名家地位，不可动摇。但其缺点也很明显：一来专长令词且"微嫌摹多创少"，长调极少且"未离小令气味，不免力弱"③，成就不高。总体风格较为单一；二来"用力过重，终欠自然"④，有深狭之病，⑤ 于词体本身之美发越不足。所以他那种"超自负"的高调，还是只能作为文人常见的习气来看待，难以为当时后世所许可。钱仲联先生《近百年词坛点将录》把王国维点为七十二地煞之首"地魁星神机军师朱武"，所取的乃是"虽无十分本事，却精通阵法，广有谋略"之意，⑥ 位置或者稍低一点，但

---

① 王国维：《德国哲学大家叔本华传》。
② 叶嘉莹：《王国维及其文学批评·论王国维词》。
③ 沈轶刘、富寿荪：《清词菁华》。
④ 朱庸斋：《分春馆词话》。
⑤ 叶嘉莹语，《王国维及其文学批评·论王国维词》。
⑥ 汪辟疆对朱武评语，见其《光宣诗坛点将录》。该书点陈衍为朱武，石遗老人颇致不满云。

也大体允当。

顾随的 "人间" 哲思

但是事情还有另外一面。从文学史发展流程来看，每一种 "新境" 出现后的命运大体可分两途：一种是李白式的群相引重，翕然向风；一种是杜甫式的寂寞沉潜，徐徐延宕。王国维的哲化之词显然属于后者。词坛盟主朱祖谋给吴昌绶的信中虽然说了对王国维词 "极表佩仰，谓颇有疏荡之致" 的场面话，但马上就接了一句 "然志不离于方罫者" 的贬语。这是用的韦昭《博弈论》里面的话："然其所志不出一枰之上，所务不过方罫之间"，批评王国维局限于个人悲欢。朱祖谋晚年作《望江南》组词论清代词人三十余家，郑文焯、况周颐、陈洵皆在其列，却没有王国维的份儿。凡此皆可见词坛主流之于这种 "对于旧传统……跃进和突破" 的 "哲化" 之词的冷落与排揎。

然而，"天眼" 既开，被它洞穿的 "新意境" 之门必然会霱然而启，气象万千。还在新文化运动刚刚蔚然风行的 1921 年，王国维的私淑弟子①、年方二十五岁的顾随 (1897—1960) 就在给好友的信中写道："我对于胡适之的新诗，固然喜欢，也不免怀疑。他那些长腿曳脚的白话诗，是否可以说是诗的正体……我的主张是——用新精神作旧体诗，改说一句话便是——用白话表示新精神，却又把旧诗的体裁当利器。""用新精神作旧体诗"，年轻的顾随在理论上比乃师大大前进了一步。

顾随的 "新精神" 首先表现在以他跳荡白描的 "性灵" 笔调对乃师的 "哲化" 之词予以调和改造，从而使自己的词作比《人间词》更多一分灵动之意。刘梦芙称顾随这部分作品 "每寄天人玄想与宇宙悲悯情怀于形象之中" "堪为王观堂后劲"②，就点明了其间的渊源关系。如

---

① 顾随差不多是第一个在高校开讲《人间词话》的人，吴世昌《我的学词经历》中回忆自己就读燕京大学英文系时听顾随课，说他 "讲课并不正规，常常拿一本《人间词话》随意讲"，时在 1928 至 1932 年间。晚年顾随更明说自己 "以不曾拜在王氏门下为憾"，见曾大兴《二十世纪词学名家研究》（中华书局 2011 年版）相关章节及闵军《顾随年谱》（中华书局 2006 年版）。

② 刘梦芙：《二十世纪中华词选》，黄山书社 2008 年版，第 530 页。

《生查子》：

> 身如入定僧，心似随风草。心自甚时愁，身比年时老。　　空悲眼界高，敢怨人间小。越不爱人间，越觉人生好。

身与心，灵与肉，向来是哲学追究的根本性问题，如何安顿协调乃是人生大关节，顾随词对此也是三致意焉。他的《踏莎行》中"心身先自没安排，人间甚事由人做""人间一例付苍苍，凭教夜色冥冥裹"，《千秋岁》中"不是人间象，犹作人间想。留不住，消还长……千万劫，碧天路杳人间广"等句皆在此类问题上反复纠缠，接过了王国维"哲化"之词的接力棒。在《生查子》中，顾随更将身心的矛盾感受强化提升到了"人间""人生"的层面，"越不爱人间，越觉人生好"，看似悖反不可解，其实正是冷静而热烈的哲学态度，较之观堂的一味悲观较多一分激扬的亮色。再如下面这两首《浣溪沙》：

> 青女飞霜斗素娥，霜华重处月华多。鸳鸯瓦冷欲生波。　　试把空虚装寂寞，更于矛盾觅调和。莫言此际奈愁何。

> 未到都门先见山，好山不肯太清妍。夕阳斜照碧成丹。　　人在动中心寂寞，山于静处意缠绵。人山相看两无言。

前一首词的妙处在于上片古味浓冽，目的却在为下片开拓铺垫。在青女素娥、霜华鸳瓦的情境中，词人神游千仞，镶嵌进"空虚""寂寞""矛盾""调和"的现代哲思心绪，煞拍再以古典语境照应收束。如此写法乍看或嫌突兀，深思之则玄妙不可言，是顾随所独擅者。后一首词是对"相看两不厌，只有敬亭山"之名句的深细化、哲学化演绎，寥寥几句中，人、山、动、静，往复周旋，而终归于静默之"大音希声，大象无形"。此一境界无疑是相当传统、熟旧的，但又是绝对崭新、陌生的。《蝶恋花·独登北海白塔》情韵较胜，而哲思意蕴并不因此减弱，相反倒能凸显得愈益丰满：

不为登高心眼放，为惜苍茫，景物无人赏。立尽黄昏灯未上，苍茫辗转成惆怅。 一霎眼前光乍亮，远市长街，都是愁模样。欲不想时能不想，休南望了还南望。

词或者是一时失意无聊、望远怀乡之作，但不经意间的"为惜苍茫，景物无人赏"二句却刻写出了怀抱寂寥、特立独行的"思想者"形象，其苍茫惆怅的心灵世界当与《登幽州台歌》相上下，而加入到王国维标举的"独上高楼""衣带渐宽""蓦然回首"三境界当中去，成为第四种人生之"高格"。

在《近百年词史》中，我首次把顾随列入"民国四大词人"之中，也即近百年诗词史的主坐标之一，所看重的正是他接续梁启超、王国维履迹，融纳吸收鲁迅为表率的新文化硕果，自出手眼，高标独立的"新精神"。这样一位同时栖居在古、今两大文学阵营的学者、才子最终以"非古非今"的"大"词人身份定格于文学史，本身就折射出近百年文学迷离繁复、魅力横生的光影，同时也极大程度地塑造出了近百年诗词的特殊气质。

饶宗颐的"形上词"

哲化之词的另外一个传承点在于与钱钟书并称"南饶北钱"的饶宗颐（1917—2018）。饶宗颐号选堂，出身于潮州的大富之家，未冠之年即续成其父饶锷编著的《潮州艺文志》，声名鹊起，后历任无锡国专、广东文理学院、华南大学等校教授。1949年移居中国香港，任教香港大学及海外诸大学府至荣休。饶宗颐"业精六学，才备九能"，举凡甲骨、简帛、楚辞、敦煌、古文字、上古史、近东古史、艺术史、音乐、方志、绘画、词学等，都有不凡造诣，故有"一代通儒""最后通人"之誉，是国际汉学界公认之大师。饶先生也是一尊文化昆仑，而且寿过百岁，更是鲁殿灵光。他的学问巍然浩然，不必说企及，能读懂者恐怕也没有几位。这里我们"攻其一点，不及其余"，只谈"形上词"。

先听其自白："重视道，重视讲道理，这是形上诗的特征，也是形上词的特征……形上词，就是用词体原型以再现形而上旨意的新词体。"那么何谓"形而上旨意"？仍用饶先生自己的术语讲，即三境界：诗人、学人、真人的第三重——真人境界，"是一种超越的境界。里头有些是道家的，以道家来讲是相当高的一个地步。但其中体现神的观念，也可说带有宗教味道。这并不是每人都能达到的境界，也并不是每个人都愿意到达的境界"①。我们不是哲人，不能完全理解饶先生的境界，但我倒想起西南联大时期金岳霖和冯友兰的对话。两人路上相遇，金岳霖问，"冯先生，到什么境界了？"冯友兰回答说，"到天地境界了。"两位教授哈哈大笑，擦身而过，各自去教室上课了。冯友兰认为，人生境界由低级到高级可以划分为四个等级：自然境界、功利境界、道德境界和天地境界。饶先生的"真人境界"和冯先生的"天地境界"估计是差不多的吧！

带着此种高远之"落想"，选堂对观堂欣赏之余，亦颇不以为然："王国维是一位了不起的学问家，只可惜诸多方面条件尚不具备，未能真正超脱……所以，王氏做人做学问，乃至论词填词，都只能局限于人间。即专论人间，困在人间，永远未能打开心中之死结……朝代更替，在历史长河中，不过是小小波澜，算得了什么。但是，王氏就是想不通，不知道如何于宇宙人生中去寻找自我。"② 可见，在哲思层面，选堂较之观堂确乎驾而上之。必须对其哲思高度有所了解，再读其"形上词"方有解悟定位之根基。先品味两首代表作：

六丑　睡　济慈云：祛睡使其不来，思之又思之，以养我慧焰（见 Sleep and Poetry）。夫诗人玮篇每成于无眠之际，人类文明消耗于美睡者，殆居其半，而心心不易相印，亦因睡有以间隔之，惟诗人补其缺而通其意焉

渐宵深梦稳，恨过隙、年光抛掷。梦难再留，春风回燕翼，往

---

① 施议对：《为二十一世纪开拓新词境，创造新词体——饶宗颐形上词访谈录》，《文学遗产》1999年5期。

② 施议对：《为二十一世纪开拓新词境，创造新词体——饶宗颐形上词访谈录》。

返无迹。依样心头占，阑珊情绪，似絮飘芜国。兰襟沁处余香泽。
系马金狨，停车绮陌，玲珑谁堪惜。但鹃啼意乱，方寸仍隔。
闲庭人寂。接天芳草碧。灯火绸缪际，如瞬息。都门冷落词客。漫
芳菲独赏，觅欢何极。思重整、雾巾烟帻。凝望里、自制离愁宛
转，酒边花侧。琴心悄，付与流汐。只睡乡、两地悬心远，如何
换得。

玉烛新　神　陶公神释之作，暂遣悲悦，但涉眼前，斗酒消
忧，行权而已。夫能量永存，塞乎天地，腐草为萤，事仅暂化。故
神之去形，将复有托，非犹光之在烛，烛尽而光穷也，光离此烛，
复燃彼烛（《北齐书》杜弼语）。神为形帅，而与物相刃相靡于无
穷，如是行尽如驰，而人莫之能悟，不亦哀乎！以词喻之

中宵人醒后。似几点梅花，嫩苞新就。一时悟彻灵明处，浑把
春心催漏。红蓇尚仔，有浩荡、广风相候。绀缕在，香送阗风，余
芬满携罗袖。　　从知大块无私，尽幻化同归，惟神知否。好花似
旧，应只惜、玉蕊未谙人瘦。琼枝乍秀，又转眼、飞蓬盈首。信理
乱、难道无凭，春箫又奏。

不太容易看懂，我们只能隐约体会到这里传达的地道的哲学思考，
也能体会到其词心词笔，悱恻芬芳，回到词史本位上考察，也绝对可以
称为妙品。其实诗言志，"志" 既包含 "情"，也包含 "理"。哲思在中
国古典诗词样式中表达不仅天然合理，且也不是新鲜事。如《玉烛新》
小序所说，陶渊明即早有《形》《影》《神》三章名作，言理极深。宋
代理学大兴，以诗载 "道" 者更不乏其人。词不如诗之 "境阔"，擅长
于 "情"，所以以之言哲理者寥寥。如全真诸子王重阳、马钰、丘处机
等人之作，常显得 "理过其辞，淡乎寡味"，其弊略同于玄言诗，而王
观堂、饶选堂之作则能将艰深的哲理通过鲜活可感的意象传递出来，无
疑具有 "开拓新词境，创造新词体" 的作用。

当然，也应注意到，饶宗颐的哲理词确乎存在境界 "夐然幽渺"、
不易索解的问题。如施议对先生名学者兼名词人之身份，尚且感到困

难，需"一步一步慢慢有所领悟"①，普通读者就更难自处。对此，饶先生也有自己的态度："在词的发展史上，由于视填词为小道，为末技，人们误以为，只有说男欢女爱、儿女私情，才是词的本色……词的世界，并非只能谈情说爱。所以，形上词的创造，已经超越本色。"② 此一"超越本色"之说能否为词学界——尤其广大读者群广泛接受，目下还难下结论，需等待未来词业发展的证验。

二十一世纪的哲理词

如果不计饶先生"形上词"陈义太高、令人望而却步的一面，则他的"为二十一世纪开拓新词境，创造新词体"之预言在二十一世纪确已取得令人喜悦的收获。诗词史运行至网络时代，异军突起，群峰挺秀，以悲悯凝重的人文情怀、自由深邃的思想取向、守正开新的艺术索刷新着当代诗词写作的面貌，给人带来诸多"惊艳"，甚至"惊为天人"式的阅读体验。"网络诗词"是个大题目，值得花一部专著的篇幅单说，我们这里只谈哲理词的冰山一角：

> 我生如魇，我合无光珠蚌敛。我死之年，我是池中素色莲。
> 我曾离去，我入倾城冰冷雨。我欲归来，我与优昙缓缓开。
>
> ——发初覆眉《减兰·我》

发初覆眉是"85 后"女词人，这一首《减兰》作于她十几岁时。"减兰"是我们很熟悉的词牌，不容易作出新意，但这首词题目是"我"，八句均以"我"字发端，已经是"创体"了，能缩合"生""死""离""归"四个人生维度与"无光珠蚌""素色莲""冰冷雨""优昙"等繁杂意象，写法更是前无古人。短短几句小词中，对于"我"这个哲学终极命题的深邃思考与缥缈的情感指向、新异流丽的语感水乳浑融，难以割裂，那种顾影自怜的女性哲思之美直抵人心。

---

① 施议对：《为二十一世纪开拓新词境，创造新词体——饶宗颐形上词访谈录》。
② 施议对：《为二十一世纪开拓新词境，创造新词体——饶宗颐形上词访谈录》。

同样思考"我"之命题的还有象皮，看他的《水调歌头》：

> 我是怎么了，谁与说分明。此时情绪难定，坐对暗之冥。若以光之速度，证以今之唯物，追梦也无情。却渴望蓝色，飞至海王星。　水之恋，凝结痛，陨成冰。偶然天外来客，风去不晶莹。气化相思仍错，早作空虚泡沫，收拾死魂灵。残夜如能睡，迟起看黄庭。

词以"我是怎么了"这样的大白话开篇，后面连用大量的现代语汇，以意识流手法、现代人文视角来参悟这个千古谜题。虽然最后没有给出答案，也不可能给出答案，但以"残夜如能睡，迟起看黄庭"的古典情境收场，自有匠心。

再比如李子的《绮罗香》。我们看过好多首《绮罗香》，史达祖的最早，也最有名。《绮罗香》是一个典雅而趋于晦涩的词牌，李子居然可以用现代口语来操作，第一次看到这首词的时候我们"小伙伴儿都惊呆了"：

> 死死生生，生生死死，自古轮回如磨。你到人间，你要看些什么。苍穹下、肉体含盐，黄土里、魂灵加锁。数不清、城市村庄，那些粮食与饥饿。　鞋跟敲响之路，只见苍茫远去，阵风吹过。聚会天堂，谈笑依然不妥。是谁在、跋涉长河，是谁在、投奔大火。太阳呵、操纵时钟，时钟操纵我。

这是将传统的"忧生之嗟"整体性推到终极关怀高度的一首词作。无论是"死死生生，生生死死，自古轮回如磨。你到人间，你要看些什么"的尖锐提问，还是"是谁在、跋涉长河，是谁在、投奔大火。太阳呵、操纵时钟，时钟操纵我"的痛切感喟，都给人带来无比巨大的内心震撼。对于现代人而言，那种烈度显然不是古典话语所能等比的。

李子是网络时代最杰出的词人，也是以词体抒哲思最为杰出的一家。再读他的《清平乐》与《踏莎行》：

　　颓墙老屋，四下喑呜哭，鬼影缤纷相倒仆，生死那般孤独。

　　铁中颤响寒风，灯如朽夜蛆虫。我把眼帘垂下，封存一架时钟。

　　黑洞猫瞳，恒星豆火，周天寒彻人寰坐。我来何处去何方，茫茫幻像云中舸。　　沧海沉盐，荒垓化卵，时空旋转天光堕。小堆原子碳和氢，匆匆一个今生我。

　　《清平乐》追问的是孤独与时间，"灯如朽夜蛆虫"的意象已足够令人惊悚；《踏莎行》则以现代科学概念追究"存在"这一永恒哲学命题，表达的是"只有碳－氢长链构成的易朽肉身，没有轮回和天堂"的"唯物论者"特有的"敏感和悲观"①。

　　从这些作品看，"哲理词"之可行与否已经成了一个无需回答的伪问题。从二十世纪的筚路蓝缕、独辟畦径，到二十一世纪的踵事增华、匠心别裁，这个词国的"边缘化"新品种必会走向蔚成大观的绚烂繁华。

---

　　①　李子：《远离青史与良辰——谈谈十年诗词写作的心得》。

第十九讲
"天将间气付闺房"：
清代女性词史（上）

　　尽管我们一直抨击"诗庄词媚"这种早就过时了的说法，但从尊重历史事实的角度看，词体的一大半确实是阴性的/女人的。女性的词创作代有人才，伴随着词史的全部流程，而能构成单独的"女性词史"规模则要等到清代。严先生在《清词史》中以四编十四章的篇幅从"清初词坛与词风的多元嬗变"谈到"常州词派与晚近词坛"，又专设一编四章的篇幅谈"清代妇女词史略"。既然称"略"，可见论说并不深细，只有寥寥两万字而已，但这一安排既是从史实出发，又具有着当时很了不起的"先锋"眼光，为后人的研究开出了一大法门。此后邓红梅教授的名著《女性词史》即大抵受到了很大启发和影响。

　　为什么这样说？我们来看几组数据：

　　第一，胡文楷《历代妇女著作考》共收录女性作家4000余人。其中汉魏六朝33人，唐五代22人，宋、辽46人，元代16人，明代250人，清代3660人。也就是说，清代占了90%左右。

　　第二，光绪三十二年（1896）徐乃昌刻成《小檀栾室汇刻百家闺秀词》，其中沈宜修、叶纨纨、叶小鸾母女卒于崇祯朝，商景兰入清不久即去世，那么，有词集传世的清代女词人占到了这套丛书的96%。

　　第三，宣统元年（1909），徐乃昌为了补百家闺秀词之未及，又辑录"丛残不成集者"，刻成《小檀栾室闺秀词钞》十六卷，得人521家，词1591首，其中绝大多数为清代词人。

上面这几组数据已经足以展现清代女性词令人惊喜的分量。正如严先生提醒我们的一样：数量当然不能说明一切，但不可否认，数量本身是事物繁荣的一项重要标志。数量激增的时候，往往也是名家杰作辈出的时候，两者一般是呈正相关关系的。① 纳兰性德《鹧鸪天》咏辽国懿德皇后萧观音云："天将间气付闺房"，"间气"是指豪杰之士禀天地特殊之气，间世而出。张端义《贵耳集》说李清照"妇人中有此文笔，殆间气也"，我们用这个词来指称清代女性词的繁盛还是很合适的。

以理杀人

清代女性词之所以呈现远比前代欣欣向荣的景象，显然与明清以来女性整体文化修养的提高有着密切的关系。这个判断可以从两个方面来理解。

一方面，明清两朝是程朱理学大行其道、成为金科玉律的时期，女性受到的束缚和摧残远过前代。我在讲儒家文化史的时候曾经举过一个《明史·列女传》的例子。"列女传"，即各种女性的合传，不是"烈女传"，但是因为当时环境下女性没有机会站在社会前台，要想被后人记录下来，那就需要在"烈"的方面做出非常杰出的成就，她才有资格被收进这个没有四点水的《列女传》。《明史·列女传》一共收了308人，这个数字我们听起来不是很多，明朝二百七十多年，平均每年才一点一个左右。但应该提醒一句，这个数字没有那么简单。我们都有这样的体验：比如说在校读书，想评班级三好学生，你要和几十个人竞争；成功了以后，你要和整个年级几百个同学竞争，再和全校上千同学竞争，才能获得校级三好学生。上面还有市级、省级、国家级呢！那就意味着你可能要跟几百万人甚至几千万人竞争，最终只有极少数的幸运儿能够脱颖而出，成为国家级优秀学生。《明史·列女传》也是这个意思，明朝二百七十多年，只选择了这308人写进来，她们就属于战胜了上百万人上千万人之后，才被载入国家级正史的。

---

① 《清词史》绪论部分。

现在我们可以在大脑中虚拟一个金字塔形图。金字塔尖儿上是 308 人，往下再划一个台阶，省级的《列女传》会有多少人呢？恐怕就要平方一下吧？省级下面还有市级，市级下面还有县级呢！每往下扩大一级，这个数字都可能是平方级延伸的！可是，县级下面还有哪一个官方级别都进不去的私人著述呢！308 这个数字看似很小，最底下的这个基数一定是个非常可怕的数字。那么，这样触目惊心的数字我们有没有看到底呢？恐怕还是没有看到底。我们上面所说的数字不管有多大，那都是需要白纸黑字写下来有据可查的数字。会不会有很多人也这样做了，但是最终事迹没有被记录下来的情况呢？显然，这底下掩盖了一个更加庞大得让人觉得恐怖的数字。

我们来盘点一下，一个女人要具备什么样的条件才有可能被私家著述乃至被任何一级官方正史所记录下来呢？我们就以最平常的"守寡"为标本来做一个逻辑推演。一个女人想通过守寡来获得任何一种承认至少得具备两个条件：第一是守寡要早。一个女孩子嫁了人，如果你跟丈夫一直生活了很多年，丈夫才去世，你守寡，这没什么了不起的。丈夫死得越早就越理想，你要是刚嫁过来丈夫就去世了，这就比较理想了。特别是你还没嫁，丈夫就去世了，这叫"望门寡"，那就更理想了。第二是守寡时间要长。比如说，有一个女孩子十八岁嫁人，十九岁丈夫就死了，第一个条件倒是很理想，但问题是，你自己活到二十多岁就死掉了，一共也没守几年，那就不会得到高级别的肯定，所以，最理想的情况是早早过门儿，丈夫早早去世，而自己从青春妙龄一直守到白发苍苍，时间越长，赢得表彰的可能性就越大。我们说得调侃了一点，但这种调侃的分析背后真的是掩埋了无数女性的青春、血泪，和她们灿烂如花的生命的。

清代思想家焦循在《孟子正义》中讲过一句非常尖锐的话：用刀子杀人，犹有怜之者；以"理"杀人，"其谁怜之"？从这个意义上讲，我们确实应该对"饿死事小，失节事大"之类"真言"造成的人间悲剧具有清醒认识，同时也给予严厉批判的。

李贽与闺塾师

压力有多大，反弹力就有多大。另一方面，明清时期女性的严酷处境也引发了一定程度的舆论同情和自身觉醒。在晚明个性/人性解放思潮中，女性的解放也露出了苗头，发出了一些令人深思的声音。王学左派的大思想家李贽就是竭力为女性张目的一个，他在名著《藏书》的《司马相如传论》篇中就称道再嫁的卓文君"善择佳偶……正获身，非失身！"又在《评红拂记》称红拂女主动委身李靖、与之私奔是"千古来第一个嫁法"，在《初潭记·才识》篇声称"此二十五位夫人，才智过人，识见绝甚……是真男子，是真男子……男子不如也！"

说得更直接透彻的是他的《答以女人学道为见短书》，其中有这样的犀利之言：

夫妇人不出阃域，而男子则桑弧蓬矢以射四方，见有长短，不待言也……余窃谓欲论见之长短者当如此，不可止以妇人之见为见短也。故谓人有男女则可，谓见有男女岂可乎？谓见有长短则可，谓男子之见尽长，女人之见尽短，又岂可乎？设使女人其身而男子其见……则恐当世男子视之，皆当羞愧流汗，不敢出声矣。

李贽说，女性没有男子那些游历见识的机会，所以显得"头发长见识短"一些，这是很自然的，但也不能说男子之见都"长"、女子之见都"短"，世上恐怕也有不少"女其身而男其见"、让那些男子汗如雨下的情况吧！

这些说法直接刺激到了正统秩序的"敏感区"，引起了巨大的慌乱和残酷的报复。李贽七次被驱逐出讲学的湖北麻城，又以"敢倡乱道，惑世诬民"的罪名遭到逮捕，被关进诏狱，最终演出了高龄自杀的大悲剧。但是，他在麻城讲学的时候，来听讲者常达数千人，其中还有相当多的女性。他的言论必然对女性在很大程度上起到启蒙发聩的作用，引发女性对自身境遇的关注与思考。

到了明末清初，文化最发达的江南闺秀就在男性支配的社会体系中，创造了一种丰富多彩和颇具意义的文化生存方式，那就是以"新职业"面目出现的闺塾师。这批女性教师活跃在江南富庶地区，为有条件的女孩教授儒学、诗歌和绘画技巧，报酬颇为丰厚。比如黄媛介，她出身儒士家庭，与杨世功结婚后定居杭州。她家是典型的"女主外，男主内"，丈夫操持家务，妻子出外卖画，教授女学生，以一己之力养家糊口，甚至实现了一定程度的财富自由。当时许多名士如毛奇龄、熊文举、施闰章等都曾为她题跋作传。再如王思任之女王端淑酷爱诗书，精通史学，书学"二王"，画仿徐渭，以致王思任感慨说："身有八男，不及一女。"她传承了父亲的忠烈之气，拒绝清廷召她入宫教导妃嫔的肥差，才华气节得到张岱等人的交口称许。

至于著名的叶氏"午梦堂"女主人沈宜修，则是把叶沈两家的女性召集起来进行诗歌训练，对作品加以编辑、校对和评论后，刊刻了诗集《伊人思》，成为后世研究明末清初女性家庭、社交生活的重要依据。祁彪佳的遗孀商景兰则把女性诗歌创作的触角伸向更远的社会层面，她组织的女性诗社参与人数更多，维系时间更长达数十年，蔚为一时盛况。

以上所举只是几个比较著名的例子，更多细节大家可以参看美国汉学家高彦颐的《闺塾师——明末清初的江南才女文化》。我们想说的是，上述的社会文化发展在很大程度上使女性的眼界、思力、修养、水平得到了迅速而广泛的提升，这种强大的文化驱力自然构成了清代女性词人争芳斗艳的前提条件和坚实基础。

清初词坛"三艳" 王微、李因、柳如是

清初女性词史之开篇是由几位名妓书写的，这一点我们其实不应该感到意外。因为文人和名妓的关系本来就是非常之密切的，甚至可以说，他们之间形成的是一种"双生"或"镜像"关系——有文人必有妓女，无妓女不成文人。

由于在古代社会分层中，文人至贵而妓女至贱，因而在妓女这个贱

民阶层内部，她们追慕仿拟的对象正是"至贵"的文人，划分等级的标准常常并不是美貌和身材，而是文化修养的高低。比如说，白居易有一次在写给朋友的信中有点洋洋得意地讲，他昨天晚上出席了一个大型party，听到了两个妓女的对话。一个妓女跟另一个妓女说："你不要不服气，为什么我的出场费会比你高呢？那不是因为我的身材比你好，我的相貌比你漂亮，而是因为我能背诵白学士的《长恨歌》，而你不能"，这说明青楼社会的价值观都是向文人看齐的。直到晚清民国，上海的高级妓女还称自己的居所为"书院"，大家称这些高级妓女为"先生"，可见潜意识里追慕的还是文人。

所以，青楼妓女的文化修养十分重要。凡是能作诗词书画的，与文人交往密切、能得到著名文士品题称赞的，身价必高，声名必增，被称为"才女""才妓"，不仅显赫于当时，甚且传名于后世。从文化史来看，妓女这个"至贱"行当中出现了数量不菲、成就不低的女作家、女画家、书法家。唐代四大女诗人有三位是妓女出身，一位是薛涛，鱼玄机、李冶名义上是女道士，其实也是妓女。宋代妓女琴操也留下过改写秦观《满庭芳》的韵事，得到苏轼的极口称赞。①

明末是中国风月史上的黄金时代之一，以"秦淮八艳"为代表的"才妓"群体不仅知名度特高，而且因为与一众著名文人的爱情关系以及易代之际的跌宕命运而受到更多的关注和同情。王微（？—1647）是名气比较小的一个，但也常见诸记载和吟咏，"曝光率"不算很低了。她字修微，华亭（今上海）人，七岁丧父，流落为广陵妓。常轻舟载书往来五湖间，与诸名士交游，陈继儒称其词"娟秀幽妍"。后出家为女道士，号草衣道人。她的《天仙子》写得很深情，也很灵慧，下片的"叠尽云笺情有限，除非做本相思传"两句堪称是未经人道之语，煞拍化用温庭筠的名句"鸡声茅店月"也不着痕迹：

---

① 吴曾：《能改斋漫录》卷十六："杭之西湖，有一倅闲唱少游《满庭芳》，误举一韵云：'画角声断斜阳'，妓琴操在侧云：'谯门，非斜阳也'。倅因戏之曰：'尔可改韵否？'琴即改作阳字韵云：'山抹微云，天连衰草，画角声断斜阳。暂停征棹，聊共饮离觞。多少蓬莱旧事，空回首、烟霭茫茫。孤村里，寒鸦万点，流水绕红墙。 魂伤。当此际，轻分罗带，暗解香囊。谩赢得青楼、薄幸名狂。此去何时见也，襟袖上、空有余香。伤情处，高城望断，灯火已昏黄'。"

烟水芦花愁一片，个中消息难分辨。举杯邀月不成三，君可见，侬可见，伊人独与寒灯面。　　叠尽云笺情有限，除非做本相思传。几回掷笔费沉吟，君也念，侬也念，霜鞿晓露鸡声店。

李因（1610—1685）比王微的名气要大得多。她字今是，浙江会稽（今绍兴）人。[①] 早年为名妓时即耽于诗文，名士葛征奇读其《早梅》诗中"一枝留待晚春开"之句，激赏不已，说："吾当为渠艳此诗谶"，于是纳为侧室。顺治二年（1645），葛征奇抗清殉国，李因以卖画维生，称"葛氏未亡人"者凡四十年。她在宿州时猝遇兵变，衣服首饰都舍弃不顾，抱起诗稿仓皇逃命，这才保留下了《竹笑轩吟草》三集及《诗余》共五百多首诗词传世。黄宗羲在所作《传》中称她"抱故国黍离之感，凄楚蕴结，长夜佛灯，老尼酬对，亡国之音与鼓吹之曲共留天壤"，可见其创作早已不局限于一己悲欢，对于那段大震荡的历史留下了一段别有意味的记录。

李因词以《南乡子·闻雁》最为有名：

嘹呖过南楼，字字横空引起愁。欲作家书何处寄，谁投，目送孤鸿泪暗流。　　忆昔共追游，荻岸渔汀系小舟。又是那年时候也，休休，开到黄花知几秋。

一般认为，这首词是李因中年后所作，从词中"家书何处寄""目送孤鸿"等句子来看，应该不错。词本身并没有多好，但的确为我们认识那段历史提供了珍贵的视角。

柳如是（1618—1664）的名气显然比前两位加在一起还要大不知多少倍，陈寅恪先生一部言愁记恨、别有怀抱的《柳如是别传》已经把她深深刻进了明清之际大历史的天幕之上，成为最耀眼的明星之一。因为这样的关系，柳如是的词数量虽然不多，水平也没有多高，但受到的关注要远远超过一般词人，这一点在"开场白"部分我们已经有所

---

① 一说钱塘（杭州）人。

交代。

话说回来，柳如是词还是可以在明清之际的词坛征逐一时的，她的《金明池·寒柳》不仅用了当时女词人不大操作的冷僻长调，而且"有恨寒潮，无情残照""一种凄凉，十分憔悴""待约个梅魂，黄昏月淡，与伊深怜低语"等句子也十分动人。陈寅恪先生在《柳如是别传》中对这首词有别具会心的解释："柳固为诗人春季题咏之物，但亦是河东君自寄其身世之感所在，故后来竟以柳为姓，殊非偶然矣。"

《踏莎行·寄书》是柳如是的最佳之作，底子是民歌风味，写来却雅意盎然，十分灵动，末句尤其亮眼：

> 花痕月片，愁头恨尾，临书已是无多泪。写成忽被巧风吹，巧风吹碎人儿意。　　半窗灯焰，还如梦里，消魂照箇人来矣。开时须索十分思，缘他小梦难寻你。

陈家洛的母亲大他一百二十岁？

上面提到的三位女词人只是清初女性词坛的萍末之风，真能扛起大旗、蔚为名家的是徐灿（约1612—1693后）。

徐灿字湘蘋，号深明，晚号紫䇲，吴县（今苏州）人，明代光禄寺丞徐子懋的次女，大家闺秀出身。我们特地强调她的这个身份，是因为她在"有关文献"中曾被误会为红花会总舵主陈家洛的母亲，当然，这个"有关文献"就是金庸小说《书剑恩仇录》了。

《书剑恩仇录》第二十回有这样一段尾注：

> 陈家洛之母姓徐名灿，字湘蘋，世家之女，能诗词，才华敏瞻，并非如本书中所云为贫家出身。笔记中云："京城元夜，妇女连袂而出，踏月天街，必至正阳门下摸钉乃回。旧俗传为'走百病'。海宁陈相国夫人有词以纪其事，词云：'华灯看罢移香屧。正御陌，游尘绝。素裳粉袂玉为容，人月都无分别。丹楼云淡，金

门霜冷，纤手摩挲怯。 三桥婉转凌波蹑。敛翠黛，低回说。年年长向凤城游，曾望蕊珠宫阙。星桥云烂，火城日近，踏遍天街月。'"

这段文字是书末的注释。小说可以虚构，注释则是作者引历史真实与小说情节相比对的，并非虚构。可是此处金庸以"海宁陈相国"指陈家洛之父陈世倌，所以把徐灿当成陈家洛的母亲，这犯下了一个很低级的错误。

我们不难查到，金庸注释中所谓的"笔记"系指钮琇所撰的清初文言笔记名著《觚剩》，徐灿事见于该书卷四《燕觚·燕京元夜词》条。《觚剩》刻成于康熙年间，首先已可见这个徐灿不可能是乾隆时人物陈家洛的母亲。

那么《觚剩》中的"陈相国"是谁？此人的确是海宁人，名叫陈之遴，并不是乾隆朝的文渊阁大学士海宁人陈世倌。陈之遴（1605—1666），字彦升，号素庵，崇祯十二年（1639）进士，清顺治九年（1652）拜相，新朝制度因革，多出其手，是为清初南北党争之"南党"渠魁。因败于"北党"刘正宗等之手，又交接内监吴良辅营求再起，顺治十三年、十五年（1657、1658）两次被流放奉天（今辽宁沈阳），卒于康熙五年，成了彼时政坛斗争一件可悲的牺牲品。

徐灿是陈之遴的继室夫人。据陈元龙《家传》说，徐灿"幼颖悟，通书史，识大体"，嫁给陈之遴后，与柴静仪、朱柔则、林以宁、钱云仪结蕉园诗社，日夕倡和其间，称"蕉园五子"。同时也与陈之遴伉俪情深，叠相酬和，雅擅闺闱风雅之乐。然而，随着陈之遴出仕新朝，徐灿的后半生也陷入深深的苦痛与纠葛之中。

她并不是那种肥马轻裘、夫贵妻荣的庸俗脂粉，加之自小受到的"夷夏大防"的正统教育，夫君的青云直上、大柄在握并没能给她带来踌躇满志的快感，相反的，在她的作品中，往往吐露的倒是易代之际悲咽激荡的唱叹，沉郁冷峻的人世沧桑。而陈之遴晚年得罪被放，徐灿随之穷居塞上十二年之久，更进一步领略了宦海风波、世味炎凉，为自己的人生添写了一笔凄黯的底色。但可惜的是，此一时期所存文字无多，尤其塞外之词，"虽吟咏间作，绝不以一字落人间矣"①，我们已很难准确钩稽她晚岁的境遇和心绪了。《清史稿·陈之遴妻徐传》记载道："康熙十年，圣祖东巡，徐跪道旁自陈。上问：'宁有冤乎?'徐曰：'先臣惟知思过，岂敢言冤。伏惟圣上覆载之仁，许先臣归骨。'上即命还葬。""特恩"之下，徐灿得以扶柩南还，在江南故乡"手绘大士像几五千余幅"②，度过了自己的余生。"万种伤心君不见，强依弱女一栖迟"③，这样的凄冷似乎比晚年的李清照犹有过之了，不免令人心中恻然。

徐灿生年说法不一，陈邦炎先生以为约在 1607 年，孙康宜教授以为约在 1610 年，赵雪沛博士以为在 1617 年或 1618 年，邓红梅教授以为约在 1619 年，黄嫣梨先生以为约在 1628 年。其中以赵雪沛博士考证最为精详，④ 但亦有未坚实之处。兹暂定徐灿生年为约 1612 年，卒年则据赵雪沛博士所见为八十二岁之后，可从，故定为 1693 年后。

那么陈家洛应该生活在什么时代呢?《书剑》的故事开始于乾隆十八年（1753），那时李沅芷是个十四岁的女孩，"说大不大，说小不小，娇滴滴的可不易对付"，后来陆菲青收她为徒，教了五年。乾隆二十三年李可秀调任浙江水陆提督，携家眷南行，才有了书中"古道腾驹惊白发，危峦快剑识青翎"的大场面。这时候"青年公子"陈家洛出场，这一年是 1758 年。据第八回陈家洛回家一节的说明，他十五岁离家，已经十年，时年二十五岁，也就是说，他应该生于雍正十二年（1734）。如果真有奇迹，徐灿还在世的话，也应该是一百二十岁左右的老人了。

金庸先生于清代文史用功邃深，又稔熟乡邦文献，此注中乃百密一疏，将明末清初人误为雍正、乾隆时人，前后相差百年。以他的史学修养而言，实为罕见之"硬伤"，而此书流行半个多世纪，竟未见有人指出，也真是咄咄怪事！

---

① 《海宁县志》。
② 李振裕：《陈母徐太夫人八十二寿序》。
③ 徐灿：《感旧》。
④ 见《关于女词人徐灿生卒年及晚年生活的考辨》，《文学遗产》2004 年第 3 期。

春愁与秋雨

徐灿诗词兼长，作为词人的名气远胜于诗。陈维崧就曾经评价她"才锋遒丽"，"南宋以来，闺房之秀，一人而已"，朱祖谋更在《望江南》论词词中专论徐灿："双飞翼，悔杀到瀛洲。词是易安人道韫，可堪伤逝又工愁。肠断塞垣秋。"在当代词学研究中，不仅严先生《清词史》有专门篇幅论及徐灿，黄嫣梨先生写《清代四大女词人》，徐灿也占了一席。邓红梅教授撰写《女性词史》，为徐灿拓专章研究；叶嘉莹先生主编《历代名家词新释辑评》丛书，于清代词人仅入选五家，徐灿也跻身其中，与纳兰、史承谦、顾太清、王国维并列。可见，她不只是清代女性词坛之翘楚，即便放眼清代词史也足以称为名家。

先来看徐灿的《卜算子·春愁》：

> 小雨做春愁，愁到眉边住。道是愁心春带来，春又来何处。
> 屈指算花期，转眼花归去。也拟花前学惜春，春去花无据。

"春愁"是古典诗歌的母题之一，尤其为香奁一派诗人、婉约一派词人所钟爱。自古及今，可谓佳作如林。到徐灿这个时代，事实上已经很难出色了。可是这首小词却后来居上、后出转精，自有它动人心魄的魅力。

小词意思很浅近，没有什么需要特别解说的。值得注意的有两点：第一，小词的构思颇受黄庭坚名作《清平乐》的影响："春归何处，寂寞无行路。若有人知春去处，唤取归来同住。 春无踪迹谁知？除非问取黄鹂。百啭无人能解，因风飞过蔷薇。"黄词开篇即问"春归何处"，奇想突兀而来，隐隐有刚健风流气象；徐词则先铺垫"眉边"之愁，至三四句才从容问道："道是愁心春带来，春又来何处"，这一问既自黄词托化而出，又符合自己"闺阁之秀"的身份吐属，婉约而蕴藉。黄词下片借"黄鹂"而"说事儿"，衬托惜春的寂寞和怅惘，风调活泼跃动；徐词则聚焦于"无据"之花，尤多幽怨之气，暗蕴对自身命运难以把握的哀怜。

第二，一般说来，词忌重字，但名家高手灵感所至，往往又以"重字"为高妙的修辞手法，负载丰富的情感。套用金圣叹评《水浒》的术语，此之谓"正犯法"。上引黄庭坚那首《清平乐》用了三个"春"字、两个"归"字，徐灿这首小词则更上层楼，短短四十四个字中，即有五"春"字、四"花"字、三"愁"字，错落嵌缀其中，如明珠美玉，光彩烂然，其灵心秀口不让黄氏专美于前。

再看一首《南乡子·秋雨》：

> 秋风试初寒，一片乡心点滴间。滴到湘江多是泪，珊珊，染得无情竹也斑。　百和夜烧残，唤起征鸿行路难。梦里江南秋尚好，般般，皎月黄花次第看。

这首《秋雨》有的先生认为是"作于随被贬谪的丈夫流落北方期间"，这个判断有问题。徐灿《拙政园诗余》编成于顺治七年（1650），此后小词"绝不以一字落人间矣"，故不可能作于顺治十三年陈之遴遭贬之际，应定于顺治初北上京师定居时为较妥当。

徐灿是怀着极其复杂的心情踏上这次旅程的。一方面，她与陈之遴伉俪情深，不可能高蹈独居；另一方面，家国之悲又不能令她欣喜若狂，如陈之遴咏唱的"且喜余生犹在""同心长结莫轻开"（《西江月·湘蘋将至》）。在她的心中，既充溢着对家庭、对爱情的憧憬，也充溢着山河沦亡、离乡背井的凄苦，百折千回，真是难以言表。

于是，"秋雨"成了她倾泻深心的最佳意象。"秋风秋雨愁煞人"，在凉风飘起的点滴之间，自己一片"乡心"化作泪水，将本来无情的竹子染作点点凄怨。在这个百和香烧残的秋夜，北上的脚步是多么艰难沉重！江南故园的秋天，一桩桩，一件件都是那么美好，看过了中秋月，还可看重阳菊，其实，自己是在回忆那些美丽的无忧的年华啊！末尾数句以乐写哀，一片凄凉，声闻纸上，令人动容。

另值得一说，《全清词顺康卷》《徐灿词新释辑评》等著作"初寒"皆作"寒初"，格律不合；"点滴间"做"点滴闲"，则以字形相近致误。二处虽皆本于《拙政园诗余》原刻时手民之误植，似也应予说明并改正为好。

"深深" 还是 "山深"？

《踏莎行·初春》是徐灿最负盛名的一篇词作，举凡清人词选，几乎没有不选入的。一首看似平凡、业已被人写滥了的"初春"为什么能赢得这样高的声誉呢？究其主因，盖在于词人借着一个特殊时代的"初春"倾吐出了那个时代共有的心声，拨动了无数同频共振的生命之弦：

> 芳草才芽，梨花未雨，春魂已作天涯絮。晶帘宛转为谁垂，金衣飞上樱桃树。 故国茫茫，扁舟何许，夕阳一片江流去。碧云犹叠旧河山，月痕休到深深处。

"芳草才芽，梨花未雨"，开篇八个字写初春景象，神貌毕至。这本来是春愁还远未滋生的时节——"天街小雨润如酥，草色遥看近却无"，"等闲识得东风面，万紫千红总是春"，骚人墨客准备好了无数瑰丽的词藻来讴歌美丽的春日，可徐灿笔下却是一片萧瑟伤情。"春魂已作天涯絮"，"春魂"写其悲凉，"天涯絮"则隐隐逗出"山河破碎风飘絮"之感，其实乃是心造的幻境。惟有出现这样的幻境，"晶帘宛转为谁垂"之疑惑、"金衣（即黄莺）飞上樱桃树"之跌宕才别有意味，预示着在词人的心中，这是一个怎样不平凡的初春！

故国沦亡，身世浮沉，自己和丈夫本该选择"永忆江湖归白发，欲回天地入扁舟"之路罢？[1] 可是那一叶扁舟又在何处呢？当年赵宋遗民张炎曾写过"空怀感，有斜阳处，却怕登楼"的凄恻词句，[2] 今日徐灿面对的不还是那一轮夕阳么？天上碧云，层层叠叠，依稀做出旧日山河的模样，那无情的月亮不要照到山河深处罢，免得清晰的呈现出残山剩

---

① 李商隐：《安定城楼》。
② 张炎：《甘州》。

水，令人痛伤！

这就是徐灿笔下的初春。上片景中寓情，下片情中带景，章法井然，笔致蕴藉，传达出沉郁悲凉的时代感受，因而获得当时后世的高度评价。如谭献《箧中词》云："兴亡之感，相国愧之"，带入陈之遴的贰臣身份，所评极精审。

值得一说的是，吴世昌先生《词林新话》对于最后两句也有按语云："'深深'重叠，俗厌之至，可改'山深'。"吴先生不是普通的词学研究者，他自作词虽然不多，但言情之作可称一绝，我在《近百年词史》中是给予高度评价的。比如他的《蝶恋花》："那不人生容易老，未到黄昏，便觉斜阳少。试倩危弦流侧调，为君未必君知道。　　背手花前成独笑，几片随风，还向枝头绕。转眼落红春可扫，新莺学得啼清晓"，其中"为君"七字真古人未道，柔厚之极。《鹧鸪天》亦佳："尽日春风卷画帘，天涯人老落花天。只因寄骨同寒燕，未可将身比病蝉。

多少事，费缠绵，酒边倦绪似中年。如何丝竹摒除尽，尚有心头一缕弦。""如何丝竹摒除尽，尚有心头一缕弦"，写情至此，真令人废然长叹，呼天无门，王彦泓、纳兰性德、黄景仁等"圣手"亦当避席！

尽管如此，但因为《词林新话》是读词的眉批，比较率意，这条批语我以为大谬不然。"深深"二字是承上句的"河山"而来的，指的是河山之深深处，把第一个"深"改成"山"，"河"字就没有了着落，更何况"山深"与"河山"出现了不必要的字面重复呢？吴先生的《词林新话》不迷信古人，不逢迎权威，勇气自然可嘉，但因为不够深思熟虑，也常常遭到非议。刘梦芙《五四以来词坛点将录》把他点为"没面目焦挺"，刻薄了一点，但点将录的刻薄处正是高明处，这个评价并不为过。

血色清晨的幽咽箫音

徐灿的长调也很可读，比如她的代表作《永遇乐·舟中感旧》，不啻是易代之际血色清晨里一声幽咽的箫音：

无恙桃花，依然燕子，春景多别。前度刘郎，重来江令，往事何堪说。逝水残阳，龙归剑杳，多少英雄泪血。千古恨，河山如许，豪华一瞬抛撇。 白玉楼前，黄金台畔，夜夜只留明月。休笑垂杨，而今金尽，秾李还消歇。世事流云，人生飞絮，都付断猿悲咽。西山在，愁容惨黛，如共人凄切。

这首词作于顺治二年（1645）陈之遴出仕新朝、徐灿携子女北上京师与之团聚时。题为"感旧"，是因为作者约十年前曾有北京之行。今日重来，桃花无恙，燕子依然，但人事全非，旧悲新愁纷至沓来，尽寓于此一篇小词之中。

词开篇三句景中寄情，"前度"二句转入人事之抒写，以"刘郎"绾合"桃花"，用的乃是刘禹锡"玄都观里桃千树""前度刘郎今又来"之诗意。"江令"用南朝江总事，江总后入陈为尚书令，所以这两句中包涵了对夫君的讽谏之意。陈之遴在明崇祯十年（1634）高中榜眼，春风得意，但旋即受到父亲牵累，被斥逐永不叙用。数年家居，大明沦亡，陈之遴"金衣飞上樱桃树"，降清为新贵，这许多"往事"岂不真是"何堪说"！再往深里看一层，"往事"二字又不仅代表着一己的悲欢。当大明朝如逝水东流，如夕阳西下，多少英雄洒下过悲情泪血！此处的"龙归剑杳"表面上用晋张华、雷焕获取丰城双龙剑典故，真意乃在于向"英雄泪血"深致悲悼崇敬之情。千古河山，恨事如许，"豪华一瞬抛撇"正是历史的宿命！此数句感慨邃深，非具大胸襟大怀抱不能言，正可以见出徐灿有异于一般闺阁风气之处。

过片仍接"英雄泪血""豪华抛撇"之意。"白玉楼前"用李贺事，"黄金台畔"用燕昭王事。昔日俊杰之士，亦同逝水，而今只有无情明月，夜夜映照着凋敝的垂杨、消歇的秾李。当"断猿悲咽"的声音响起，怎不令人感喟"世事流云，人生飞絮"？更何况积素凝华的西山也眉黛惨淡，就如同我凄切的面庞！煞拍处用拟人而兼移情手法，顿时将山川天地一同带入浩莽的愁思之中，沉郁蕴藉，冷峭苍凉。

本篇也是徐灿的代表作之一，谭献评云："外似悲壮，中实悲咽，欲言未言"（《箧中词》），体会极精，能道出本篇内蕴的情怀。

双飞翼，悔杀到瀛洲

《风流子·同素庵感旧》的名气远不如《永遇乐》，但细读之下，也颇有意思：

> 只如昨日事，回头想、早已十经秋。向洗墨池边，装成书屋；蛮笺象管，别样风流。残红院、几番春欲去，却为箇人留。宿雨低花，轻风侧蝶；水晶帘卷，恰好梳头。　西山依然在，知何意凭槛，怕举双眸。便把红萱酿酒，只动人愁。谢前度桃花，休开碧沼；旧时燕子，莫过朱楼。悔煞双飞新翼，误到瀛洲。

这首词大约作于陈之遴出仕新朝后的第二年，即顺治三年（1646）。陈之遴为徐灿所作的《拙政园诗余序》记载，自他"丁丑通籍后"，与徐灿曾"侨居都城西隅"。丁丑为崇祯十年（1637），从这一年"十经秋"，正好是顺治三年。

陈之遴与徐灿的结合颇有点传奇色彩。陈其元《庸闲斋笔记》载："少保素庵相国未第时，以丧偶故，薄游苏台。遇骤雨，入徐氏园中避之，凭栏观鱼，久而假寐。园主徐翁夜梦一龙卧栏上，见之，惊与梦合，询之为中丞之子，且孝廉也，遂以女妻之，所谓湘蘋夫人是也。"事情有些荒诞无稽，但海宁陈氏系江南望族，陈之遴又早孚时名，意气道上，才子之名遍播江南，此一归宿亦很令徐灿满意了。此后的数十年中，人生波澜起伏跌宕，徐灿别有幽怀，与夫君心境上颇多差异，但一直感情笃厚，矢志追随。多有论者将家国之恨引入夫妻的私秘生活中，将其勾勒为冰炭水火之势，这恐怕是不太妥当的。

所以，"同素庵感旧"里面有哀怨，也有缠绵；有无奈，也有欢喜，更多的则是韶光流转、命运拨弄带来的悲凉。值得特别注意的是这种"悲凉"的表现手段：全词上片为第一层，回顾与夫君种种风流雅韵。从"装成书屋"的酬唱，到"蛮笺象管"的欢悦，以至于春日已残，仍为"箇人"（即这人、那人）停留。花雨风蝶，卷帘梳头，这是怎样值得回忆的一种美好！

下片开头至"悔煞"之前为第二层，由喜悦转入低沉，是为"感"之延伸细腻之处，一种深微的生命体验。由"怕举双眸"之"怕"，到"只动人愁"之"愁"，由"休开碧沼"之"休"，到"莫过朱楼"之"莫"，赵趑进退，临深履薄，生命轨迹至此划出一道深深的忧伤印痕。佛家云："一切恩爱会，无常难得久"，徐灿所抒写的也正是这样一种"色相"罢！最后"悔煞双飞彩翼，误到瀛洲"为第三层，亦是全篇的点睛之笔。虽仅十字，涵义幽邃。无数的追悔、讽谏、无奈、悲凉，经过前面两个层次的铺垫，尽都凝华结晶在此两句之中，"悔""误"二字又尤其力重千钧，一片苦情，幽咽难言，至为动人。我们前面引文中朱祖谋的《望江南》词开篇即用"双飞翼，悔杀到瀛洲"二句作为总评，极见巨眼。这两句确乎浓缩了徐灿的平生心迹。

李 易 安 亦 当 避 席？

总评徐灿词，最不能回避的一个话题就是她与李清照的比较。其实，这也是后代评价女词人时最经常遇到的话题。作为异军突起、岿然大家的女性词人，李清照长长的身影几乎笼罩了晚清之前的全部词史。不管是出于真心赞赏，还是虚夸敷衍，一旦说到女词人，"李清照"三个字就会在评论家心中笔下条件反射式地闪现。放在现代词学批评背景下，特别是针对近百年来走出闺阁、在社会舞台扮演主角的女词人来说，这样的比较早就成了一种陈陈相因、令人生厌的"范式"，可以被扬弃了。但在古典时代，我们还的确躲不开、逃不掉这样一个大家"喜闻乐见"的思维定式，也不得不参与一些讨论。

回到徐灿词的评价上来。陈维崧《妇人集》云："其词娣视淑真，姒蓄清照"，周铭《林下词选》云："其冠冕处，即李易安亦当避席"，陈廷焯《白雨斋词话》云："闺秀工为词者，前则李易安，后则徐湘蘋。"今人陈邦炎先生、邓红梅教授等论徐灿词也都有专门篇幅来谈李和徐的异同，多精辟之见。

在不重复各位前辈先生见解的前提下，我个人以为值得提示的有两点：第一，严先生曾说："清词只能是那个特定时空中运动着的一种抒情文体"，那么，徐灿也只能是生存在那个特定时空中的一个"特定"的词人。她用词笔记录下的是属于她的特定时代的喜怒和悲欢，从而呈显出自己独特的精神世界。因此，她的价值只能置之特定的历史背景和词学发展的历史轨迹才能被更清晰地认知。模糊或者忽略这一点，一味大谈特谈其艺术造诣的高妙，将不能真正抓得要领。

第二，艺术造诣当然可以谈，但要防止拔高。前人作出某些评价有他们自身的特殊情况，后人需要审辨，而不是人云亦云。在词的问题上，我自问不是"厚宋薄清"者，但平心而论，徐灿的艺术成就不如李清照则是事实，不必曲为之辩。简单说来，徐灿词缠绵而沉郁，蕴藉而悲凉，确为一代翘楚，但陈邦炎先生以为李清照词没有越出以婉约为本色的圈子，徐灿词则越出了词以婉约为本色、以女性色彩为美学特征的传统，因此两人各有千秋，① 我还有些不同意见。

关于易安词，清末沈曾植《菌阁琐谈》有一句话颇堪玩味。他说："自明以来，堕情者醉其芬馨，飞想者赏其神骏。易安有灵，后者当许为知己"，于争赏其"本色""婉约"的喧哗中，独点出李清照的"神骏"，颇具只眼。李清照的确提出过的"别是一家"说，对北宋各家大张挞伐，以为皆不甚吻合自己的审美标准，但在创作过程中，她的"错位"也很明显。比如《渔家傲》："天接云涛连晓雾，星河欲转千帆舞。仿佛梦魂归帝所，闻天语，殷勤问我归何处？　我报路长嗟日暮，学诗谩有惊人句。九万里风鹏正举，风休住，蓬舟吹取三山去"，这样的"神骏"难道也符合她"别是一家"的价值标准么？再如她享有盛誉的婉约之作《念奴娇·萧条庭院》，其中"险韵诗成，扶头酒醒""清露晨流，新桐初引"之句难道不是很具"神骏"的气派，从而越出了婉约的女性色彩的圈子？

李徐二人都曾很好地"一洗绮罗香泽之态，摆脱绸缪宛转之度"（向子諲评苏轼语），扩展了女性词的审美风貌，因而"也使一些男性本位主义的词评家大为惊奇"（陈邦炎先生语），但徐灿缺少李清照那

---

① 《评介女词人徐灿及其拙政园词》，《清词名家论集》。

种"飞想""神骏"，是缺憾之一；其次，易安词以白描自然见长，词中多"爽气"，清人彭孙遹《金粟词话》称其"用浅俗之语，发清新之思"，粗服乱头，不掩国色，因而神情散朗，更近乎男性的审美风尚。徐灿之词则雕琢醇雅，趑趄不安，处处潜藏着"闺房之秀"的精致与成熟，同时也缺乏了易安词的"自然"与"自由"，这是缺憾之二。那么可以说，徐所有，李尽皆有之；李所有，徐则不尽有之。徐灿艺术造诣不及李清照者正在于此。

"语带风云"的顾贞立词

在易代之际的血色清晨，幽咽的箫音固然比比皆是，可也缺少不了"语带风云"的高亢吟唱，女性词坛在这方面也有着突出的代表，那就是顾贞立（1623—1699）。顾贞立原名文婉，字碧汾，自号避秦人，江苏无锡。著名词人顾贞观姊，适同邑州佐侯晋。有《栖香阁词》，存词一百六十余首，比徐灿要多百分之六十以上。

顾贞立生于望族，自负才学，生性孤傲，与一般女子迥异。从性别史的角度而言，她似乎是最早体现出强烈性别自觉的女词人。在两首《沁园春》里，她明言自己"掠鬓梳鬟，弓鞋窄袖，不惯从来"，"怕向针神称弟子"，"伴香浓琴静，百城南面；青编满架，湘轴成堆"，"啸傲生成，薄游身世，惨淡情怀"，将自己耻事脂粉、鄙习女红、亲近琴书、啸傲烟霞的个性表达得非常典型。

因为这样的个性表现，她的词必然不同于一般女词人的声口，用郭麐《灵芬馆词话》的话说，就是"语带风云"。比如《南乡子·壬子仲冬，同表妹张夫人小舟出西关……》，虽然小序中描述的是"湿云连天，欲雨不雨，凄凉景况，黯然销魂。忆从前礼忏花藏，曾纵揽于此，风和日暖，迥异斯时，弹指韶光，抑何速耶"的常见风景和心境，词则爽朗刚健，将"盈盈粉泪"一扫而空：

消尽夜来霜，落木萧疏雁数行。一寸横波凝望处，潇湘，无限江山送夕阳。 羞说擅词场，总是愁香怨粉章。安得长流俱化酒，千觞，一洗英雄儿女肠。

"安得长流俱化酒，千觞，一洗英雄儿女肠"，如此豪迈气派，男性词人笔下也实在找不出几位。《满江红·楚黄署中闻警》是顾贞立随丈夫在湖北做官时所作，烽火遍地，一夕三惊，在这样的混乱世道里，女词人的名字也不一定是弱者，她们也是在思考、在发出自己的声音的：

> 仆本恨人，那禁得、悲哉秋气。恰又是、将归送别，登山临水。一派角声烟霭外，数行雁字波光里。试凭高、觅取旧妆楼，谁同倚。　乡梦远，书迢递；人半载，辞家矣。叹吴头楚尾，倏然孤寄。江上空怜商女曲，闺中漫洒神州泪。算缟綦，何必让男儿，天应忌。

"缟綦"是"缟衣綦巾"之省称，白绢上衣与浅绿色围裙，古时女子所服。顾贞立说，我虽然是闺阁中人，但面对疮痍神州，洒下的慷慨泪水又比男子差到哪儿去了呢？只是苍天不公，让我们生为女身而已！如此自觉地把自己置于和男儿等比的行列，那种壮烈悲慨的质地，在李清照"生当为人杰，死亦为鬼雄"之后可以说是久焉不闻了。再从影响史的角度来看，秋瑾的同调名作无疑也受到了顾贞立不小的影响：

> 小住京华，早又是，中秋佳节。为篱下，黄花开遍，秋容如拭。四面歌残终破楚，八年风味徒思浙。苦将侬，强派作蛾眉，殊未屑！　身不得，男儿列；心却比，男儿烈。算平生肝胆，因人常热。俗子胸襟谁识我？英雄末路当磨折。莽红尘，何处觅知音，青衫湿。

"苦将侬，强派作蛾眉，殊未屑！身不得，男儿列；心却比，男儿烈"，到了二百多年后，秋瑾肯定把话说得更明白了，但顾贞立率先吹响的号音在历史的深巷中回荡，我们也是不能遗忘的。

吴绡·刘淑

与顾贞立一样具有刚健风格而长期为论者轻忽的是吴绡。吴绡（？—1671），字冰仙，长洲（今苏州）人，吴水苍女，川北道常熟许瑶室。有《啸雪庵诗余》，存词四十四首。由于许瑶的关系，吴绡问学于"海虞二冯"的冯班，又因父亲科第关系称嘉善名词人、"柳州词派"领袖曹尔堪为"年伯"，而其父吴水苍与吴伟业联宗，故吴绡诗集中多有与梅村唱酬之作，称之为兄，算得上是清代第一个与众多文人交游唱和的女性词人。她的词仍多闺思春情，但流转新异处已非俗手可到。如《如梦令》：

> 灯与前宵一样，月与前宵一样。斗帐绣罗衾，也与前宵一样。两样，两样，不见五更天亮。

《河满子·自题弹琴小像》则能直写心事，风骨超逸，表达了巾帼才人确认自身价值的强烈需求，其意义远远超出了一般的闺阁之音：

> 最爱朱弦声淡，花钱漫抚瑶琴。世上几人能好古，高山流水空寻。目送飞鸿天外，白云远树愔愔。　　弹到孤鸾别鹤，凄凄还自沾襟。指下宫声多激烈，平生一片冰心。若话无弦妙处，何须更问知音。

她集中成就最高的当数《满江红》和"江村倡和"原韵四首。吴绡此四词乃受曹尔堪启发，健劲处亦略似之，尤其第四首《述怀》引吭高吟，直抒郁愤，感喟略同于《何满子》，气概则直驾须眉而上之，闺阁中有此等作品可称异数：

> 陵谷纷纭，鱼龙混、一江春涨。回首处、半生孤介，弱躯多恙。盼望云霄凡骨重，寸心常锁双尖上。闭深闺、栖处似鹪鹩，齐

眉饷。　　行乐事，全抛漾；琴书好，休题唱。但梦吟残罢，闲愁酝酿。痴想蓬莱弱水隔，难求缩地壶公杖。叹风风雨雨度余年，凄凉状。

同样"语带风云"，而且披坚执锐、冲锋陷阵的另一位奇女子是刘淑（1620—?）。刘淑一名淑英，字静婉，江西安福人。明代扬州知府刘铎之女，刘铎与阉党斗争，遭到构陷冤死，此时刘淑年方七岁。她自幼兼习诗文、兵法、剑术，明亡后矢志复国，倾家产招募兵马一旅，自为披甲训练。当时清兵入赣，刘淑欲投奔长沙何腾蛟，经永新，遇南明将军张先璧驻兵。刘淑往谒，慷慨陈大义。张乃首鼠两端之徒，无意举义，而意图纳刘淑为妾室。刘淑大怒，拔剑欲斩之而未果，遭关押，宁死不从，后被遣返回家。刘淑自知无力回天，退而解散部属，自造一小庵名"莲舫"，皈依佛门，含恨而终。

刘淑以"莲舫"名庵，可见对莲花情有独钟，她的《清平乐·菡萏》就是一首别具怀抱的咏莲词：

几年沥血，犹在花梢滴。流光初润标天笔，聊记野史豪杰。

碧笺稿阅千章，拈来无那成行。散作一池霞雾，空余水月生香。

从来咏莲诗词，也没有写到"沥血""野史豪杰"这样的意象的，由此可见刘淑不同凡响的怀抱。下片的"无那"即"无奈"，"无奈"加上"空余"，这两个词也就包含了自己回天无力、遁入空门的凄凉结局。这样的词，可谓有为、有寄托之作。

女性词在清代中叶的突跃

清初女性词坛已经称得上名家辈出，但总体上还是呈散点状态。由于这一时期的积累及示范作用，加上社会风气的进一步开放，礼教观念的渐次松动，女性教育的良性发展也出现了前所未有的宽松氛围，清代中叶以至晚近女性词创作随之迎来了难能可贵的突跃期。这个判断具体表现为三个特征：（1）开始出现可与须眉抗手的一代名家；（2）题材由闺阁走向广阔人生感受，风格由同质转为多元；（3）性别意识大规模觉醒，创作中开始萌生出对自我的发现、对社会的认知、对命运的叩问，以及对突破既有路径的强烈渴望。

当代著名女学者冼玉清在《广东女子艺文考自序》中说过一段很有意思的话：

> 就人事而言，则作者成名，大抵有赖于三者。其一名父之女，少禀庭训，有父兄为之提倡，则成就自易；其二才士之妻，闺房唱和，有夫婿为之点缀，则声气易通；其三令子之母，侪辈所尊，有后嗣为之表扬，则流誉自广。

她把古代女性成名的途径归为三类：名父之女、才士之妻和令子之母，非常简明切实。郭蓁在《论清代女诗人生成的文化环境》中则将男性文人对女诗人的提拔和支持归纳为以下六种方式：一是为女诗人诗集作序和题词，如钱谦益、沈德潜、俞樾等；二是为女诗人刊刻作品，如吴骞为徐灿刊印诗集；三是招收女弟子，指导他们的诗歌创作，如钱谦益、毛奇龄、杭世骏、陈秋坪、萧蜕公、袁枚、陈文述等；四是在诗话类著作中着意存录女诗人的生平和作品，使一些女诗人赖之以传，如《随园诗话》《静志居诗话》《闽川闺秀诗话》等；五是编辑女性诗歌总集，或编辑诗歌总集时，为闺秀诗人留有一定的位置，使之成为诗史中不可分割的一部分；六是将男性与女诗人唱和酬答的作品加以整理并收入文集中。

将这两者合看，大体上可以对清代女性身处的成长环境、文化氛围有一个比较全面的了解。这里我们再举袁枚广收女弟子的事情做更进一步的阐说。

我多次说过，我们常常把袁枚当成诗人、文人来看待，但实际上，袁枚不是普通的诗人、文人，他是一个相当了不起的思想家，晚明时期涤荡起的个性/人性解放思潮在清代的传承有很大一部分是落在袁枚肩上的。前些年南京大学组织了一套水平很高的《中国古代思想家评传》，其中特别把袁枚列进去，写了很厚的一本，这个选择是非常有眼光的。

袁枚的思想硕果集中在"性灵说"的表述上面，而实践层面我以为主要在于公开大量、广造舆论地招收女弟子——这在当时确属惊世骇俗之举，返观数千年诗的历史，在诗的领域内如此大胆地蔑视并破除"男女授受不亲"的行为举止，袁枚堪称第一人。时人所谓"三千天女尽门生""才女尽为诗弟子""红粉有人称子弟，青山到处属先生"云云，并不完全是虚誉。

随园女弟子到底有多少？据嘉庆元年（1796）袁枚编定的《随园女弟子诗选》，入选者有：

> 席佩兰（有《长真阁稿》）、孙云凤（字碧梧，有《湘筠阁诗》）、孙云鹤、孙云鹏、金逸、骆绮兰、张玉珍、廖云锦、陈长生、严蕊珠、钱琳、王玉如、陈淑兰、王碧珠、朱意珠、鲍之蕙、王倩、张绚霄、毕慧、卢元素、戴兰英、屈秉筠、许德馨、归懋仪、吴琼仙、袁淑芳、王惠卿、汪玉轸、鲍尊古。

再根据乾隆五十五年（1790）西湖诗会、乾隆五十七年（1792）阊门绣谷园诗会及其他文献勾稽所得，至少还有二三十人也应该进入这张名单，里面至少包括袁枚的三妹袁机（即袁枚名篇《祭妹文》的主角）、四妹袁杼、四堂妹袁棠、孙女袁嘉袁绶等。

数十位女弟子与袁枚的关系深浅不一，但列名随园门墙肯定既赋予了她们一个新鲜的社会身份，也提供了世俗中人看待她们的新视角。女作家们借成为"某某女弟子"的拜师结社活动，将笔下宝贵的文学价值展现于世，女性文学著述自此在各个层面打破闺阁文学私人化书写的边缘地位，汇入时代文学潮流，这一令人兴奋的景况，风气实启导于此。此后，陈文述同样广收女弟子、并有《碧城仙馆女弟子诗》之刻，显然是袁枚传统的承续，吴藻等的追求男女平等的朦胧而又明晰的思想萌芽，正是在历史运动中上述观念的继续发展。从袁枚的推波助澜开始，渐见长足，一种关涉男女平权的新的文化基因，无疑已成野火春风、难以遏止的燎原之势。

但也正因为如此，袁枚的举动是很遭到了些正统人士的敌视和攻讦的，说得俏皮一点，就是生前身后"二百余年来为猪肉气所压"。章学诚在《文史通义》中的话最"有力度"：

> 以六经为导欲泄淫之具，则非圣无法矣。

> 近有无耻妄人以风流自命，蛊惑士女……大江以南，名门大家闺阁多为所诱，征刻诗稿，标榜声名，无复男女之嫌，殆忘其身之雌也。此等闺娃，妇学不修，岂有真才可取？而为邪人播弄，浸成风俗。人心世道，大可忧也。

章学诚是大学者，《文史通义》是经典著作，但因为他努力攻讦袁枚的缘故，我一直对他没有好印象，并且固执地认为，如此敌视袁枚，学问再好，见地总归有限。

人间冷眼熊琏词

袁枚自己基本不填词，他的女弟子虽然众多，偶见词作，但也都不擅场，乾隆词坛最称名家的女词人应该数熊琏（1758—?）。

熊琏字商珍，号澹仙，又号茹雪山人，江苏如皋人。幼年失怙，与弟熊瑚由寡母抚育成人，受业于被刘墉称为"江东老名宿"的文士江干，即熊琏词中所谓的"片石夫子"。在江干的点拨下，熊琏"能文章，胜男子，既长，学益进"。她幼年许婚同邑陈遵，后来陈遵患上重病，其父再三主动要求退婚，熊琏却坚持嫁到陈家，"时人贤之"。"贤"倒是"贤"了，但也付出了惨重的代价，她的"愁""恨"写得如此触目惊心，显然与不幸的婚姻有莫大关系。陈遵及其父母去世后，熊琏返回母家，依弟而居，晚年以闺塾师自养。熊琏著有《澹仙诗钞》《词钞》《赋钞》《文钞》及《诗话》，因为"借观者纷至，不能遍应。同人怂恿，遂付剞劂"。四十岁时，弟熊瑚把这些著述刊刻行世，翁方纲、法式善、罗聘等名流为之题词。其中《澹仙词钞》凡四卷，存词160余首。

如上文所说，言"愁"抒"恨"是熊琏词的第一主题。读到江淹的《恨赋》，她当然"于我心有戚戚焉"，于是捉笔写下《鹊桥仙》，把自己变成"古今恨人"中的一个：

> 悲欢梦里，兴亡纸上，转瞬浮生易老。生憎彩笔写凄凉，传尽个、伤心怀抱。　升沉今古，微茫身世，谁闻茫茫天道。千秋第一有情人，同化了、平原蔓草。

《恨赋》开篇即云："试望平原，蔓草萦骨，拱木敛魂。人生到此，天道宁论？于是仆本恨人，心惊不已。直念古者，伏恨而死"，词中不乏对这些名句的化用，但所传递出的"恨"又是特属于熊琏自己的感受。正是出于自己深深体味的人间大"恨"，熊琏"为金闺诸彦命薄途舛者"作了几十首"感悼词"，并用《金缕曲》题写这一组令人不忍卒读的词篇：

> 薄命千般苦。极堪哀、生生死死，情痴何补。多少幽贞人未识，兰消蕙息荒圃。埋不了、茫茫黄土。花落鹃啼凄欲绝，剪轻绡、那是招魂处。静里把，芳名数。　同声一哭三生误。凭无端、聪明磨折，无分今古。玉貌清才凭吊里，望断天风海雾。未全入、江郎恨赋。我为红颜聊吐气，拂醉毫、几按凄凉谱。闺怨切，共谁诉。

玉貌清才、冰雪聪明、生死情痴，都不能补救被深埋在黄土下的"金闺诸彦命薄途舛者"，这"薄命"真堪称"生命中不能承受之薄"了！通过这些"感悼词"，熊琏想要做到的是"为红颜聊吐气"，更想要把那些激切、深切的"闺怨"倾诉给这些和自己同命相怜者。自来言愁传恨者，似乎也没有写得像熊琏这样凄苦的了！

不仅对"金闺诸彦"，熊琏对那些自己熟悉的男性寒士，也按捺不住"同是天涯沦落人"的凄恻之感，怨愤心绪忍不住从笔端拂拂而出。比如写给老师江干的《沁园春·题片石夫子独立图》：

> 有句惊人，无钱使鬼，与水同清。望长空万里，萧萧暮景；荒原一带，浩浩秋声。胸里奇书，意中往哲，此外何妨影伴形。余何有，有奚囊锦灿，彩笔花生。　词流从古飘零，唯挥洒、千言舒不平。叹青云梦冷，才人薄命；红尘福浊，竖子成名。门掩疏灯，村丛黄竹，风冷霜高鹤自鸣。谁堪拟，似苍松独秀，皓月孤明。

江干的资料比较少，《江苏艺文志·南通卷》相对详细一点，说他貌陋，好苦吟，袁枚称他为"江北诗人"，但科名不顺，晚年才得了一个恩贡生。这样沉沦下层的寒士在康乾盛世并不少见，熊琏这首词可谓画出了一个具有相当普遍性的人群的共同剪影。因为对江干比较熟悉，诸如"有句惊人，无钱使鬼""青云梦冷，才人薄命；红尘福浊，竖子成名"等词句也格外激切。其实赠答不甚熟悉的落魄文士之时，熊琏也是相当投入的，字句之间无非是"借他人酒杯浇自家块垒"而已。《百字令·题江西吴退庵先生诗草》中所包涵的冷峻牢骚心绪就不亚于上面那一首《沁园春》：

> 愁中展卷，讶伤心字字，穷途滋味。时俗争高薪米价，纸上珠玑不贵。孤棹空江，荒山斜日，木叶纷纷坠。艰辛客况，白头未了尘累。　说甚吊古评今，吟风啸月，都是才人泪。恸哭文章才绝世，清澈一泓秋水。笑口难开，赏音有几，只合沉沉醉。苍茫独咏，瑶笙吹彻鹤背。

"时俗争高薪米价，纸上珠玑不贵"，古今世相，历来如此。由此也可见熊琏也并没有被一汪清泪所淹没，对自己所处的时空，她是有着明晰透彻的思考，也投出了冷峻的一瞥的。

亦真亦幻贺双卿

　　清中叶女性词坛还有一位大名人不能不提，那就是有着"清代第一女词人"之称的贺双卿。贺双卿之名，见于江苏金坛人史震林（1692—1778）的《西青散记》。《西青散记》中对她的事迹记述非常详尽，甚至自称为"双卿记"。简单一点概括：贺双卿字秋碧，生长于江苏丹阳绡山的农家，"有夙慧"，小时候偷听塾师舅舅上课而通诗文。长大后嫁给金坛一位年长他很多的周氏樵夫，"姑恶夫暴，劳瘁以死"，年仅二十余岁。后人搜集她的遗作，以《雪压轩集》为名，得词十余首。黄燮清选入了《国朝词综续编》，徐乃昌也采入《小檀栾室汇刻闺秀词》中。陈廷焯《白雨斋词话》说她"生平所为诗词，不愿留墨迹，每以粉笔书芦叶上，以粉易脱，叶易败也。其旨幽深窈曲，怨而不怒，古今逸品也。日用细故，信手拈来，都成异彩"，评价颇高。又因为他评价贺双卿《凤凰台上忆吹箫》一词"叠至四五十字，而运以变化，不见痕迹。长袖善舞，谁谓今人不逮古人"，衍生出了"清代第一女词人"的说法。

　　关于叠字运用如何、能否称为"第一"我们后文再说，这里首先要交代的是贺双卿之真幻有无的问题。在一定意义上说，这可能是中国文学史上最大的疑案之一。

　　早在《西青散记》问世后不久，就有人对贺双卿其人的真实性提出过疑问。比如《国朝正雅集》的编者符葆森就认为"此凭虚公子之说，才人不得志，藉以纾其愤郁"，陈锐的《袌碧斋词话》、胡文楷的《列代妇女著作考》也持一定程度的怀疑态度。到了现代，胡适最早发难，提出五点可疑之处，认为贺双卿并不存在：

　　1. 《散记》但称为"双卿"，不称其姓……《国朝词综续编》始称为"贺双卿"，但董潮《东皋杂抄》卷三引了她的的两首词，则说是"庆青，姓张氏"。

　　2. 徐乃昌作她的小传，说她是丹阳人，董潮又说她是金坛人。

3.《东皋杂抄》说她："不以村愚怨其匹，有盐贾某百计谋之，终不可得，骂绝不答。可谓以礼自守"。《西青散记》里的双卿并没有"骂绝不答"的态度。

4.《散记》说"雍正十年，双卿年十八"，但下文又说"雍正十一年癸丑，双卿年二十一"。

5.《散记》记双卿的事多不近情实，令人难信。[①]

我觉得胡适的第二、三两点质疑并没有多大力量，但另外三点确实值得思考。此后学界围绕这个问题聚讼纷纭，直到现在还经常出现表达各种态度的文章。简单说，认为贺双卿并不存在的"反方"代表有张国擎与邓红梅，认为贺双卿实有其人的"正方"代表有杜芳琴（《贺双卿集》编者）、邓小军、李金坤等，还有一位重量级的人物，那就是严先生。他在《清词史》为贺双卿专设了篇幅，又在晚年写了《〈西青散记〉与〈贺双卿考〉疑事辨》一文，申述自己的立场。

按说不管从严先生的学术地位还是师生私谊，我都应该"站队"到正方来，但本着"吾爱吾师，吾更爱真理"的态度，我最终还是选择站在"反方"一边。我认为，已故邓红梅教授的《双卿真伪考论》更缜密地论述了"双卿之谜"，有着更强的说服力。[②] 在文章中，邓红梅首先给出了五条"内证"：

1. 神秘的身世：没有确凿证据证明丹阳或金坛有"绡山"这个地名。

2. 神奇的学养：贺双卿表现出的超出一般文士的思想、文字和典故应用能力仅通过偷听乡村私塾课程难以获得。

3. 关于贺双卿年龄、性情的前后矛盾与不合理的记述。

4. 除史震林外，未有其他人与贺双卿有直接接触和交谈。

5.《散记》中记述了贺双卿与婆母、邻妇的种种私密生活场景与对话过于生动、涉密。

---

① 胡适：《贺双卿考》。
② 参见《文学评论》2006 年第 6 期。

接下来又提供了两条"外证"：

1. 史震林的友人曹震亭、吴震生对《西青散记》的文体性质有比较明确的判断，比如"眼中无剑仙，意中须有《红线传》；眼中无美人，意中须有《洛神赋》""有生以来，未尝一见佳人之如何艳、如何慧、如何幽、如何贞，而……未尝须臾不悬想一绝世之艳、绝世之慧、绝世之幽、绝世之贞者也"。这说明《西青散记》更近乎小说而不是笔记。

2. 史震林是与袁枚有过交往的，袁枚又特别致力于女性诗人词人的关注与表彰。如果贺双卿真有其人，以史震林之激赏，他不可能不对袁枚提起，而袁枚也不可能"有如东风射马耳"，不记入《随园诗话》之中。

我以为，邓红梅教授的这篇文章已经很好地解决了贺双卿的问题，此外，南京师范大学李秋霞博士也提出，现在的《贺双卿集》中收录她寄给赵阍叔的信也是造假的一个重要证据。在这封骈体书信中有这样的字句："饫泪痕于香颊，舌洗相思；摩粉汗于酥胸，腕医心痛……愿抒幽韵，恳驻清辉。采绿终朝，空悲一掬；踏青半晌，谁惜双卿。"李秋霞说："饫泪痕于香颊"这几句"是……充满挑逗性的，类似青楼女子搔首弄姿的话语……将'摩粉汗于酥胸，腕医心痛'这种语卑调俗、带有性挑逗性的话语寄给一个对已垂涎已久的异性，这种拙劣的情节只能说明这个'风流故事'是虚假的。"而"愿抒幽韵"这几句结尾更是"很有不甘寂寞、渴求知音之意，好像双卿不是一个平时以'妇德'自守的已婚女子，倒像一个青楼女子在倚门招客。这封信除了成功地卖弄具有宫体风格的词藻与工稳老到的对仗外，它只给我们提供了一个明确的信息，即它的作者绝非女性，而只能是出自性欲受到严重压抑的男性文人之笔，否则信中所附带的色情气味将如何解释"？

我认为，这样的辩说也是有说服力的。

那么，我个人的结论是站在邓红梅和李秋霞等"反方"的，所谓的"双卿"其实是"天上绝世佳人"的人间幻影，在这个人物身上既寄托着作者史震林对于绝代佳人的种种艳想, 也寄托着他自命为薄命佳人的身世感慨。至于史震林这样做的原因还值得深入探讨, 那是另外一个有意思的文学史问题, 甚至是心理学问题了。

所谓 "贺双卿词"

话说回来, 史震林煞费苦心, 以近乎而又不同于《聊斋志异》的手段 "创造" 出贺双卿其人, 而且产生如此广泛的影响, 他的才华也算很可观了。尽管我持 "反方" 立场, 但由史震林替这位子虚乌有的小说人物创作的 "寄生词" 我们也应该顺便说一说。

所谓的 "贺双卿词" 我以为有三首比较可观, 首先是《浣溪沙》:

> 暖雨无晴漏几丝, 牧童斜插嫩花枝。小田新麦上场时。　汲水种瓜偏怒早, 忍烟炊黍又嗔迟。日长酸透软腰支。

所谓 "日用细故, 信手拈来, 都成异彩", 陈廷焯的评价是有一定道理的。这首词对应的是 "姑恶夫暴"、自己忍气吞声辛苦劳作的桥段, 确乎符合所谓的 "农家妇" 身份。这样的书写如果说不是空前的, 那也是极其罕见的。

第二首、第三首是《春从天上来·饷耕》和《凤凰台上忆吹箫·赠邻女韩西》:

> 紫陌春晴, 漫额裹春纱, 自饷春耕。小梅春瘦, 细草春明, 春田步步春生。记那年春好, 向春燕, 说破春情。到于今, 想春笺春泪, 都化春冰。　怜春痛春, 春儿被、一片春烟, 锁住春莺。赠与春侬, 递将春你, 是侬是你春灵。算春头春尾, 也难算、春梦春醒。甚春魔, 做一春春病, 春误双卿。

> 寸寸微云, 丝丝残照, 有无明灭难消。正断魂魂断, 闪闪摇摇。望望山山水水, 人去去, 隐隐迢迢。从今后, 酸酸楚楚, 只似

今宵。　青遥，问天不应，看小小双卿，袅袅无聊。更见谁谁见，谁痛花娇。谁望欢欢喜喜，偷素粉、写写描描。谁还管，生生世世，夜夜朝朝。

不难看出这两首词的好处，前者在于复字，"春"字在其中出现二十九次；后者在于叠字，自"寸寸"以至"朝朝"，共二十四对，这还不算"谁痛""谁望"的两个"谁"字，确实可谓"长袖善舞，谁谓今人不逮古人"。这里所谓的"古人"陈廷焯指的当然是以"寻寻觅觅，冷冷清清，凄凄惨惨戚戚"七对叠字创出奇迹的李清照，同时，陈廷焯还举了乔吉的小令"莺莺燕燕春春，花花柳柳真真。事事风风韵韵，娇娇嫩嫩，停停当当人人"作为负面参照，称之为"丑态百出"。

怎样理解陈廷焯的评价以及由此衍生出的"清代第一女词人"的说法呢？首先我们承认这两首词的"灵巧"，也在一定程度上认同陈廷焯的表彰。的确，比之乔吉的做作，这两首词称得上不着痕迹，品位也比较高，但还是不得不说，这两首词"过于巧"了，全以"巧"来构架篇章，毕竟还是落了下乘。陈平原先生在评说晚明山人陈继儒的《岩栖幽事》一类小品文的时候有过这样的说法："一篇文章里，有一两个警句，特别提神，要是满篇都是警句，这文章肯定好不了"①，这是说得很有意思的。试想，李清照如果在《声声慢》十四个叠字之后接着再用上若干个叠字，以她的才华做不做得到呢？当然没问题，但如果那样，这首词也就砸了。再比如我们前面讲过况周颐的"海棠浑似故人姝，海棠知我断肠无"，我说这是自我作法，为后人立规矩，这首《浣溪沙》句句用上"海棠"二字况周颐做不做得到呢？当然也做得到，可是词也就不成其为词了。词乃智者之事，"灵巧"固然是重要的，不灵不巧、笨手笨脚肯定填不好词，可是必须注意，"灵巧"用过了头，就堕入"小巧"，那不算高端的作法。如果因为其"巧"而称之为"清代第一女词人"，那更是"坊间"无知的外行话了。

---

① 陈平原：《从文人之文到学者之文——明清散文研究》，生活·读书·新知三联书店2004年版。

"猫女" 孙荪意

乾嘉词坛还有一位特别的女词人——"猫女"孙荪意（1782—1818）。孙荪意字秀芬，浙江仁和（今杭州）人，出身于儒医之家，十岁即能诗，二十四岁嫁萧山儒学训导高第为继妻。高第风雅好文，家多藏书，夫妇唱随，人称佳偶。婚后十载孀居，数年后病终。有《贻砚斋诗稿》四卷、《衍波词》二卷。

之所以称她为"猫女"，是因为她编了一本有意思的书——《衔蝉小录》。这是孙荪意从书籍中收集猫文献而编成的著作，简言之，就是一部猫的百科全书。全书共八卷：

> 卷一：纪原、名类；卷二：征验；卷三：事典；卷四：神异、果报；卷五：托喻、别录；卷六：艺文；卷七：诗；卷八：词、诗话、散藻、集对。

在中国猫文化史文献整理上，它首创猫谱录著作先河，也是清代女性史学研究的杰作，但一直不大为人所知。直到前几年，一位同样爱猫的当代才女陆蓓容博士把它整理出来，才开始在我们这个"撸猫时代"引起注意。陆蓓容说：书中有三个故事最让人喜欢。有一只猫，脖挂金锁，在山东上空飞来飞去，像只蝴蝶。没有原因，"不为什么"。另一只猫，在家里各种动物与用具都成精的时候，闷声不吭。主人很害怕，告诉巫婆："我家的东西全都在作怪，只有这只猫无异。"它便站起来，拱拱手，说"不敢"。第三只猫，听人类唱歌，一时技痒，遂亲自上阵，高唱《敬德打朝》。我觉得第二个尤其精彩。

王蕴章在《然脂余韵》中说这位"猫女"的词"清圆流转，出入频伽、忆云二家，附庸浙派，当之无愧……吹气如兰，非寻常揉脂弄粉者比也"，评价不低。与她的身份配合，可以先看一首《雪狮儿·咏猫》：

斑斑玟瑁，狮毛长就，临安朱户。写入生绡，昔日何黄休数。苔阶眠处，也绝胜、顾蜂窥鼠。试挂向，书堂粉壁，牙签能护。

我亦怜伊媚妩。记绿窗绣暇，衔蝉曾谱。画里携来，知否玉纤亲抚。含毫凝伫，想低粉、搓酥描取。双睛竖，帘外牡丹花午。

《雪狮儿》这个词牌似乎是咏猫专用的，我印象中几乎没看到用这个词牌写其他题材的作品。词本身没有什么好讲的，中规中矩的咏物词而已，真正能代表她水平和情怀的是《贺新凉·题红楼梦传奇》：

情到深于此。竟甘心、为他肠断，为他身死。梦醒红楼人不见，帘影摇风惊起。漫赢得、新愁如水。为有前生因果在，伴今生、滴尽相思泪。凭唤取，颦儿字。　潇湘馆外春余几。衬苔痕、残英一片，断红零紫。飘泊东风怜薄命，多少惜花心事。携鸭觜、为花深瘗。归去瑶台尘境杳，又争知、此恨能消未。怕依旧，锁蛾翠。

在清代"红楼梦读后感"系列中，这首词可称上品。

第二十讲
"天将间气付闺房"： 清代女性词史（下）

清代第一女词人

上一讲中我否定了贺双卿的存在，连带着澄清了所谓的"清代第一女词人"问题，这一讲则要隆重推出我心目中的清代第一女词人。对于不管哪种维度下的"第一"，我们历来都是比较敏感的，关于"清代第一女词人"也有不少说法，简单归纳，似乎认同顾太清"第一"的最多，认同徐灿的次之，当然还有一小部分认同贺双卿的。

文学史的所谓"第一"，是没法像体育比赛一样量化的，见仁见智、公说婆说而已，但也多少需要有一些理路。首先，因为其人之子虚乌有，我们要取消贺双卿的"参赛资格"；其次，我以为顾太清的词"盛名之下，其实难副"，说是满洲女词人第一没问题，冠于清代远远不够（说详后文）；再次，徐灿的水平很高，但闺阁气、脂粉气还是嫌重了一些。我个人还是更欣赏那些格局比较开阔、气派比较豪迈、女性特征相对淡化的女性词作，依照这一思路，我支持胡云翼《中国词史略》中的意见，最终把这张冠军票投给吴藻。

吴藻（1799—1862）字蘋香，号玉岑子，浙江仁和（杭州）人，出身商人之家，由于门当户对的缘故，嫁给了同乡一位黄姓商人。他丈夫尽管不亲风雅，但也还算开明，比较支持吴藻的文学创作和文学活动。这一点吴藻比身世类似的朱淑真要幸运一些。吴藻曾从陈文述学诗文词，列名"碧城仙馆女弟子"中，陈文述更称她"前生名士，今生美人"，一时间声誉鹊起。或者是受这句评语启发的缘故，吴藻以男子装束自作《饮酒读骚图》小像，并写下独幕杂剧《乔影》，托名谢絮才，以感怀身世，抒写身为女性的不平之感。其中【北雁儿落带得胜令】一段最为精彩：

> 我待趁烟波泛画桡，我待御天风游蓬岛，我待拨铜琶向江上歌，我待看青萍在灯前啸。呀，我待拂长虹入海钓金鳌，我待吸长鲸买酒解金貂，我待理朱弦作幽兰操，我待著宫袍把水月捞，我待吹箫、比子晋更年少，我待题糕、笑刘郎空自豪，笑刘郎空自豪。

如此明确而豪迈的"男性向往"背后隐含的是作为"第二性"的女性意欲冲破性别藩篱、获得全面解放的强烈呼声，体现出了空前未有的女性自觉意识。所以严先生在《金元明清词精选》中慨乎言之："女性的觉醒，大抵始自于婚姻问题，但仅止步于此，觉醒尚难有深度。吴藻的女性自觉，可贵的是对人生、对社会、对男女地位之别以及命运遭际的某些问题，都有初步的朦胧的思考，从而成为这种思索和悟解觉醒长途中值得珍视的一环。"吴藻的两首《金缕曲》是以词体发出的这种女性觉醒的声音：

> 生本青莲界。自翻来、几重愁案，替谁交代？愿掬银河三千丈，一洗女儿故态。收拾起、断脂零黛。莫学兰台愁秋语，但大言、打破乾坤隘。拔长剑，倚天外。　人间不少莺花海。尽饶他、旗亭画壁，双鬟低拜。酒散歌阑仍撒手，万事总归无奈。问昔日、劫灰安在？识得天之真道理，使神仙、也被虚空碍。尘世事，复何怪！

> 闷欲呼天说。问苍苍、生人在世，忍偏磨灭。从古难消豪士气，也只书空咄咄。正自检、断肠诗阅。看到伤心翻失笑，笑公

然、愁是吾家物。都并入，笔端结。　　英雄儿女原无别。叹千秋、收场一例，泪皆成血。待把柔情轻放下，不唱柳边风月。且整顿、铜琶铁拨。读罢离骚还酌酒，向大江、东去歌残阕。声早遏，碧云裂。

不仅声称要"收拾起、断脂零黛""愿掬银河三千丈，一洗女儿故态"，而且还要以"拔长剑，倚天外"的豪情"打破乾坤隘"；不仅要"待把柔情轻放下，不唱柳边风月"，而且昂然大言"英雄儿女原无别""声早遏，碧云裂"——这绝对是词史上没有过的专属女性的高亢宣言。单凭这一点，吴藻就不仅可以在女性词史占有重要一席，更应该进入思想史、社会史的研究领域中去了。

女词人的赠妓词

因为对女性身份的突破，吴藻比以往的女性词人更加广泛而深度地介入了男性文学圈，更与魏谦升（滋伯）、赵庆熺（秋舲）等名词人保持了一生的知心友谊。从《洞仙歌·题赵秋舲香销酒醒词集》《金缕曲·送秋舲入都谒选》《金缕曲·滋伯以五言古诗见赠，倚声奉酬》等词题就不难体会到他们之间密切而纯挚的友情，写给魏谦升的这一首尤其是吴藻杰作：

一掬伤心泪。印啼痕、旧红衫子，洗多红退。唱断夕阳芳草句，转眼行云流水。静夜向、金仙忏悔。却怪火中莲不死，上乘禅、悟到虚空碎。戒生定，定生慧。　　望秋蒲柳根同脆。再休题、女媭有恨，灵均非醉。冠盖京华看衮衮，知否才人憔悴。只满纸、歌吟山鬼。五字长城诗格老，子言愁、我怕愁城垒。正明月，屋梁坠。

词里还免不了有"啼痕""红衫"这样的女性标志，也免不了有中年学佛的诸多印记，但"上乘禅、悟到虚空碎。戒生定，定生慧"已经不纯是佛禅语，带进了激切的味道，下片的"女婴""灵均""山鬼"更是转而大发"离骚"，至于"五字长城诗格老，子言愁、我怕愁城垒"这两句，完全表达出了魏谦升诗艺的超妙以及自己心弦的同频共振。在这里，我们几乎忽略了吴藻的性别，她几乎是以纯粹平等的同性视角在抒发自己的读后感的。

最有意思的是吴藻还有一首《洞仙歌·赠吴门青林校书》，以女词人身份写给妓女的词似乎在历史上只有这么一首，就题材的特殊性而言，堪称"千古不能有二"：

> 珊珊琐骨，似碧城仙侣。一笑相逢淡忘语。镇拈花倚竹，翠袖生寒，空谷里、相见个侬幽绪。　兰缸低照影，赌酒评诗，便唱江南断肠句。一样扫眉才，偏我清狂，要消受、玉人心许。正漠漠、烟波五湖春，待买个红船，载卿同去。

这首词的本事似乎没有详细记载，有人演绎出的吴藻女扮男装，与"青林校书"眉目传情等桥段并没有根据。词里明明说是"一样扫眉才"，并没有隐匿自己的性别嘛！哈佛大学学者刘朱迪据此将吴藻称为"中国历史上最伟大的女同性恋者之一"恐怕也是误读、戏言成分居多，同性恋尽管不是现代人的专利，但这里显然不大有"恋"的成分，而是侧重于佳人空谷、翠袖生寒的品格与"赌酒评诗"的雅趣流连。吴藻的意思是说，你这样的佳人，我见犹怜，恨不得都要买一艘红船，把你载去五湖呢！如果真的是冒天下之大不韪的同性恋，吴藻肯定避之犹恐不及，怎么会刻入词集、天下流传，而她生前身后，也并没有"风流放诞"一类考语传出来呢？在我看来，这首词不过是吴藻又一次绝佳地表达了自己的"男性想象""男性认同"而已。

吴藻平静而略显凄凉的生活结束在咸丰十一年（1861）年底到同治元年（1862）年初这段时间。

咸丰十一年十二月底，太平军李秀成部从望江、候潮、凤山、清波四门攻入杭州外城，浙江巡抚王有龄自缢，一批高级官员同时毙命。《杭州府志》记载："杭城既陷……居民六十余万，半已饿死。时严寒，被逐出城者、冻死江干及杀而死者，不可胜计。"这次劫难中，吴藻的老友魏谦升、周琴夫妇在城中万安桥下遇难；曾与吴藻一起参加东轩吟社唱和的陈瑛殉难于铁线巷；对吴藻极为推崇的陈嘉出城渡江后饿死。《国朝杭郡诗三辑》附"闺秀咸丰庚辛殉难者"名单五十余人，在这场浩劫中，杭州女诗人几乎遭到"团灭"。吴藻的吟社同人张应昌在一首《南歌子》词序中云："偶存吴蘋香女史旧赠词笺，追忆昔年香雪庐馆雅集。未几皆罹劫难，女史兄弟并亡……"再结合张景祁《香雪庐词序》："遭时不靖，去乡离家""玉玦捐而莫佩，黄钟毁而不鸣"等语，基本上可以判断，吴藻与其二姐同时丧生于这次战乱之中。[①]

吴藻生前有《花帘词》《香南雪北词》之刻，合为《香雪庐词》，存词近三百首。这个数量在清代女词人中是排在前列的了。今人江民繁广泛搜罗文献，辑成《吴藻全集》，于近年出版，是目前最全最好的本子，可以参看。

如流丽语与当哭长歌

对于吴藻词，后人有两段评语值得注意。顾宪融《填词门径》云："嘉道而后，作者愈多，莲生以境胜，鹿潭以格胜，定庵以气力胜，频伽以情致胜，而蘋香女士呼吸清光，乃尽浙派空灵之能事。"胡云翼《中国词史略》云："她是道光年间的作者，当时词誉遍大江南北，为清代女词家中第一人。自此以后，我们便再找不到矜贵的浙派词人来了。"

这两段评语都大有可取之处，胡云翼称吴藻为"清代女词家中第一人"更是很重要的词史判断，但他们共同把吴藻称为"浙派词人"则是"张茂先我所不解"。诚然，吴藻也是有一些咏物题图之作的，但这并不说明就可以把她归入浙派阵营中。我以为，浙派最大的特征是"密拶"，而吴藻词很明显地呈"疏朗"风格；浙派后期最大的问题是匠气十足，真性情少，而吴藻很显然是以张扬性灵为旨归的。从这两点来

---

① 最早定吴藻卒年者为陆萼庭，张应昌词序为《吴藻全集》整理者、《吴藻词传》作者江民繁发现。

看，吴藻与浙派的主旋律其实相去甚远。事实上，我们很难把她的如流丽语和当哭长歌归入哪一家哪一派中，她是道咸词坛上一个特殊的存在。

先来看她慧心自运的"丽语"。比如名作《浣溪沙》：

> 一卷离骚一卷经，十年心事十年灯。芭蕉叶上几秋声。　　欲哭不成还强笑，讳愁无奈学忘情。误人犹是说聪明。

就风格而言，这首词最近乎纳兰。比较一下纳兰的《忆王孙》："西风一夜剪芭蕉，满眼芳菲总寂寥。强把心情付浊醪。读离骚，洗尽秋江日夜潮"，其中的"离骚""芭蕉"意象关系非常清晰，可是这样判断"近乎纳兰"未免太皮相了，真正酷似纳兰的其实在于那种疏快白描的手笔下那种折叠回旋的心绪。

开篇的"一卷离骚"与"一卷经"之间就已经形成了不小的张力：为什么从激切的牢骚转入平淡的佛禅？因为"十年灯"下独自揣摩的"十年心事"！网上流行语说："时光是把杀猪刀"，自嘲的成分居多，但说得很对。随着时间的飞逝，有多少心绪会随之更变？因为绝望，转入无奈，只能手把一卷佛经了，可是真能六根清净、四大皆空吗？下片吴藻说：哭不能哭，只好勉强一笑；愁不能愁，学着忘却烦恼吧！想来想去，被这烦恼缠绕如此，根源不还是在于那一点"聪明反被聪明误"的"聪明"吗？

这首词不能作爱情词看，"忘情"的"情"并非男女风月之情，而仍然是不能突破闺阃、纵横驰骋的那种深深的遗憾与无奈，所以虽受了纳兰一些影响，最突出、最动人的还是她独具的慧心。

《喝火令》小史

吴藻不大引人注意但特别值得一说的"丽语"是她的两首《喝火令》：

　　竹簟凉如洗，蕉屏梦未招。欲眠又起整冰绡。且向碧纱窗下，悄地捡香烧。　愁怕和天说，诗多带病敲。今宵依旧似前宵。一样灯红，一样漏迢迢。一样酒醒时节，斜月上花梢。

　　扇引团团月，衫更薄薄罗。水晶帘子漾微波。梳罢一绹云鬓，池上看新荷。　无意留春住，惊心怕病磨。好天能几日清和。等得花飞，等得柳丝拖。等得芭蕉叶大，夜夜雨声多。

《喝火令》这个词牌创自"天下词手，数秦七黄九"的"黄九"黄庭坚：

　　见晚情如旧，交疏分已深。舞时歌处动人心。烟水数年魂梦，无处可追寻。　昨夜灯前见，重题汉上襟。便愁云雨又难寻。晓也星稀，晓也月西沉。晓也雁行低度，不曾寄芳音。

　　无论语感之流丽，还是言情之缠绵，都可谓宋代词调中之上品，但可能词牌也和人一样，命运有幸有不幸，这个绝美的词牌在宋代几乎"一传而绝"，此后历经南宋元明以及清代前中期数百年，虽然可能也偶尔有人用之，但始终没有佳作，逐渐把它变成了一个冰冷的"冷调"。从一定意义上说，黄庭坚之后的《喝火令》最佳之作还要推吴藻这两首，"一样""等得"两处煞拍把这个词调最美的地方表现到了一个很高的境界，从而使这个僵死的词牌逐渐焕发了应该有的而且是很蓬勃的生命力。

　　经由吴藻的承接创造，《喝火令》逐步为后人所关注聚焦，诸如汤贻汾、林则徐等名家，袁绶、尹蕙等闺秀都陆续"启用"了这个词牌。到了晚清，程颂万、樊增祥等人的同调之作延续了吴藻的高水准，将《喝火令》的宛转低徊之美进一步发扬。先看程颂万之作：

　　香雾帘前湿，娇云梦里逢。欢期如梦太惺忪。那更海棠幽怨，独自泣愁红。　酒醒黄昏后，人来小院中。夜寒香软薄罗重。记得小鬟，低语下帘栊。记得小鬟低语，帘外月如弓。

《喝火令》的好处一大半在煞拍，程颂万这首词前面都比较寻常，但煞拍别出心裁，放弃了常见的排比写法，把"记得小鬟低语"这个细节拆成了不同句式反复勾描，表现手法更丰富灵变了。

樊增祥的《喝火令》有好几首，这里我们只看一首：

> 争及穿帘燕，还输在抱猧。匆匆走马向天涯。无数灞桥垂柳，青眼不如他。　别路三逢雪，春山几摘茶。马婆巷口那人家。记得清明，记得小窗纱。记得小桃人面，低映小桃花。

这首《喝火令》比程颂万的那一首要好，煞拍"小桃人面"与"小桃花"的复沓同样很棒，而且前面写得不俗，"别路三逢雪，春山几摘茶"的意象已经很清朗了，再加上"马婆巷口"这一句，就有具体而微、说破入妙之感。前面讲纳兰词我曾经说过，"第一折枝花样画罗裙"比泛泛含糊的罗裙要好，"银锭桥边"比石桥、木桥边要好，樊增祥这首也是同样的意思。

不见喀什噶尔，那片胡杨林

有了晚清名家们的佳作"背书"，《喝火令》在当代词坛，尤其是网络词界逐渐热火了起来，不仅很多人写，而且写出了古人所没有的新境界。比如问余斋主人之作：

> 见我应非我，仓皇旧日心。圆苍留月刻新痕。记得那年霜冷，执手刹时温。　绿尽翻成火，容颜幻里真。怜它秋叶似青春。一样燃烧，一样会离分。一样徐徐凋尽，散作万山尘。

这也还是言情之作，但是写得高华大气，意韵悠远，有交响乐一样的感觉，特别适合大提琴伴奏，用美声唱法演唱。陈初越（持之）的

《小儿三岁》则是别开新境，既用了广东方言，题材也突破了言愁说恨的老套，"我要揾回真我，不上幼儿园"的结句最是一片天籁，令人忍俊不禁：

> 吾囡萌萌哒，嬉皮自乐天。摊骸舞手惹人怜。脑后一根小辫，盘个小圈圈。　昨被爹娘哄，参加小四班。沦为群众太熬煎。我要涂鸦，我要打秋千。我要揾回真我，不上幼儿园。

还必须"内举不避亲"地提到两位友人的作品。《贾马力》一首是我的"发小儿"姜红雨之作，所谓"贾马力"，是他大连寓所附近的一座新疆烧烤店老板的名字，小店是临时建筑，也没有招牌，我们也就以"贾马力"名之。每次去大连，这是我们一群朋友的"打卡圣地"：

> 大树狼烟起，酒鬼起逡巡。红旗半卷场屋昏。天上一钩残月，是处冷遍身。　不语时添火，枯坐似鸥蹲。极边来做海头人。不见奔星，不见垂天云。不见喀什噶尔，那片胡杨林。

"贾马力"我很熟悉，这里的"大树""酒鬼"之类场景都是写实，但境界之苍凉雄奇是出人意表的，也是之前的《喝火令》从未有过的。到了煞拍，"不见奔星，不见垂天云"已经足够拍案叫绝，"不见喀什噶尔，那片胡杨林"更是天然凑泊，极工巧而又极刚健，恍如耳边响起了刀郎粗嘎犀利的歌声。就《喝火令》而言，至此可谓一绝。

再看我的博士弟子、现在是我同事的赵郁飞的两首《喝火令·记忆中的暑假》：

> 一刻长如昼，一午长过年。故事老是那几篇。也够搁凉竹枕，呼吸听入眠。　燕翦雨前过，月牙山后圆。露水分恩每转圜。榆叶咬尖，豆叶小铜钱。柳叶偏生对偶，荷叶自田田。

> 山大果隐树，雨足豆饱浆。天管菜地人管粮。乱切半园芳馥，

锅里煮日光。动画看越短，新闻扯老长。小国久虚孩子王。姊在剥桃，弟在捉螳螂。我在翻绳折纸，作业无一行。

郁飞是东北女孩，词中也故意杂入了"老是""老长""天管菜地"等"东北嗑儿"，带出了一点地域色彩，但也不妨忽略那些并不浓烈的"东北味儿"，"沉浸式"地随着那个小女孩的眼光去回味我们自己也经历过的那些童年画面。两首词不仅煞拍极好，也不仅"故事老是那几篇""动画看越短，新闻扯老长"引起我们的"童年共鸣"，诸如"燕翦雨前过，月牙山后圆""山大果隐树，雨足豆饱浆""柳叶偏生对偶""锅里煮日光"等，也都是极清亮的句子，非古人所能梦见。

《喝火令》写到这种境地，够叹为观止的了，而这段"小史"也不完全是旁逸斜出的"闲篇儿"，它完全可以验证我多年来坚持的一个说法：诗词史并没有随着清代的结束画上句号，它仍然活着，而且日益芬芳。

诗狂酒侠心难老

吴藻的"丽语"还有很多，诸如《乳燕飞·读红楼梦》《南乡子·迟云林不至，书来述病状，赋此代柬》都是名作，但我们也不再细讲了。要补充的是，仅靠"丽语"是难以拔得一代女性词坛之头筹的。在吴藻词集中，虽然就绝对数而言，慷慨之长歌的比例并不算大，但意义非同小可。没有这部分作品，吴藻就不能超越"闺阁之秀"的身份与格局，不能成其"深"，不能成其"大"。

先看《水调歌头·孙子勤看剑引杯图，云林姊属题》：

长剑倚天外，白眼举觞空。莲花千朵出匣，珠滴小槽红。浇尽层层块垒，露尽森森芒角，云梦荡吾胸。春水变醹醁，秋水淬芙蓉。　　饮如鲸，诗如虎，气如虹。狂歌斫地，恨不移向酒泉封。百炼钢难绕指，百瓮香频到口，百尺卧元龙。磊落平生志，破浪去乘风。

这首词在吴藻笔下不算上品，煞拍更有"不走心"的敷衍之嫌，但笔路可观，全篇无一丝香弱气，"春水""秋水"和"百炼钢""百瓮香""百尺"的有意犯复也很见匠心。有两点注释：（1）词题中的"孙子勤"名承勋，是吴藻"闺蜜"许云林的丈夫，《皇清书史》说他是"钱塘诸生，善书"，看来画也不错；（2）"百瓮香"，有的版本作"百翁香"，不通。温庭筠《醉歌》云："拨醅百瓮春酒香"，可见出处。类似这样的错字，其实不用书证、单凭感觉也可以纠正，此之谓"理校"也。

金缕曲《题李海帆太守海上钓龟图》是吴藻题图的杰作：

> 放眼乾坤小。猛翻来、银涛万叠，海门秋早。一带沧溟云气涌，装点楼台七宝。算十丈、红尘不到。线样虹霓钩样月，让先生、散发垂纶钓。挥手处，复长啸。 诗狂酒侠心难老。拂珊瑚、一竿才下，六龟齐掉。陡觉天风吹日近，望里蓬瀛了了。问仙骨、更谁同调。不信骑鲸千载下，有如来、金粟重留照。闲把卷，识奇表。

词题中的"李海帆太守"名宗传（1765—1840），海帆是他的号，安徽桐城人，姚鼐弟子，以举人历官知县，因为"征叛夷出奇有功"官至湖北布政使。有《寄鸿堂诗文集》，是桐城派干将之一。他的"海上钓龟图"确切来说应该叫"沧海钓鳌图"，意境取自《列子·汤问》篇的著名想象："而龙伯国之有大人，举足不盈数步，而暨五山之所，一钓而连六鳌……于是岱舆、员峤二山，流于北极，沉于大海"，当时名流多有题咏。比如继王昶之后主盟词坛的礼部侍郎陶梁就有一首《水调歌头》：

> 至理在观海，且作钓鳌看。沧桑几经变易，今古一渔竿。莫问惊涛万派，好趁长风万里，只手障狂澜。太白有奇句，嗣响在人间。 指蓬岛，云霞外，杳难攀。中流容与自在，此即是仙班。君有丝纶待用，定许垂虹天半，连六鳌奇观。我亦悟秋水，妙绪起

无端。

我特地把陶梁的词引在这里，目的是为大家提供一个比较的文本。我们看到，无论从气魄、字句、学问、格局哪个角度，吴藻的词都不弱于陶梁，甚至还有凌驾之势。尤其是"诗狂酒侠心难老"一句，字法很漂亮，又很切合李宗传虽然"征叛夷出奇有功，然居恒时以计取伤仁，意不自慊"的心地。这就很有几分后人所称道的李清照的"神骏"意思了，远远超出了一般女词人的高度。

沉慨的《西湖咏古》

不仅"神骏"，还有"沉慨"，《满江红·西湖咏古十首》中的部分作品就很能见出吴藻读史阅世的广度和深度。如第一首《凤凰山宋高宗》：

> 雪窖刀环，只说道、两官无恙。消领到、偏安世界，承平气象。御教场中罗绮队，钧容部里笙歌唱。凤凰山、山色似蓬莱，开仙仗。　灯火院，烟波舫；桂子落，莲花放。扬柳丝禁苑，翠华天上。尺五皂纱侬解战，十三玉版君能仿。笑官家、不是帝王才，西湖长。

自来讽刺宋高宗偏安江南、不思洗雪靖康之耻的诗词颇有一些，但如吴藻这一首讽刺入骨的还是非常显眼。开篇几句就很辛辣：徽钦二帝在极北的雪窖度日如年，生不如死，赵构却说他们"无恙"健在，自管自地享受"承平气象"去了。从"御教场"开始，全篇一大半都在铺叙半壁江山的奢靡和闲逸，到煞拍才卒章显志，照应开头：官家你做个管领西湖风月的富豪最合适了，做帝王可不是这块材料！这就把"皇帝的新衣"一下子扒了个精光。吴藻的结句可能受到郭麐吟咏南唐后主李煜的名句"做个才人真绝代，可怜薄命做君王"的影响，但郭麐诗更多的是对李煜的怜惜同情，吴藻词则侧重于冷蔑的嘲笑，也是自运匠心、自成机杼。

第三首《栖霞岭岳武穆王》又换了一副激切悲凉的笔墨：

> 血战中原，吊不尽、忠魂辛苦。纷纷见、旌旗北指，衣冠南渡。半壁莺花天水碧，十围松柏云山古。最伤心、杯酒未能酬，黄龙府。　金牌急，无人阻；金瓯缺，何人补。但销金锅里，怕传金鼓。墙角读碑斜照冷，墓门铸铁春泥污。爇名香、岁岁拜灵祠，栖霞路。

我们之前曾经说过，《满江红》这个词牌最要紧处在于过片的四个三字句，这首词恰恰就在这里大做文章："金牌急，无人阻；金瓯缺，何人补"，这十二个字如疾风骤雨，咄咄逼人，几乎抵得上半部《岳飞传》，而后面又以"但销金锅里，怕传金鼓"两个"金"字"补刀"，那就将大声疾呼和嗤之以鼻交融到了一起，愈显锋锐。

第四首《翠微亭韩蕲王》是写韩世忠的。与岳飞同为"中兴名将"，韩世忠虽然运气好一些，没有遭遇风波亭冤狱，但晚年自号清凉居士，萧条退隐，闭门谢客，口不言兵，骑驴携酒，悠游西湖，别有一份悲凉心事。与其境遇相匹配，吴藻这首词也用了悠长的调门，下片以红粉青山、儿女英雄映射韩世忠夫妇的"擂鼓战金山"往事，沧桑感十分浓郁：

> 胆落强金，黄天荡、楼船飞绕。雨点样、打来征鼓，玉纤花貌。名并千秋思报国，狱成三字悲同调。几何时、绝口不言兵，无人晓。　红粉瘦，青山老；儿女话，英雄笑。看清凉居士，骑驴侧帽。诗句翠微亭上梦，剑瘢春水湖边照。把中原、事业负东风，闲凭吊。

这些或飘逸神骏、或沉慨悲愤的作品即便出自昂藏男儿笔下已经足够令人拊掌叫绝了，何况是在清代女性词坛虽然名家辈出但总体还显得荏弱的背景下？我们前面讨论过，徐灿之所以不及李清照，是因为她缺少了李清照的"飞想"与"神骏"，而吴藻显然不只补足了这一"短板"，而且还有更多向度的拓展。即便置之整个清代词坛，吴藻也无愧于名家之论定，那么她的"清代第一女词人"的席位也就实至名归了。值得注意的是，对吴藻的这一判断现在还没有形成词学界大面积的共识，还需要进一步去阐述和论证。

吴藻的朋友圈之沈善宝

在清代女词人中，吴藻的"朋友圈"也堪称广大，仅据其词集看来，载入文字者就不少于三四十人。因为同声同气的缘故，其中也有两位女词人很可观。先说沈善宝。

沈善宝（1808—1862），字湘佩，晚号西湖散人，钱塘（今杭州）人。江西义宁州判沈学琳长女，十二岁时其父为同僚所诬，被迫自裁。长大后以自己诗画润笔所得支撑全家开销，不久，母亲弟妹相继去世，境遇益窘，于是奔走四方，终于以售卖诗画的收入葬父母弟妹及同族亲属。其孝心毅力为世称许，年近三十始归武凌云为继室。她与吴藻、顾春以及张琦之女张缌英、蒋坦（《秋灯琐忆》作者）之妻关锳等都有比较密切的交往，晚年又收女弟子上百人，因而对当时女性文学创作了解比较深广，也就有条件写出《名媛诗话》十二卷。这部诗话大量采录了同代女性作者的生平、创作并加以评骘，留下很多宝贵的第一手材料，乃是清代最具价值的女性诗话之一。

沈善宝出身官宦之家，家道败落后独立承担家庭重担，这些坎坷经历无疑使她比一般女性承受了更多的压力，但反过来说，也增加了比一般闺阁女子更多的阅历和思考。尤其对于当时女性的命运困境，她也是有发自内心的感性与理性认识的。《满江红·渡扬子江感成》也是由"擂鼓战金山"的梁氏（民间传说名为梁红玉）起兴发端，遥想她当年巾帼胜于须眉的英姿，忍不住心中无限感伤：

滚滚银涛，泻不尽、心头热血。想当年、山头擂鼓，是何事业。肘后难悬苏季印，囊中剩有文通笔。数古来、巾帼几英雄，愁难说。　　望北固，秋烟碧；指浮玉，秋阳赤。把蓬窗倚遍，唾壶击缺。游子征衫挽泪雨，高堂短鬓飞霜雪。问苍苍、生我欲何为，空磨折。

当年黄景仁的《沁园春》开篇就是"苍苍者天，生我何为，堕地堪伤"，后面感慨"邓曾拜衮""周已称郎"，这几乎一模一样的哀叹现在传到饥驱四方的沈善宝口中了。历史流转的这条轨迹真令人感慨莫名！正因为有这样的心境，沈善宝对吴藻词中"写不尽"的"离骚意"和"销不尽"的"英雄气"都感同身受，[1] 两个人成为知音好友并非偶然。

吴藻的朋友圈之赵我佩

吴藻的另一位好友是赵庆熺之女、魏谦升弟子赵我佩（生卒年不详）。赵我佩字君兰，举人张上策妻。"家学渊源，九岁即能吟"，有关文献说她"体至孱弱，工愁善病，然饮酒至豪，言论磊落，有不可一世之慨。人恒怪之，殆非凡女子"，但从词来看，"不可一世之概"并不鲜明，倒是有个特点不能不说，即——纳兰第一"女粉"。赵我佩是女性词界最早的一个"纳兰风"强烈呼应者，其《碧桃仙馆词》颇多学步致敬之作。举几个例子。

第一，纳兰《金菊对芙蓉·上元》看词题似为一般节令词，但从"狂游似梦，而今空记，密约烧灯"等句看来，又杂有触景生情、忆念挚友的成分。下片云："楚天一带惊烽火，问今宵、可照江城"，所念者当是康熙十八年（1679）秋赴任江华县之"异姓昆弟"张见阳。此番用心几乎全为赵我佩吸纳，于是用了同一个词牌写"秋感"寄其外妹汪蘩。其下片"旧事追忆无凭。叹尘劳鹿鹿，水逝云行。任楼开弹指，幻想空惊。故园寂寞休回首，怅衔泥、燕垒难成。今宵残月，照人

---

① 沈善宝：《满江红·题吴蘋香夫人花帘词稿》。

千里，两地离情"云云，非常近似纳兰口角。

第二，她的《采桑子》云："月钩斜挂云罗薄，秋思绵绵，却在谁边，辜负良宵又下弦。　　玉钗扣枕银屏掩，乍起还眠，残梦如烟，挑尽缸花夜似年"，与纳兰的《采桑子》"彤霞久绝飞琼字，人在谁边，人在谁边，今夜玉清眠不眠？　　香消被冷残灯灭，静数秋天，静数秋天，又误心期到下弦"相似度极高。

第三，她的《太常引》"销魂人在画罗屏，着耳乍冬丁。已是不堪听，那更杂、蛩声雁声。　　无边风雨，无聊情绪，触处乱愁生。拼却梦难成，任谯鼓、三更四更"，已近乎纳兰同调词的重写，试比较纳兰原词："晚来风起撼花铃，人在碧山亭。愁里不堪听，那更杂、泉声雨声。　　无凭踪迹，无聊心绪，谁说与多情。梦也不分明，又何必、催教梦醒"，二者布局、用语，无处不似。

当然，赵我佩的工力比不上纳兰的"缠绵往复""情景兼到"，但能奋翼追摹、取法乎上还是值得称道的。我在《纳兰词全注详评》中以"附读"的方式选了六首赵我佩词附在原作之后，这个数量足以说明她在"纳兰影响史"上的地位。

顺便说一点，纳兰词对女性词界投射的影响能量是相当惊人的，其身后三百年的女性写作大抵难以躲避开纳兰的身影，呈显出整体性的（而不是散点式的）"共情效应"，这在一贯"自师其心而少师人，自铸其辞而少袭人"[1] 的女性创作中相当罕见。总其因由，约有三端。

第一，女性哀怨伊郁的原生情感与纳兰词"古之伤心人"的感伤基调发生同频共振；第二，纳兰浅语深衷的抒情取径与真纯清雅的美学风貌，恰可为单纯明慧为特征的女性创作所摹效，进而成为她们的"可靠的心灵和美感的养料"[2]；第三，纳兰的痴情公子形象固然是他赢取广泛异性受众的重要筹码，但更为本质的是，施加在女性头上的"才命相妨"的谶语正与纳兰高才薄命的人生构成了镜像般的互文。所以，纳兰性德在狭窄幽暗的女性文学世界中，难能可贵地"浮出地表"，成为显性的榜样词人，他在女性词界的长久风靡也就合乎情理、

---

① 邓红梅：《女性词史》语。
② 参见邓红梅《女性词史》。

不难想见了。

"丁香花公案" 女主角

晚近词坛的另一位女性名家是顾春（1799—1877），她不仅词享大名，传奇身世也常播于众口。最为人所知的 "传奇" 莫过于她所卷入的 "丁香花公案"。

所谓 "丁香花公案" 始于龚自珍的杰作《已亥杂诗》第二零九首：

> 空山徙倚倦游身，梦见城西阆苑春。一骑传笺朱邸晚，临风递与缟衣人。

诗后龚自珍有自注云："忆宣武门内太平湖之丁香花"，如此看来，这应该是一首咏物诗。但很多人（比如冒广生）认为不是，他们觉得 "阆苑春" 的 "春" 就是指顾春，而 "朱邸" 指的就是贝勒府。他们纷纷传说，奕绘仰慕龚自珍的绝世才情，经常请这位 "爱豆" 到府里做客，与顾春颇有接触。据说时间久了，就产生一些暧昧情事，用文言说叫作 "因有越礼之举"。究竟 "越" 到什么程度，我们不知道，反正是有一些不清不楚吧。后来东窗事发，"越礼之举" 被奕绘发现，龚自珍惧怕报复，才在已亥年仓皇南下。

连带着，龚自珍有两首《桂殿秋》纪梦词也被赋予了香艳的色彩：

> 六月九日，夜梦至一区，云廊木秀，水殿荷香，风烟郁深，金碧嵯丽。时也方夜，月光吞吐，在百步外，荡瀁气之空濛，都为一碧。散清景而离合，不知几重？一人告予：此光明殿也。醒而忆之，为赋两解
>
> 明月外，净红尘，蓬莱幽眘四无邻。九霄一派银河水，流过红墙不见人。
>
> 惊觉后，月华浓，天风已度五更钟。此生欲问光明殿，知隔朱扃几万重？

到了曾朴撰写《孽海花》时，他当然不会放过如此香艳的情事，于是浓墨重彩，把它演绎得更加不堪，也就更加著名了。其实我们回头看龚自珍的《己亥杂诗》，这一年他的行迹的确有些不正常。他离京非常仓皇，随身只带了儿子，还有一车书，家眷都留在京城。往南走了一段时间，又折回来接家眷。到了北京城北的通州，他停下了，让儿子进城把家眷接出来。凡此种种，大有"犯罪嫌疑人"的味道，自然启人疑窦，很多人大肆渲染"丁香花"公案不是没有来由的。特别是第二年，龚自珍南行到江苏，暴卒在丹阳书院，有人就说是奕绘（或其家里）派人刺杀的，也有人说是买通了妓女下毒毒死的，而顾春在奕绘去世后，被奕绘正妻之子载钧逐出贝勒府，也被渲染成了"丁香花"事发的结果。

对于这桩公案，百多年来聚讼纷纭。简单说来，诸如冒广生、王贵忱、黄仕忠、朱家英等是主张有此事的，[①] 而孟森、朱德慈等是主张无此事的。孟森的《丁香花考》洋洋洒洒，考证精详，他认为龚自珍仓皇南下是因为政见过于犀利得罪了权贵，而不是因为这个桃色事件。还有一位依违其间的著名学者是前文提及的苏雪林。我们知道，鲁迅有句名言叫作"我一个都不饶恕"，苏雪林应该是他最"不饶恕"的人之一。民国时期，年轻的苏雪林对鲁迅就抨击得相当激烈。后来去了台湾，苏雪林仍然不遗余力地咒骂鲁迅。她 1897 年出生，1999 年去世，九十多岁还在写文章，每次必提到鲁迅，提到鲁迅必没有一句好话。她是攻击鲁迅时间最长的人，这个记录不会有人打破了。苏雪林也是很有名的古典文学专家，她一方面否认"丁香花"公案实有其事，一方面又若隐若现地肯定龚、顾的密切交往，立场与"案情"本身一样暧昧。

我个人是倾向于站在否定立场的，个中原因，孟森和朱德慈两篇文章已经说得比较清楚，大家可以找来看看，但我也相信这件公案不太容易达成完全一致的结论，只要大家的"八卦心"不消失，它就还会被持续争论下去。

---

① 黄仕忠以为龚顾相识是在嘉庆二十四年（1819）至道光二年（1822）之间，见其《顾太清与龚定庵交往时间考》（《中山大学学报》2009 年第 6 期），朱家英意见略同。

真实的爱情传奇

"丁香花公案"我们放下不管了，但还要说说真实的顾春和她的爱情传奇。这些真实情节虽然不像绯闻那样耸动人心，但细细咀嚼，个中滋味更加幽深动人，几乎不用什么艺术加工就能写一部很好的小说或者拍一部精彩的电视剧了。

我们从顾春的家世说起。她是满洲镶蓝旗人，原姓西林觉罗，是雍乾两朝重臣、大学士鄂尔泰的曾侄孙女，鄂昌的孙女。前文讲过，乾隆二十年（1755），内阁学士胡中藻遭遇"《坚磨生诗钞》案"，被判处凌迟之刑，"加恩从宽"改为斩首。这位胡中藻既是鄂尔泰的门生，又与其侄甘肃巡抚鄂昌为好友，于是鄂昌的诗集也被牵连查抄，因为在《塞上吟》一诗中称蒙古为"胡人"，引发乾隆震怒，斥之为"数典忘祖，满洲败类"，赐白绫自尽，家产籍没。鄂尔泰以老师和叔叔的身份被追究"植党"罪，撤祀贤良祠。

在乾隆皇帝来说，这只不过是一次扼制人心、打击朋党的小举措而已，对于鄂尔泰家族，则是又一次"眼看他起高楼，眼看他宴宾客，眼看他楼塌了"的盛衰跌宕。到四十多年后顾春出生时，其父鄂实峰早已家道中落，漂泊无定，依人为生。顾春曾嫁给一个普通的秀才，旋即寡居，① 因为与乾隆第五子、和硕荣亲王永琪的福晋沾亲带故，被选入荣王府担任"女塾师"，负责教导永琪的孙子、现任贝勒的奕绘的姊妹们。

奕绘并非那种饱食终日、无所用心的庸碌贵族，他才情艳发，对顾春这位美貌才情兼具的"寡居文君"一见倾心，然而顾春既是"罪臣之后"，又是再嫁之身，不管是按宗法制度还是礼教规矩，这种结合势必都要冒天下之大不韪，奕绘的母亲就明确表示反对。按说事情难到如此地步，换了别人可能也就会采取一些变通的方式，比如金屋藏娇、养为外宅之类，但奕绘偏偏花费了好几年时间，终于历尽

---

① 此据文廷式《琴风余谭》之说，黄仕忠《顾太清与龚定庵交往时间考》引之，并以为时间在嘉庆二十二年、二十三年左右（1817—1818），其时顾春十八九岁。

周折，把自己的意中人伪托为王府二等护卫顾文星之女，呈报给宗人府，并最终明媒正娶，把她立为自己的侧福晋，这时顾春已经二十六岁"高龄"。这场好事多磨的姻缘终于"磨"成，奕绘也无限唏嘘，曾有《浣溪沙》纪事云："此日天游阁里人，当年尝遍苦酸辛。定交犹记甲申春。　旷劫因缘成眷属，半生词赋损精神。相看俱是梦中身。"非常真挚感人。

从道光四年（1824）到道光十八年（1838），奕绘、顾春度过了十四年琴瑟和谐的美满生活。因为奕绘字子章，号太素，顾春便取字子春、取号太清以相配。奕绘诗集叫作《明善堂集》，顾春诗集就叫作《天游阁集》；奕绘词集叫作《南谷樵唱》，顾春词集就名为《东海渔歌》。对于这桩美满婚姻，世人无不啧啧称羡，比之于赵明诚李清照、赵孟頫管道升。如此"高调秀恩爱"，恐怕不只是表达内心的喜悦，也包含着对"多磨好事"的感慨与对当年那些巨大阻力的回击吧！

然而，"出来混总是要还的"，道光十八年，年方四十的奕绘英年早逝，其嫡子载钧撺掇对顾春一向看不顺眼的奶奶，把这位庶母逐出家门，移居西城养马营，在其中推波助澜的正是"丁香花"的流言。"生活作风"问题一向是杀人的利器，更何况是对那个时代的一个贵族女子！顾春忍气吞声，"奉堂上命，携钧、初两儿，叔文、以文两女，移居邸外，无所栖迟，卖金凤钗，购得住宅一区"，并赋诗鸣冤：

> 仙人已化云间鹤，华表何年一再回。
> 亡肉含冤谁代雪，牵萝补屋自应该。
> 已看凤翅凌风去，剩有花光照眼来。
> 兀坐不堪思往事，九回肠断寸心哀。

遭逐之后，顾春的日子一度过得非常艰难，但几年后，随着儿子载钧、载初不断受到封爵，也就基本上回到了正常生活状态。她的人生后半程还是比较平顺的，这也是对她惊心动魄的前半生的一点补偿吧！

女中太清春

顾春的词集《东海渔歌》六卷向来得到很高评价，"男中成容若，女中太清春"这一句最为有名，但略嫌笼统。我们来看近现代的几家评说：

况周颐："深稳沉着，不琢不率……绝无一毫纤艳涉其笔端"，"今以（容若、太清）两家词互较，欲求妍秀韶令，自是容若擅长；若以格调论，似乎容若未逮太清。太清词，其佳处在气格，不在字句"。

俞陛云："清代闺秀词有三大家：湘蘋特起于前，顾太清、吴蘋香扬芬其后，卓然为词坛名媛。"

朱庸斋："其词刚健奇丽，无闺秀词常见之荏弱格调……于满族妇女中当为第一。"

这些评价都不低了，至于我们提到过的叶嘉莹先生主编《历代名家词新释辑评》，于清词入选五家，清代女词人前有徐灿，后有顾春，勇夺两席，这显然也是把顾春当成清代最优秀的女词人来对待了，所以向来也有不少人称顾春为"清代第一女词人"的。

但也有一些不同的声音。钱钟书在《容安馆札记》中就讥讽赞赏顾春词的人如王鹏运、况周颐、冒广生等是"追逐美人花絮"，周劭更毫不留情地说："（第一）这个美誉和……纳兰性德大不相侔，更不要说抗手两宋之际的李清照了，其实在她之前的柳如是与徐湘蘋也远胜于她。"①

怎样看待两种差异不小的评价呢？我以为焦点可以聚在况周颐所说

---

① 周劭：《向晚漫笔》。

的"格调"或"气格"上面。

首先，说顾春词"无一毫纤艳"可能夸张一点，但她很少那种"盈盈粉泪"的笔墨则是事实。即便是可以写得很凄凉、甚至很凄惨的题材，在她笔下，也多有克制，并不纵情放笔。比如《定风波·恶梦》：

事事思量竟有因，半生尝尽苦酸辛。望断雁行无定处，日暮，鹡鸰原上泪沾巾。 欲写愁怀心已醉，憔悴，昏昏不似少年身。恶梦醒来情更怯，愁绝，花飞叶落总惊人。

《诗·小雅·常棣》云："脊令在原，兄弟急难"，"鹡鸰在原"是比喻兄弟友爱之情的专有成语，这首词应该是为兄弟之死别而作，然而痛伤之余，也别有一种刚健的类乎诗的味道。这就是顾春特有的"格调"。

再如她的名作《烛影摇红·听梨园太监陈进朝弹琴》：

雪意沉沉，北风冷触庭前竹。白头阿监抱琴来，未语眉先蹙。弹遍瑶池旧曲，韵泠泠、水流云瀑。人间天上，四十年来，伤心惨目。 尚记当初梨园，无数名花簇。笙歌缥缈碧云间，享尽神仙福。叹息而今老仆，受君恩、沾些微禄。不堪回首，暮景萧条，穷途哀哭。

这样沧桑感浓足的题材也是很容易"煽情"的，但顾春只是以"人间天上，四十年来，伤心惨目""不堪回首，暮景萧条，穷途哀哭"作一点染，并没有放纵笔墨，长歌当哭。这就是况周颐所称许的"气格"。

这样的格调下，顾太清是能写出一些好词的，除了上面两首不错，《醉翁操·题云林湖月沁琴图小照》和《金缕曲·红拂》两首长调也颇为可观：

悠然。长天。澄渊。渺湖烟。无边。清辉灿灿兮婵娟。有美人兮飞仙。悄无言。攘袖促鸣弦。照垂杨、素蟾影偏。 羡君志在，流水高山。问君此际，心共山闲水闲。云自行而天宽，月自明而露溥。新声和且圆，轻微徐徐弹。法曲散人间，月明风静秋夜寒。

世事多奇遇。快人心、天人合发，英雄侠女。阅世竟无如公者，决定终身出处。特特问、君家寓所。逆旅相依堪寄托，好夫妻、端合黄金铸。女萝草，附松树。 尸居余气何须惧。问隋家、驱鱼祭獭，为谁辛苦。况是荒荒天下乱，仙李盘根结固。更无奈、杨花自舞。悔不当初从嫁与，岂留连、一妓凭君取。达人也，越公素。

《醉翁操》是很难操作的词调，顾春笔下显得游刃有余，一如琴声琅琅，气度高华，很有几分苏轼名作的遗韵。① 《红拂》一篇最有见地处还不在于称道红拂夜奔、自己"决定终身出处"，而在于后文对"隋家"、对杨素的讽刺。像红拂这样的奇女子，越公杨素先生居然没有明媒正娶，早定身份，反而留着她最终被李靖轻松取走。先生啊，你也真够心宽了！以诗词写"风尘三侠"事，这样刻骨的讥讽之前似乎还没有过。

顾春的"头巾气"

那么，凭借这种"格调"／"气格"下的几首好词，顾春能否与纳兰平分秋色，甚至"锁定"清代第一女词人的美誉呢？我以为还差得远。其原因恐怕还在于"格调"／"气格"，这也真是"成也萧何，败也萧何"了。

格调高一些当然是好的，可是高格调要以自然为前提，不能硬端起

---

① 苏轼：《醉翁操》："琅然。清圆。谁弹。响空山。无言。惟翁醉中知其天。月明风露娟娟。人未眠。荷蒉过山前。曰有心也哉此贤。 醉翁啸咏，声和流泉。醉翁去后，空有朝吟夜怨。山有时而童巅。水有时而回川。思翁无岁年。翁今为飞仙。此意在人间。试听徽外三两弦。"

架子来，把自己架上那个勉强的高度。其次，高格调还要以"有情"为前提，如果情韵不足，只剩下一副高格调，那这格调/气格也就不值钱了。再次，况周颐说顾春词"佳处在气格，不在字句"，殊不知如果字句不佳，常有疵句、累句、弱句，气格也必然不能佳。我读顾春词，就常常有一种"端着"的感觉。因为"端着"高格调的架子，那就不免有一种本不属于她的"头巾气"。比如《驾圣朝·秧歌》：

> 满街锣鼓喧清昼，任狂歌狂走。乔装艳服太妖淫，尽京都游手。　　插秧种稻，何曾能够，古遗风不守。可怜浪费好时光，负良田千亩。

"秧歌"是不错的题材，可以从很多角度来写，顾春却偏偏选择了"乔装艳服太妖淫""负良田千亩"的指责。这样的词出自迂腐腾腾的学究之手我们并不意外，来自顾春笔下就不免令人太失望了。再如《风光好·春日》：

> 好时光，恁天长。正月游蜂出蜜房，为人忙。　　探春最是沿河好，烟丝袅。谁把柔丝染嫩黄，大文章。

这首词前面都写得不算好，煞拍二句则常常为人称道，我则以为这两句有点突兀，一下子"升华"到"大文章"的高度也有一种迂腐的"头巾"之感。我在 2013 年去新疆可可托海，曾写过一首《浣溪沙》，上片云："谁将千林遍染黄，为秋天换靓衣裳。再添几笔小山羊"，我觉得就比顾春这首词"空灵"一些，所谓"不言而喻"是也。非要跳出来"直给"正能量，那是低级的做法。

顾春词的疵句、累句、弱句是很常见的。比如《定风波·谢云姜妹赠蜜渍荔支有感》：

> 冰雪肌肤裹绛纱，者般滋味产天涯。二十七年风景变，曾见，连林闽海野人家。　　何必更求三百颗，珍果，数枚直比服丹砂。恰

好嫩凉秋雨后，消受，感君高义转咨嗟。

这首词里的"者般滋味产天涯""数枚直比服丹砂"就是弱句，过于率意，没有推敲。"感君高义转咨嗟"也是非要"升华"出"大意义"，说得过头了。《喝火令·己亥惊蛰后一日……》是她的名作：

> 久别情尤热，交深语更繁。故人留我饮芳樽。已到鸦栖时候，窗影渐黄昏。　拂面东风冷，漫天春雪翻。醉归不怕闭城门。一路琼瑶，一路没车痕。一路远山近树，妆点玉乾坤。

总体还是不错的，但煞拍三句的"琼瑶"和"玉乾坤"两个词太隔，也太俗了，不仅大大削弱了空灵感，而且把全篇的"档次"大大拉低了。《唐多令·十月十日，屏山姊月下使苍头送糠一袋以饲猪，遂成小令申谢》本来是个很新颖的题目，能写出不错的感觉，词的前面也铺垫得不错："风起又黄昏，鸦栖静不喧。拍幽窗、霜叶翻翻。把卷挑灯人未睡，酌杯酒，悄无言。明月满前轩，天高夜色寒。有苍头、待月敲门……"已经写到这个程度了，我们期待着卒章显志，在煞拍"升华"一下，结果她写出的是"一袋糟糠情不浅，感君赠，养肥豚"，这也未免太煞风景了！这样的题目，没有点感慨，没有点弦外之音，实在是可以不写的。我们可以比较一下龙榆生 1961 年所作的谢友人刘啸秋惠寄猪油的《浣溪沙》：

> 自笑平生为口忙，花猪肉味扑帘香。松柴活火快先尝。　争得酒狂仍故态，欣闻韶乐在他乡。感君相厚寄脂肪。

虽然也没正面说什么，但点染苏轼《初到黄州》中的名句及发明东坡肉的典故，在加上"故态""他乡"的对比，人生感慨就全出来了。我以为这是龙榆生平生学苏轼最像、写得最好的作品之一。龙榆生毕生张扬东坡词风，结果可能连他自己也没料想到，正是在这首不经意的小词中，他终于出色地完成了向东坡的致敬。1961 年是中国人饥饿的一年，所以一点廉价的猪油就能够唤起词人的朗笑声和好胃口，可是那笑声的背后难道不是历史老人怆然的面容么？

因为这些原因，我们可以对顾春作出"终评"：说她是清代最好的满族女词人，没问题；说她是清代女词人之名家，也没问题，但说她"清代第一"，我是不认可的。比吴藻，她差得很多，比徐灿的整饬精洁，她也颇有不如。在清代优秀女词人行列中，顾太清无疑是比较弱的一环。

"鼓上蚤"左又宜

由对顾春的"挑剔"我们可以顺便说说清代另一位久负盛誉的"女词人"左又宜。

左又宜（1875—1912），字鹿孙，一代名臣左宗棠的孙女，因为"秉质冲懿，娴蹈轨训……旁涉艺文，吐辞妍妙"深得祖父钟爱，[1] 又嫁给了其母亲的侄子、大才子夏敬观，[2] 可谓名祖之孙、名夫之妻。三十八岁病逝之后，夏敬观检校其生前遗稿，成《缀芬阁词》一卷，存六十三首，朱祖谋为之题签。因为这样了得的人脉，钱仲联先生作《近百年词坛点将录》的时候，把极其珍贵的三个女词人席位拨给了左又宜一席，点她为"地壮星母夜叉孙二娘"[3]，说她"挺秀湘西……慢词声韵幽美，能得白石、草窗神理"。

近百年女词人水平超过左又宜的不知凡几，那也罢了，这毕竟是仁者见仁智者见智的事儿，但左又宜的六十三首词居然有五十七首是完全或部分剽窃别人的，问题的性质可就完全不一样了。

将近百分之九十的"剽窃率"，这不仅是词史上最大的"盗窃案"，也可能是三千年中国文学史上最大的"盗窃案"。我的学生赵郁飞在作

---

① 陈三立：《夏君继室左淑人墓志铭》，《缀芬阁词》，民国二年（1913）刻本。

② 左又宜母为夏敬观七叔祖夏廷樾第三女。夏敬观（1875—1953），字剑丞，号盎人，又号映庵，江西新建人。光绪二十年（1894）举人，纳粟以知府分发江苏，见赏于两江总督张之洞，后任复旦公学监督、中国公学监督。入民国后出任浙江教育厅长，民国十三年（1924）退隐沪西。夏氏博涉经史、声乐、书画，尤以诗词为世推重。

③ 另外两席"地阴星母大虫顾大嫂""地慧星一丈青扈三娘"分属吕碧城、沈祖棻。

博士论文《近百年女性词史研究》的过程中首先发现了"案情"并将其完美"侦破"，写成《晚清女词人左又宜〈缀芬阁词〉剽窃考述》一文发表在《文学遗产》上，① 真相大白，令人大跌眼镜、咋舌不已。

根据赵郁飞的研究，左又宜抄袭了二十三家女词人的作品，细目如下：

邓瑜《蕉窗词》六首；

吴藻《香南雪北词》、赵我佩《碧桃仙馆词》、陆蓉佩《光霁楼词》各四首；

左锡嘉《冷吟仙馆词》、李佩金《生香馆词》、鲍之芬《三秀斋词》、方彦珍《有诚堂诗余》、苏穆《贮素楼词》、刘琬怀《补阆词》、袁绶《瑶花阁词》、顾贞立《栖香阁词》各三首；

曹慎仪《玉雨词》、左锡璇《碧梧红蕉馆词》、殷秉玑《玉箫词》、熊琏《淡仙词钞》各二首；

孙苏意《衍波词》、徐诵珠《雯窗瘦影词》、汪淑娟《昙花词》、高佩华《芷衫诗余》、顾翎《茝香词》、吴尚熹《写韵楼词》、许庭珠各一首。

她的抄袭方法有三种：（1）原封照搬。与原作雷同达80%以上的词作应视作原封照搬。此类作品共十六首，约占剽窃总量28%；（2）移花接木。与原作雷同比在40%—80%的词作共三十首，约占剽窃总量53%；（3）留骨换胎。与原作雷同比在20%—40%词作共十一首，约占剽窃总量19%。

因为篇幅所限，赵郁飞发表的文章中删去了逐字逐句的比对表格，但已经堪称凿然有据，铁证如山，为了严谨起见，文章中又论述了以下几种情况。

第一，是否存在后人传写之误，即将他人作品混入左氏集中的可能？就《缀芬阁词》的辑刻过程看，是为未经传抄的第一手文献；再

---

① 《文学遗产》2019 年第 3 期。

从逻辑上讲，将二十多人的作品经过不同程度修改后打散混进一人集中的行为，可能性趋近于零，文学史中向无此先例。

第二，会不会存在这样的可能性：左又宜的本意，就是将前人作品进行一番修改后编选成集，身后却被夏敬观误认作原创作品集而刊刻，遂讹传于后世呢？尽管此概率极微小，仍不可不慎加稽考。这就需要找到左又宜生前对《缀芬阁词》"原创"版权的承认，来确定剽窃行为的主观故意性质。如下几则外证，可从传播角度"砸实"证据链条。

1. 左氏在词题/序中明确表示"赠外"及"和外"的作品共计六首，其中四首系剽窃之作。夫妇赠和是私密性甚强的心灵间"秘密对话"，左又宜必然是以"原创"名义呈寄夫婿的，不存在告知夏敬观"此为剽窃/改作"的可能。

2. 夏敬观刊刻于光绪三十三年（1907）的两卷本《映庵词》中，将夫人窃自赵我佩的词作《暗香·除夕庭梅盛开，置酒花下，以凤琴谱白石暗香、疏影词，声韵幽美，因与映庵各和之》附于己作之下。这是其时尚在世的左又宜对夫婿眼中"原创"的再度默认。

3. 女诗人包兰瑛（1872—？）是《缀芬阁词》中除夏敬观外唯一提到的名字。包氏刊行于宣统二年（1910）的《锦霞阁诗词集》将左又宜剽窃自熊琏的词作《念奴娇·题丹徒包兰瑛女士锦霞阁诗集》收录于卷首题词中，可知左氏生前曾将剽窃作品以原创名义对外行使交际功能。

第三，从仅存的少数原创作品来看，左又宜并非全无天赋与才情。作为侯门闺秀、才子之妇，她几乎享有女性创作者所能梦想的"顶级配置"环境来研习词艺。那么，她为何置风险于不顾，身犯古今斯文之大不韪呢？现代心理学告诉我们：剽窃行为的深层原因乃"社会期待与实际能力的失衡"。或许亲长的厚望、夫婿的盛名早使她不堪其负，她无法坦然接受自己才力有限的现实，一两次抄袭侥幸过关后，她便放胆妄为，终于一发而不可收拾。再加上天不假年，随着她的早逝，《缀芬阁词》也就瞒天过海，一篋尘封，成就了她"才女"的嘉名。

左又宜的剽窃之举瞒过了视她为闺中诗侣的夏敬观，瞒过了当时后世的文苑名家陈诗、诸宗元、龙绂年、钱仲联乃至一代词宗朱祖谋，其至也瞒过了对妇女文学投入相当关注的王蕴章、梁乙真①——这背后清晰地透现出了传统文学批评场域中那道习焉不察的性别隔膜。从这个意义上说，《缀芬阁词》剽窃案的"破获"，正是在性别维度上对文学批评主客体提出了双向要求：男性评论家须摘掉有色眼镜，克服传统思维惰性，站在两性平等立场上秉公直断，而女性创作者既不应以性别之防而遭致漠视，也绝不能借性别之利免于罪罚。

由于这些行迹，赵郁飞在博士论文所附录的《近百年女性词坛点将录》中，顺理成章、浑然天成地把左又宜点成了"地贼星鼓上蚤时迁"，这真是清代词史乃至千年词史上出奇的一桩公案了。

救国与维新：清末女界新思潮

与吴藻、顾春同时代还有一些女词人颇有特色，比如《雨华盦词话》的作者钱斐仲（1808—1860 后）、《秋灯琐忆》的女主角关锳、"随父从夫宦游十万里"的吴尚憙（1808—约 1850 后）、书写离乱的左锡璇（1829—?）左锡嘉（1831—1894）姐妹，篇幅关系皆从略。比她们再晚一代的词人就已经逼近或者跨过二十世纪的门槛了，也就是说，我们也来到了清末——民国女性词坛。

伴随着"三千年未有之大变局"的到来，现代文明的爝火悄然照亮了某些先知先觉女性心中的暗黑角落，女界思想呈现出开张上升的态势，以往专属男性的"救国""维新"等理念现在也加入了女性的合唱。

比如左锡嘉的女儿、当代著名学者袁行霈先生的祖母、一代女儒医曾懿（1853—1927）。她自幼失怙，奉母乡居，乃遍览家藏医书。其时西方进化论东渐，曾懿颇受影响，提出"医学卫生，以保康强，所以强大种族之原理"的强民救国的观点。她积三十年之力撰成《医学篇》八卷，虽以中医为本，但也主张借鉴日欧新式女子教育，用于修养调摄、育儿防疫。这在清末是很了不起的理念与举动，京师大学堂的开创

---

① 二人曾在《然脂余韵》《清代妇女文学史》对《缀芬阁词》中剽窃作品予以表彰。

者张百熙就称赞她"襟抱宏远，议论明通，不独今之女界无此完人，即求之《列女传》中，亦不可数数觏"。

再比如沈葆桢的孙女、"戊戌六君子"之一林旭的妻子沈鹊应（1878—1898），在林旭罹难后，她奋笔写下《浪淘沙》，然后自尽殉夫："报国志难酬，碧血谁收。箧中遗稿自千秋。肠断招魂魂不到，云暗江头。　　绣佛旧妆楼，我已君休。万千悔恨更何尤。拚得眼前无尽泪，共水长流。"她的殉难诚然有着旧礼教观念的影响，但是以全部的生命能量唱出"报国"的最强音，坚信自己的丈夫"遗稿自千秋"，这种见地器识又远不是"殉夫"二字所能概括的。

与曾、沈相比，刘鉴（1852—1933）的思想更加具有代表性，也更成体系。刘鉴是长沙人，嫁给曾国荃的次子曾纪官为继室，三十而寡，自此将全副心力投入子侄教育及曾家内务。1890年曾国荃去世后，刘鉴实际上扮演了电视剧《大宅门》里面的二奶奶角色，成了曾氏家族四十余年间的主事当家人。

刘鉴有《分绿窗集》，存诗七百首，词超过百首。虽然词艺平平，但诸如《满江红·庚子感事》之大声疾呼"深愤憾、顽民悍族，祸延君国……革旧维新期后效，卧薪尝胆尊前辙。待从容、再复富强初，恢宏业"，完全是将词当成政论来写。最能体现刘鉴前瞻思想的是她的三册一百二十四课《曾氏女训》，其中很有一些现在看起来也并不十分过时的议论：

> 迄乎时代递变……以女子无才便是德之腐论，汨人性灵，阻人进化，其害伊于胡底。

> 无论何等时代，吾女子具国民母之资格，分所当尊也明矣，而反卑之者何哉……母教立，则子女有智勇而无颓堕，国民之人格胜矣。学业充，则遇事敢为，当仁不让，男女之抱负均矣；工艺娴，则有恃于己，无仰于人，尊卑之分敌矣。

> 以环球之广，四万万人民之众，女子实居其半。既与男子具平

等之智识，自不难求平等之艺术……

当此时代，百度维新，匪独家庭之政，已逐节改良，即属社会之事，亦不妨留意。故主妇之责任，非若昔日之墨守陈法、俯首深闺、至老死而名不称者……近数年来，妇女中有捐产助饷者，有毁家兴学者，有创国民捐者，有立慈善会者，此数事固属有财产名位者始可当之，不必人人有此举，不可人人无此志。

虽然还披着"女训"的外衣，内里则是崭新的女权论说。在这些虽然还星星点点、一时尚未引起广泛呼应的思想闪光推动下，中国这艘吨位超重的航船，正在缓缓驶入现代文明的港口。

秋瑾、吕碧城与后易安时代

当然，"中国号"的现代文明航程不仅是缓慢曲折的，而且还需要付出极其沉重的血火代价。但令人意外的是，在民主革命先驱缔造共和的林立身影中，其实并不少见前不久还深居闺阁的女性的面庞，其中最清晰的一张就是——秋瑾。

严先生说得好："秋瑾绝非意在为一名词人，按其生前奇志壮怀，也绝不愿留名于清代词史上，然而，秋瑾遗下的词篇引吭长啸，呐喊出了历代女性才人郁积数千百载的心声，实足为一代女词人壮声色。"①是的，所以我们不仅要在清代词史大书特书鉴湖女侠的芳名，而且还必须指出：正因为抛洒热血、戮力革命、视"词人"如无物，她反而可以大踏步地冲决被李清照笼盖千年的女性词史之网罗，正式拉开"后易安时代"这出大戏的丝幕。

所以，任何对秋瑾词的理论、技巧的分析都是苍白的，我们要着眼的是"休嫌女子非英物，夜夜龙泉壁上鸣""身不得，男儿列；心却比，男儿烈""世界凄凉，可怜生个凄凉女""自由香，常思蒸；家国

---

① 《清词史》，第585页。

恨，何时雪"的"引吭长啸"。因为传递了女性才人的郁积心声，因为负载了现代文明的熹微晨光，秋瑾寥寥几首词中的每一个字几乎都是"大题目"，折射出的都是"大意义"，都值得被放置到词史的最高殿堂上去。王国维转述尼采的名言说："一切文学，余爱以血书者"，秋瑾的词正是如此。

历史文化的多重因素最终选择了秋瑾成为"李清照时代"的终结者，也同时为她选择了得力的友军——吕碧城，而且，还特地安排了两位奇女子的一面之缘。1904 年 6 月 10 日，吕碧城著述于《大公报》馆，馆役持红色名刺高叫："外边来了个梳头的爷们儿！"吕碧城取视之，则"秋闺瑾"三字也。其人长袍马褂，作男装，而高挽发髻，自言亦曾以"碧城"为号，特来拜访声誉鹊起之同名者也。两人接见甚欢，倾谈终夜。翌晨，碧城醒，惊见床畔男子官靴，转念乃省为秋瑾者，二人相视而笑。

这一段富于传奇色彩的会见形成了两个重要结果。一是秋瑾从此不再署"碧城"之名，让与吕碧城"垄断"之；二是两人大体明确了共同的主张与各自的分歧——所愿救亡图存之目标相同，但秋瑾主革命而碧城主教育、舆论。两人自此天各一方，来鸿去雁，钟鸣鼓应，以不同方式合作演绎出翻涌的民主革命风云。至于 1907 年秋瑾就义，吕碧城颇受牵连，全靠"二皇子"袁克文托求袁世凯而得免，因此又埋下了吕碧城日后就任袁大总统府秘书的一段因缘。从此而言，这两位民初女界的巨星是有过云龙相逐的密切交集的。

吕碧城的"江山奇气"

吕碧城（1883—1943），原名贤锡，更名碧城，字遁天，号圣因，安徽旌德人，其父吕凤岐进士出身，历任山西学政等，碧城十二岁时病卒，遗产遭强族瓜分，寡母孤女遭禁闭后只能舍产避祸。吕碧城后来在诗词里说"空记巍孤家难日，伊水祸水翻澜""登临试望乡关道，一片斜阳惨不开"，都是这段经历的纪实语。数年后，碧城北上直隶塘沽投靠自己的舅舅，因欲去天津探访女学遭到舅舅叱骂，一怒之下离家出走。她写下的一封畅诉愤懑的信被《大公报》经理英敛之（英若诚的爷爷，辅仁大学创校校长）看到，遂邀至报社任职。后来吕碧城回忆说："由是京津间慕名来访者踵相接，与督署诸幕僚诗词唱和无虚日……予之激成自立，皆舅氏一骂之功也。"

从此开始，吕碧城走出闺阁，正式跨入了广阔社会的前台，成为女界革命的中军渠帅。她与英敛之、傅增湘等筹办北洋女子公学，自任总教习，辛亥后任袁世凯总统府秘书。到 1920 年赴美留学时已凭借"略谙陶朱之学"所获厚利而"习奢华，挥金甚巨"①，其后更加入南社，晚年皈依佛法，倡议断屠护生，观念风采倾动欧美诸国。如此姿采斓斑的一生不仅在当时中国西方罕有匹敌，即便放在二十一世纪的当下，其"前卫度"、先锋性也毫不逊色。樊增祥称其"巾帼英雄，如天马行空""以一弱女子自立于社会，手散万金而不措意，笔扫千人而不自矜"，的确如此。

吕碧城的传奇一生中，最为时人后世艳称惊诧者在于"常作欧西之行，谒纳尔逊铜像及巴黎拿破仑墓，荡桨瑞士之日内瓦湖……驻足意大利，一吊罗马之夕阳，参观好莱坞诸明星……之宅墅"等行迹，需要特别指出，吕碧城绝非一个流连风月的旅游者或寓居者。她发愿游历西方，已经是有感于"欧美自由之风潮，掠太平洋而东也，于是我女同胞如梦方觉，知前此之种种束缚，无以副个人之原理，乃群起而竞言自立"的时代消息，② 所以在旅美后不久，她就翻译出版了《美利坚建国史纲》，并编纂《欧美之光》等书籍。尽管在里面还没有提出鲜明完整的民主自由思想体系与目标，尽管还有把诸多新知纳入到旧有的儒释道框架中阐释的缺陷，但也还是毫不含糊地指出"美为自由苦战"之事"值得黄金范……筚路艰辛须求己……翻史册，此殷鉴"③，客观上成为了新学新知的有力传播者。晚清民国女杰能够如此睁眼看世界、领略"江山奇气"者，外交官钱恂的夫人单士厘、康有为的女儿康同璧都是个中先驱，吕碧城虽然比她们稍后，但广度、深度则能驾而上之。

---

① 吕碧城：《吕碧城集·题词》自注。
② 吕碧城：《女子宜急结团体论》。
③ 吕碧城：《金缕曲·纽约港口自由神铜像》。

这种"江山奇气"当然首先丰沛地显呈在吕碧城久负盛誉的"海外新词"之中，从而为"花残春去"的清末女性词史续写出远振高扬的大音新曲。试读：

灵娲游戏，把晶屏十二，排成巇嶮。簇簇锋棱临万仞，诡绝阴森天堑。雨滑琼枝，光迷银缬，鸾鹤愁难占。羲轮休近，炎威终古空瞰。

——念奴娇·游白琅克 MONT BLANC 冰山

一片斜阳，认古甃颓垣，蜗篆苔翳。倦影铜驼，催入野花秋睡。尽教残梦沉酣，浑不管、劫余何世。看凄迷、废垒萝蔓，犹似绮罗交曳。

——玲珑四犯·意国多古迹，佛罗罗曼 Fororomano 为千余年市场遗址，断础残甃，散卧野花夕照间，景最凄艳，赋此以志旧游之感

混沌乍启，风雷暗坼，横插天柱。骇翠排空窥碧海，直与狂澜争怒。光闪阴阳，云为潮汐，自成朝暮。认游踪、只许飞车到，便红丝远系，飙轮难驻。一角孤分，花明玉井，冰莲初吐。

——破阵乐·欧洲雪山以阿而伯士为最高……极险峻，游者必乘飞车 Teleferique……东亚女子倚声为山灵寿者，予殆第一人乎

海潮多。彤云乱拥逶迤。打孤舷、雪花如掌，漫空飞卷婆娑。落瑶簪、妆残龙女，挥银剑、舞困天魔。怒飓鸣骰，急帆驰箭，寨槎无恙渡银河。叹些许、夏腰瀛尾，咫尺有惊波。更休间，稽天大浸，夷险如何？　念伊谁、探梅孤岭，灞桥驴背清哦。越溪游、琼枝俊倚，谢庭咏、粉絮轻罗。迢递三山，间关万里，浪游归计苦蹉跎。待看取、晦霾消尽，晞发向阳阿。将舣岸，蜃楼灯火，射缬穿梭。

——多丽·大风雪中渡英海峡

"雨滑琼枝，光迷银缬，鸾鹤愁难占"的白琅克冰山，断础残甃、野花夕照的佛罗罗曼市场，"直与狂澜争怒"的阿而伯士雪峰，更有"怒飓鸣骹，急帆驰箭"的风雪英吉利海峡……如此"江山"辐射出的"奇气"怎能不使吕碧城从"人替花愁""花替人愁"的泪眼愁眉中突围出来，[①] 铸造成"英姿奇抱，超轶不羁"的"豪纵感激"境界？[②] 若有意，若无意，时代风会的转移、历史更迁的契机总要落在某些秀出群伦的杰出人物身上，吕碧城的"应运而生"就恰恰证实了这一点。

我到人间只此回

这种"陆离炫幻，具炳天烛地之观"的词作诚然深得异域江山之助力，[③] 同时，那些"奇气"又必然贯穿在吕碧城的全部创作当中。诸如"十年迁客沧波外，孤云心事谁省"，"鼎尚沸然，残膏未尽，腐鼠犹瞋"，"啼鸟惊魂，飞花溅泪，山河愁锁春深"，"入世早知身是患，长生多事饵丹砂。五千言外意无涯"，"闻鸡起舞吾庐，读奇书，记得年时拔剑斩珊瑚"，"何人袖手？对横流沧海，一样无情似湘水。任山留云住，浪挟天旋，争忍说、身世两忘如此"等词句皆能直追李易安之"神骏"[④]，非大胸襟大手笔不能为之。不妨再读几首：

> 彗尾腾光明月缺，天地悠悠，问我将安托。一自鲁连高蹈绝，千年碧海无颜色。　　容易欢场成落寞，道是消愁，试取金尊酌。泪进尊前无计遏，回肠得酒哀愈烈。
>
> ——蝶恋花

> 梦笔生花总是魔，曇红吹影乱如梭。浪说蠻天春色靓，重省，十年心事定风波。　　但有金支能照海，更无珊网可张罗。西北高

---

① 吕碧城之名作《浪淘沙》云："……姹紫嫣红零落否，人替花愁……来日送春兼送别，花替人愁。"

② 孤云：《评吕碧城女士〈信芳集〉》。

③ 沈轶刘：《繁霜榭词札》。

④ 分别见其《霜叶飞》《丑奴儿慢》《高阳台》《浣溪沙》《相见欢》《洞仙歌》。

楼休着眼，帘卷，断肠人远彩云多。

——定风波

沧海成尘浑见惯，人天哀怨休论。韶华回首了无痕。行云空吊梦，残梦又如云。　　花外夕阳波外月，凭谁说与寒温？凄迷同度可怜春。流莺犹自啭，不信有黄昏。

——临江仙

《蝶恋花》一篇是为"文字因缘，缔来已久"之老友杨圻"纳新姬"而发，联想到自己小姑未嫁，于是有"天地悠悠，问我将安托"之语，自伤身世而出以"激昂悲壮"之笔，[①] 没有一段"奇气"是做不到的。其余两首词中的"十年心事定风波""行云空吊梦，残梦又如云"等句也是旁人笔下所不能有。怀抱奇，人事奇，笔墨遂不求奇而自奇，此真女性词史未有之奇观也！

1943 年初，吕碧城预感大限将至，遗嘱将自己遗体火化，骨灰和面为丸，投诸海中，结缘水族。她把自己的词作删订整理，汇印为《晓珠词》四卷，在卷尾写了一段《自识》："慨夫浮生有限，学道未成，移情夺境，以词为最。风皱池水，狎而玩之，终必沉溺，凛乎其不可留也。"又有绝笔诗云："护首探花亦可哀，平生功绩忍重埋。匆匆说法谈经后，我到人间只此回。"或许是晚年精研佛教的缘故，她真的攀升到了以词为"理障"的境界，所以遗嘱中会有"沉溺""凛乎其不可留"的严峻语，然而终究是"移情夺境，以词为最"，在依旧充满了"奇气"的遗嘱中，词难道不是她最为牵挂眷恋、难以割舍清净的那一部分生命？

近三百年之殿军

吕碧城晚年好友龙榆生的名著《近三百年名家词选》中最后一家

---

① 孤云：《评吕碧城女士信芳集》。

即为吕氏，时人后世因有"殿军"之目。

这一"殿军"称号并不难理解。论年辈，吕碧城堪称清代最后一批跻身词坛者。辛亥鼎革之时，吕碧城年未而立，而早成大名，依龙榆生精选"清词"之初衷，以之"殿"清代词坛之"军"，诚然是很理想的选择。只是，仅如此阐释"殿军"二字，未免简单浅率了，那就既隔膜低估了吕碧城，也小看了龙榆生的眼光用心。

还应该明确两点：第一，吕碧城以奇丽之才、腾跃之笔记录下了动荡时代的诸多面相，从而使自己的词作深含"大题目"与"大意义"，成为能够挥别闺襜、屹立前台的"大"词人。可以再读一首《二郎神·杨深秀所画山水便面，儿时常摹绘之，先严所赐。杨为戊戌殉难六贤之一，变政之先觉也》：

> 齐纨乍展，似碧血、画中曾污。记国命维新，物穷斯变，筚路艰辛初步。凤驭金轮今何在，但废苑、斜阳禾黍。矜尺幅旧藏，渊淳岳峙，共存千古。　　可奈鹰瞵蚕食，万方多故。怕锦样山河，沧桑催换，愁人灵旗风雨。粉本摹春，荷香拂暑，犹是先芬堪溯。待箧底、剪取芸苗麝屑，墨痕珍护。

表面上是咏"山水便面"，但因为这是"戊戌六君子"之一的杨深秀所画，所以字里行间充满了"国命维新，物穷斯变，筚路艰辛初步""鹰瞵蚕食，万方多故"之大感喟，对国运民步忧患殷重。《浪淘沙》一篇则作于 1915 年袁世凯政府承认"二十一条"而举国震怒之际，当时吕碧城正在总统府秘书任上，是此事的"目击者"之一。词中"江山""华年"云云就不是浮泛皮相之语，两个"如此"更是令人难复为情：

> 百二莽秦关，丽堞回旋。夕阳红处尽堪怜。素手先鞭何处著，如此江山。　　花月自娟娟，帘底灯边。春痕如梦梦如烟。往返人天何所住，如此华年。

此后人到中年，遨游四海，但吕碧城一直心系故国，不无伤时念乱之感。《鹧鸪天》笔力奇重，那种沉醉问天、高丘独立的姿态可直接屈子心志：

> 沉醉钧天吁不闻，高丘寂寞易黄昏。鲛人泣月常廻汐，凤女凌霄只化云。　　歌玉树，滟金尊，渔鼛惊破梦中春。可怜沧海成尘后，十万珠光是鬼燐。

近三百年词史精光四照，非寻常手笔可以"殿"之，而吕碧城恰好能以传奇阅历、悱恻襟怀、奇丽笔墨而为时代所选择，成为"特殊历史节点"上的"特殊人物"[1]，因而可以毫无愧色地"压住"这段词史高峰的"阵脚"。

故 疆 休 被 宋 贤 封

第二，龙榆生《近三百年名家词选后记》有云："词学中兴之业，实肇端于明季陈子龙、王夫之、屈大均诸氏，而极其致于晚清诸老，余波至于今日，犹未全绝……物穷则变，来者难诬，因革损益，期诸后起。继此有作，其或别创新声，以鸣此旷古未有之变迁乎？"面对着"此旷古未有之变迁"，龙榆生本着"物穷则变，来者难诬"的信心，期待后人"继此有作"，或能"别创新声"，表现出通变因革的眼界与预见。其实吕碧城也有类似的表态，她的《浣溪沙》云："斯道尊如最上峰，楼台七宝未完工。故疆休被宋贤封。　　音洗琵琶存正始，律调宫羽变穷通。万流甄采汇词宗"，这里的"故疆""存正始""变穷通"云云与龙榆生所说都是若合符节的。吕碧城又有"年来……于词境渐厌横拓，而耽直陟"的新异说法，所谓"横拓"，大概是指那些平白甜熟的铺排，"直陟"指的则是那些生新特异的境域。所以刘纳就从中看出

---

① 拙作《"二十世纪诗词史"之构想》有云："古典诗歌乃是一座停止了喷发的火山，一条干涸了的旧河道……它默默地蓄积着极其汹涌的气派和能量，一旦处于某些特殊的历史节点，或与某些特殊的人物灵犀暗通，就会破茧而出，洄漩激荡，奏出或昂扬慷慨、或凄婉悱恻的异样音调和旋律。"《文学评论》2007 年第 5 期。

了她"在传统模式的缝隙间寻找回避因袭性的途径……对普泛性经验作了有限度的反抗"的努力。①

虽然看出了这种"寻找"与"反抗"，刘纳还是作出如下"判决"："吕碧城在内的末代词人的出色表现，证明文言确实已被使用得老旧熟烂，它的词语与所传达的精神情感之间的联系已经紧密得定型了，因此……处于古典文学长链尾部的诗人词人即使拥有超越古人的才情也不可能再实现古人曾经实现的成就。"类似说法很容易为人接受，却并没超出"五四"时代的认识水平。无论诉诸理念还是验之实证，近百年诗词研究都已经雄辩地说明：吕碧城并没有简单扮演一个"终结者"的角色。她不仅可以成为古典词史之"殿军""终曲"，更为走向"现代"的又一次词史辉煌演奏出了"前章""序曲"。从此意义上说，龙榆生选择吕碧城为"殿军"诚然别具心裁，那是传递出了近百年女性词坛即将远翩高扬的"报春第一声"的！

这"报春第一声"当然主要体现在对"易安阴影"的突破上，对此，论者已经有不少评说。如沈轶刘云：

> （碧城）积中驭西，膏润滂沛，为万籁激越之音……奇哀刻骨，有不可语者在。使李清照读之，当不止江冷水寒之感。

署名"孤云"的潘伯鹰说得更为精详："（碧城）生于海通之世，游屐及于瀛寰，以视易安，广狭不可同年而语，词中奇丽之观，皆非易安时代所能梦见……此碧城环境、时代优于易安者，一也"；"易安纯乎阴柔，碧城则兼有刚气，此碧城个性强于易安者，二也"；最显著的特点是有"豪纵感激之气"，"其气体骞举，句势峥嵘，直与太白歌行相抗……岂非词中至难至奇之境"？

两位先生的说法或者有些过誉之处，但这些论述已经揭示了问题的本质——到吕碧城手里，"易安时代"已经处于终结点上，她正和同时代的一批新女性才人联袂拉开着一张新纪元的大幕！

---

① 刘纳：《风华与遗憾——吕碧城的词》，《中国文学研究》1998 年第 2 期。

严先生《清词史》的结语极其精彩，又很有味道："这是一条奇妙的历史的轨迹：词在其初兴时起，就表现为男性词人以女性柔婉轻软口吻来抒情达意的形态，而且这形态在近千年的历程中始终是处于主导地位……有谁能想到，一部词史到了临终结点时，却站起了一位真正的巾帼英雄……历史老人推转的这条轨迹，难道不奇妙，不令人惊诧和会心一笑么？"① 这段话是针对秋瑾说的，但我以为也不妨包含吕碧城在内吧！

只有一个判断我是不同意的，那就是"词史到了临终结点"之说。《清词史》作于三十多年前，在当时是极具前瞻性和开创性的巨著，也是开拓奠基了一个新研究领域的典范著作，同时，因为谁也不能躲开的"历史局限性"，严先生还是作出了"临终结点"的判断。我受先生言传身教多年，尤其受他致力开新的学术精神的影响，十几年来一直从事近百年诗词史的研究。从多年的研究心得出发，我的结论是：诗词史可以画顿号，可以画逗号，可以画省略号，也可以画惊叹号，唯独不能画的就是句号。清朝结束至今已有一百多年，尽管文学史告诉我们这是新文学的世纪，旧体诗词已经被扫进了历史的垃圾堆，但实际情况并非如此。不管是大的清词史，还是作为其重要分支的女性词史，在近百年都不仅继续活跃着，而且在辐射着令人鼓舞的生命能量，挥洒出令人震撼的艺术魅力。只是，我们的这部《万花为春——清词二十讲》应该至此收束，关于近百年词史，那是另一个值得单说的大问题了。

---

① 《清词史》，586 页。

━ 后 记 ━

　　这本《万花为春——清词二十讲》是在我为吉林大学中国古代文学专业硕士研究生开设的"清词研究"课程讲稿基础上修订而成。本书虽然由我单独署名，其实乃是严门三代学人薪火相传、共同凝铸的成果。

　　严迪昌先生是我的恩师，更是学界公认的清词研究方向的开拓者和奠基者。他的《清词史》是第一部也是迄今唯一一部系统整合梳理清词的断代文体史著作，一经推出，其自成体系的逻辑结构、新颖独到的研究方法和考核运用文献的高超功力即在学界引起强烈震动，被公认为清词研究的扛鼎之作。① 2000 年，我为徐中玉、钱谷融二先生主编的《二十世纪学术大典》撰写《清词史》之辞条，其中部分文字如下：

　　　　其最显明的特色是并不简单梳略史实，而是着眼于词体抒情功能之复归来认知清词作为"一个特定历史时期的文学现象的指称"的"中兴"之实质。其次，本书特别关注对于创作主体在特定文化背景下的原生态考察，在此基础上深入探察其"词心"，从而更透彻地开掘其人品、作品。再次，针对清词创作有异于前代的特点，着重以地域、流派、家族及重大的创作活动、群体实践为框架骨干，获得了词学研究的崭新视角。复次，本书在大量占有、详细辨析史料的基础上，解决了诸多前贤遗留的模糊问题，廓清了诸多

---

① 详见曹旭《全景式的清词流变观照》（《文学遗产》1991 年第 3 期）、张兵《清词研究二十年》（《甘肃社会科学》1999 年第 5 期）、汪龙麟《清代文学研究》（北京出版社 2001 年版）等。

讹误偏见。大者如阳羡成派在浙西之先、"秋水轩唱和"与《乐府补题》对清初词风之推毂；小者如论曹溶、曹尔堪非"浙西派"、曹贞吉非"阳羡派"、黄景仁非"常州派"等。其余大小词人行年事迹辨析数以百计，难以枚举。最后，在词人艺术成就之论定品评方面力破陈说，特重"表微"。书中既大量表彰了位卑名没而词艺超卓者如金人望、刘榛、宋俊、方炳、陆震、周闲及阳羡派众多词人，又对为世所称的某些大家、名家如梁清标、徐釚、龚鼎孳、郭麐等词坛地位作了重新措置，而数百中小词人面目事迹已湮没者亦赖此书而重为世所知。

基于上述认识，2003 年前后我受命为吉林大学中国古代文学专业硕士研究生开设必修课程，几乎不假思索地就申报了"清词研究"，并且以《清词史》作为蓝本，一讲十年。

起初当然是亦步亦趋、战战兢兢、不敢越雷池一步的，能把先生那么精彩的著述"内化"成我自己的语言传递给学生们，那已经是勉为其难、"功德无量"了。讲了几轮以后，有了点信心，才开始试着往里面"夹带私货"。我写过论董以宁《蓉渡词》的文章，为《苏州文学通史》撰写过"清代苏州词坛"，为《中华活页文选》做过陈维崧、龚自珍、徐灿三家的超小型"选本"，又为中华书局做过中型的纳兰词选、为中国书店做过《史承谦词新释辑评》，那就逐渐把其中的一些作家作品搬到课堂上来说，期望这门"清词研究"不仅"内化"，而且"马化"，成为真正属于我自己的一门课。

结果还是失败了——我认识到，自己并没有能力重新建构一部《清词史》，那些"私货"无非是一点无伤大雅的调味品而已。而且因为课时的关系，一个学期也只能讲完"清初词坛"。充其量半部"清词史"而已，"马化"云乎哉！

然而，时间的推移总能带来一些意外的机缘。2012 年至 2013 年，因为北京世纪超星公司提出录制"清词研究"课程，我"被迫"增加了一个学期的课程量，第一次也是唯一一次"完整呈现"了我心目中的清词史，保留下了一份三十多个小时的授课视频资料。讲完后觉得鹦鹦学舌，意兴阑珊，干脆放弃，转向了我比较有心得的近百年诗词研究。想不到七八年以后，这门"陈年旧课"居然向中国社会科学出版社申报选题成功，颇受鼓舞之下，遂以大半年时间重新梳理校订，这才有了摆在大家面前的这本《万花为春——清词二十讲》。

比照根据视频资料录入的初稿，本书50%以上都重新写过。更重要的是，还根据我的学生赵郁飞的"女性词史"课程新增了课堂上从未讲过的清代女性词史部分。

郁飞从我治近百年诗词，以《近百年女性词史研究》的论文获得博士学位后进入吉林大学历史系博士后科研流动站，追随明清史专家王剑先生从事钱塘陈氏家族（陈栩、陈定山、陈小翠等）的深入研究，出站后就职于吉林大学中文系古代文学教研室，成了我的同事。她为文学院的本科生开了两轮"女性词史"选修课，并因为开阔的视野和新颖的角度颇受好评，所以这次整理书稿，我就借用了她的部分课件，在她提供的资料和思路基础上补充了本书的最后两讲。如此说来，这部分内容可以看作我们师生合作的成果，同时也是严先生开辟榛莽的清词史研究向纵深传承发展的结果。

感谢我的学生陈龙、代金冶、王俊杰等辛苦录入初稿，感谢中国社会科学出版社编辑老师高效严谨的工作。由于课堂讲述有一定的随意性，又因为整理过程中使用了一些现成的著作文本，导致本书在逻辑上、语感上都还存在一些缺欠和扞格，凡此敬请读者诸君见谅并指正。

今夏东北大热，挥汗如雨中董理此书，忽有感，涂《鹧鸪天》一首以当结语：

> 伏雨阑风夜扑窗，併作秋前一味凉。翘望江湖声寂历，起看天地色苍茫。　新讲本，旧词场，阁子茶烟尚浮香（迪昌师好茶喜烟，尝戏称书斋为"茶烟阁"）。姑苏那年春似锦，小桃低映柳枝塘。

辛丑荷月于佳谷斋